獄《ひとや》の棘《とげ》

大門剛明

角川文庫
20156

目次

第一章　赤落ち

1

仮眠時間は二時間ほどだった。

時計を見ると午前零時十六分。交代時刻までだいぶある。もう一眠りしよう……武島《たけしま》良太《りょうた》は頭まで布団をかぶるが、尿意が邪魔をした。たいした尿意ではないのに、一度気になると絡みついて離れない。

――くそ、眠れそうにない。

仕方なく布団から起き上がると、仮眠室を出てトイレに向かった。昔からそうだった。起きなければいけない時刻より早く目が覚める。きっと無意識のうちに緊張しているのだろう。目覚まし時計などいらないといえばいいが、困ったものだ。

用を足すと、震えが来た。真冬には少し早いが、処遇部のトイレは寒い。急に冷え込んできたせいで催してきたのだ。

窓の外を見ると、チラチラと白いものが舞っていた。

「雪……かよ」

今日はカイロを忘れてきた。貸してもらうしかない。幸い夜勤部長は優しそうだし、借りられるだろう。

仮眠室に戻ってからはじっとしていた。やがて交代時刻が近くなり、前夜の刑務官たちが何人かやって来た。

「さびすてどすべな？」

「飲みさ行ぐあ」

「……じぇんこねじゃ」

津軽《つがる》弁が聞こえる。飲みに行こうと誘われた刑務官が、金がないと断ったようだ。同じ青森県民でも何を言っているかわからないほど、訛《なま》りの強い人がいる。

刑務官には当たり前だが夜勤がある。遅出といって朝八時半に出勤して普通に勤務。そのまま居残って夜勤になる。夜勤は前夜、後夜の二交代制になっていて、それぞれに夜勤部長がいる。後夜の良太は午前一時三十分からが仕事なのだ。

袖《そで》に黒い線が入った制服に身を包むと、あくびが出そうになった。良太は結局、それからまるで眠れなかった。体の疲れはあるのにどうしようもない。ただあくびをしていると怒られそうなので、強引に抑える。

「良太、眠そうだな」

肩を叩《たた》いてきた中年刑務官の袖には、銀線が入っていた。

「目が腫《は》れぼったいな。寝てないのか」

「ああ……いえ」

「カイロ持ってきたか」

問いかけに、良太は口をつぐんだ。後夜の夜勤部長、川岸次道《かわぎしつぐみち》は柔和な笑みを浮かべている。

「すみません、忘れました」

「やっぱりそうか……来い、貸してやる」

良太はもう一度すみませんと言うと、川岸の後に続いた。川岸は柔道有段者でがっちりとしていた。毛むくじゃらの太い腕を見ていると、喧嘩《けんか》になればまず勝てそうにないと思えてくる。

「お前のオヤジさん、ここにいたそうだな」

振り向くことなく、川岸は問いかけてきた。良太はうなずく。父も刑務官だった。エリートではなく、最後は看守長。ただ武島家の刑務官は自分と父だけではない。

「祖父から親子三代……世襲です」

冗談っぽく言うと、川岸は大げさに驚いて見せた。

「良血馬ってわけか」

良太は苦笑いを見せた。世襲などよくあることだ。跡を継ぐ恰好《かっこう》になる理由は官舎を与えられるのが大きい。衣食住の内、最も厄介な住に苦労せずに済むのだから。

「跡を継ぐ気はなかったんですよ。大学出たあと、就職できなかっただけで……コネで合格させてもらいました。良血馬どころか、駄馬ですよ」

刑務官の世界は警察以上に階級社会だ。上下関係が厳しい。理不尽と思うなら辞めちまえ……オヤジにはハッキリ言われた。実際せっかく公務員になったにもかかわらず、初等科研修で知り合った女性刑務官などはすでに辞めている。

「川岸先生は競馬、詳しいんですか」

良太は問いかけた。夜勤を前に余計なことだろう。主任や統括といったお偉いさんだけでなく、看守部長にさえ軽口は叩けない。それなのに今は自然にこぼれた。

「まあな……馬だけでなく、ギャンブルなら簡単には負けん」

「そうなんですか」

「最近はやってないがな」

川岸は麻雀牌《マージャンパイ》をつもる恰好をした。

「お前のオヤジさんがいた頃は刑務所もよかった。何ていうか情があった。俺らも担当さんとかオヤッさんとか呼ばれてな」

「らしいですね」

「ああ、問題もあったけどな。今の刑務所は刑務官も受刑者もお利口さんばかりだ。情ってもんがなくなってしまった。表面的にはうまくいってるようでも、ダメ。まあここはだいぶましな方だがな」

川岸は四十三歳で看守部長。偉そうな肩書きだが、看守部の長という意味ではない。

この階級は看守より一つ上なだけで、二十代でもなれる。川岸は自衛隊員を経て刑務官になった。出世コースからは遠く外れているものの、いい人のようだ。

「じゃあな、頑張れ、腰冷やすな」

「はい。ありがとうございます」

良太は前夜の担当刑務官から、収容者について色々と注意点を伝えられた。普段は一人で夜、外を見回るのだが、入院した看守部長の代わりだ。

舎房に向かうため、一度外に出る。相変わらず雪が降っていた。

「つもりそうだな」

ひとりごつと、腰元が少し温かくなってきた。渡されたカイロのおかげだ。つもる……か。川岸がさっき見せた牌をつもる恰好が浮かんで、良太は口元を緩めた。

刑務官のいる処遇部を出て、拘置区へ向かった。

刑務所には多くの収容者がいる。ここ弘前《ひろさき》のような地方だと五百人くらい。拘置区というのは裁判が確定していない収容者を拘置する場所で、二十人ほど入っている。彼らは「未決」と呼ばれている。

刑務官の仕事は基本的に見張り番だ。収容者が逃げないように見張って、不審な行動があれば問題が起きないよう対応する。刑務三大事項というのがあり、逃走、火事、自殺……この三つには気をつけろとオヤジが昔からしつこく言っていた。

舎房に一人で入ると、長い廊下の両脇に部屋がある。真夜中であり、中は静かだった。良太は懐中電灯を片手に各部屋を見回って行く。

独居房と言われる一人部屋だ。中には布団が敷かれ、トイレがある。少し出っ張った食器口から食器を出し入れする。ガラス戸がついていて中の様子をうかがうことができ、警報機もついている。

良太はドアの取っ手に手をかけた。音を立てないように静かに力を込める。施錠を確認するためだ。鍵《かぎ》が開いていたことは一度もないし、確認などいらないと言う刑務官も多いが、念のために確認する。大丈夫、鍵はかかっている。

ガラス窓から収容者の様子を確かめると、その収容者は便器近くに布団を敷いて寝ていた。かけ布団が呼吸と共に上下している。軽くいびきもかいていた。

――ちゃんと寝てるな。

次の部屋に移る。同じように施錠を確認してから中の様子をうかがった。称呼番号二二四番。志田《しだ》幸樹《こうき》という未決収容者だ。年齢は二十八歳。今年の二月、飲酒運転で死亡事故を起こし逮捕、起訴されてここにやって来た。確かもうすぐ裁判期日のはずだ。

良太はガラス越しに志田の様子をうかがった。頭から布団をかぶっていて、小刻みに震えている。不自然な動きで、痙攣《けいれん》の発作のように見えた。

「美菜子《みなこ》……」

小さく漏れた声は、少し震えていた。

「大丈夫か、志田」

小声で話しかけると、志田の動きはピタリと止まった。この反応、志田は眠っていないようだ。

「おい、どうなんだ？」

念のためにもう一度、声をかける。かなり遅れて、かすれた声が聞こえた。

「ああ」

「本当に問題ないんだな？」

しつこく問うと、舌打ちが聞こえた。

「大丈夫だって言っただろうが。胃腸薬の袋は食器口に置いてある」

「わかった」

会話は途切れた。良太は志田に言われて思い出す。志田は願箋《がんせん》という注文票に胃腸薬の名前を書いていた。

刑務官はただの胃腸薬でも、自殺防止のためにしっかりそれを飲んだかを確認しなければいけない。そのために空の袋まであらためるのだ。志田の指摘がなければ、うっかり忘れるところだった。

それから良太は一通り収容者の様子を見て回ると、一度夜勤刑務官の待機室に戻った。

待機室には川岸がいて、椅子に座って眠そうにあくびをしながら鼻毛を抜いていた。くしゃみをしている。眠らないための工夫のつもりだろうか。もう一人、小柄で太った禿頭《とくとう》の中年刑務官もいて、美味《おい》しそうに番茶を飲んでいた。

良太は川岸に志田のことを話した。声をかける前に震えていたことなどだ。

「どう思います？」

川岸は鼻から息を吐きだした。バカにしたような笑いだ。

「何かおかしいですか」

「良太、そりゃアタリだ」

「アタリ……？」

オウム返しに訊《たず》ねると、横で番茶を飲んでいた秋村《あきむら》という刑務官がニヤニヤしつつ、横から口を挟んだ。

「健康な若い男なら仕方のない行為……自慰行為のことだ」

川岸はゲラゲラ笑っていた。

そんなことか、と良太も苦笑いを浮かべる。

「アタリって知っていながら声かけやがって……志田は嫌がらせされたって思ったんだろ。恨んでるかもしれんな」

「志田ってどういうヤツなんですか」

良太の問いに、川岸は一度、秋村と顔を見合わせた。

「あいつがラーメン屋だったことは知ってるか」

「つぶれたんですよね」

「ああ、嫁さんや子供も出てったらしいわ。捨て鉢になって連日やけ酒……それで飲酒運転事故だ。よりによって弘前署の近くだったから、すぐに捕まった」

志田は飲酒運転事故で、奥崎潤也《おくざきじゅんや》というサラリーマンをひき殺している。通常の交通事故なら、人が死んでも書類送検で終わることが多いが、飲酒運転ではそうはいかない。

「よく刑務官につっかかりますよね？　ここへ来た時からあんな感じだったんですか」

川岸はくしゃみをした。

「前はもっと荒れてたぞ」

「なぜ荒れているんですか」

「検査結果に納得がいかんらしい。酒は抜けてたってずっと言い続けてるわ」

おそらくやつ当たりなのだろう。まあ不幸続きだったようだし、自分はどこまで運が悪いんだとやけになることも理解できる。

「『ラーメン志田』はヤツの父親が名古屋《なごや》から出てきて始めて、後を継いだらしい。サービスでピーナッツがつくんだと」

良太はいまいち納得できなかった。だがいつまでもこんなところで油を売っているわけにもいかず、担当の舎房へ戻った。

雪はつもるまでには至らなかった。

それでも寒い。朝を迎え冷え込む舎房をしばらく見回った。

「よう、ご苦労さん」

川岸がやって来て、良太は軽く一礼をした。

午前六時五十分。朝日が差し込む舎房にスピーカーを通じた川岸の大声が響いた。

点検、の声を受け、収容者は目覚める。伸びをしている者もいる。多くの者は背筋をぴんと張り、ハリのある声で答えていく。

良太は写真付きの名簿を持って、川岸とともに志田の部屋に向かう。良太はガラス越しに志田を一度だけ見る。瞼《まぶた》が少し、腫《は》れぼったいように感じられた。

「番号！」

「二二四番」

志田は気だるそうに、猫背のまま答えた。

2

官舎の窓に光が差し込んできた。

夜勤の翌日は休みだ。良太は昨日の夕方から眠り続けていた。だがいつもと同じように、六時半に目を覚ます。

起床のパターンは体に染みついていて、夜勤があっても、長く寝てもビクともしない。小学生の時から変わらない。

東京の三流私大を卒業後、良太は就職もせずにそのまま東京でブラブラしていた。特にやりたいことがあったわけではない。アパート代と食費を稼ぐだけのアルバイトをしながら日々を過ごしていた。

二十代も半ばになり、友人とは次第に疎遠になった。孤独に耐えかねた良太は実家に戻った。父のコネもあってか刑務官試験に合格し、今は両親と一緒に住んでいる。その両親は昨日から温泉旅行に出かけてしまった。引退したら旅三昧《ざんまい》だと言っていたのを有言実行している。

チンと音がして食パンが焼き上がった。牛乳をコップに注いでいると、電話が鳴った。スマホではなく固定電話の方だ。こんなに朝早く誰だ……両親かと思いつつ、受話器を上げる。

「はい、武島です」

「武島……良太くんですね」

しばらく沈黙があって相手は名乗った。

「名久井《なくい》という者ですが」

「あ、はい。おはようございます」

名久井惣一《そういち》といえば刑務所の統括矯正処遇官、いわゆる統括だ。

「非番かなあ？　悪いね、こんなに朝早く」

「いえ、どうされたんですか」

できるだけ丁寧に応じた。

「実はね、今日の昼、食事でも一緒にどうかと思って」

良太は少し沈黙したが、断れるはずもない。了解すると、名久井は場所を指定した。

「じゃあ十一時半、そこへ来てくれるかなあ。少しばかり話があるもので」

通話は切れた。話……何なのだろうと思いつつ、良太はこげたパンの耳をかじった。


車の運転は慣れていない。

珍しくスーツを着込むと、父のシルビアに乗って弘前市内を出た。名久井の指定したレストランは平内町《ひらないまち》にある。何の用だろう。名久井も官舎暮らしのはずだ。わざわざどうして青森市より遠い平内町まで出向かなければいけないのか。

普通に考えれば、万が一にでも聞かれたくない話があるということだ。名久井は統括と呼ばれているが、正確な階級は看守長で、良太の父が最後に就いたポストと同じ。ただし年齢は良太より一つ上なだけで、旧国家公務員Ｉ種試験合格のキャリア組だ。一介の看守にすぎない自分に、エリートで住む世界の違う名久井が何の用だ？

約束の中華レストランは大きくもなく、看板が錆びていて駐車場にも車は少なかった。店の入口には、痩《や》せた若者が革ジャンにジーンズ姿で待っていた。こちらに気づくと、手招きした。

「武島くん、こっちだよ」

彼が名久井だと最初は気づかなかった。身長は一七四センチの良太より少し低い。小顔で端整な顔立ち。きめの細かい白い肌。髪が長ければ、女性かと見まがうほどだ。

良太は会釈した。名久井は窓のそばの席に座ると、メニューを見ながら語りかけてきた。

「俺、ずっと東京暮らしだったから、待ち合わせ場所とかよくわかんなくてさ。ネットで調べて、うまい店があるってことでここにしたんだけど、平内町って遠いんだな」

「はあ」

「ごめんごめん。お詫《わ》びに好きなものを選んでくれていいから。俺、こっちのは前に食ったから、これにするよ」

よくわからなかったので、良太は名久井の薦める五千円のコースを注文する。

「朝食ってねえし、腹減ったなあ」

名久井とはこれまでまともにしゃべったことがない。意外と普通の青年だ。

「ひょっとして緊張してる？　俺、友達いなくてさ。休みにもどこ行っていいのかよくわかんないんだ」

名久井はおしぼりで顔を拭《ふ》いた。

「しかも訛《なま》りの強い人がいるだろ？　津軽弁ってほぼ外国語だよね。俺、一応英語とフランス語はできるから、津軽弁をマスターしたら四ヶ国語の使い手ってことになるかな」

鼻持ちならない冗談に、良太は苦笑いを返すしかなかった。

「武島くんって彼女いるの」

「まあ、一応」

「そうなんだ。いいな、誰か紹介してよ」

「相手、元刑務官ですよ。初等科研修で知り合っただけなんで」

「初等科研修？　手が早いな」

「そこで相手見つけられないと結婚できないって思って、焦ってたんですよ」

二人はしばらく談笑した。

話題はくだらないことばかりだったが、少し緊張の糸が解けた。副看守長から始まる国Ｉ合格のキャリアにとって、看守長などは通過点に過ぎない。所長クラスになっても現場を知ることもないお飾りだ。友人が欲しかっただけなのだろうか。ただし名久井は変わり者として知られている。普通のキャリアはこの若さで現場になど来ないのに、自分で志願してやって来たのだそうだ。何を考えているのかわからないので油断してはいけない。

やがて豚肉料理が運ばれてきた。

名久井は箸《はし》で豚肉とピーマンの料理に手をつけた。

「武島くんとこって代々刑務官らしいじゃない。ウチの刑務所についてどう思う？」

そういえば退職前、オヤジはキャリア刑務官の文句を言っていた。普段はあまり愚痴はこぼさないのだが、全く刑務所のことが理解できていないキャリア刑務官に業を煮やしていた。

「こんなものなのかい」

名久井の質問に良太は小首をかしげる。

「どういう意味ですか」

「看守部長クラスが中心となってギャンブルをやっていると、小耳に挟んだんだよ。武島くん、知っているかなあ」

ギャンブル……そういえば川岸看守部長がそれらしきことを口にしていた。ギャンブルなら簡単には負けないと。ただ勤務中にやっていたという記憶はない。それに刑務官が競馬やパチンコをしてはいけないという法はない。

「そのギャンブルはね、普通のギャンブルじゃないらしいんだ」

「普通のギャンブルじゃない？」

「うん、ギャンブルの実態は分からない。ただ非合法に賭《か》けていることは間違いない。わかっているのはそのギャンブルが、どういうわけか未決収容者の裁判後、行われることが多いということなんだ」

「そうなんですか」

良太は豚肉を食べようとしたが、テーブルに落としてしまった。まあいいかと思い、落ちた豚肉をフォークで刺した。だが口に運んだ瞬間、手が止まる。名久井がこちらに鋭い視線を送っていた。

「そういうの、食べるんだ」

名久井はつぶやく。今まで一度も見せたことのない冷たい目だった。こんなことくらいでどうして……良太は背筋に寒いものを覚えたが、吐き出すわけにもいかず、飲み込んだ。

名久井はナプキンで、テーブルについた豚肉のシミを念入りに拭き取っていた。

「綺麗《きれい》にしたいんだよ」

「すみません、俺、やりますので」

「テーブルのことじゃない。武島くん、君にはそのギャンブルを調べて欲しいんだ」

「調べる……？」

よく意味が分からなかったが、問い直すことはできなかった。名久井はしつこくテーブルを拭き続け、ようやく顔を上げた。

「俺が言うと嫌みかもしれないけど、学歴は大きいと思うよ」

「学歴ですか」

「うん、今の大多数の刑務官は学がないんだよ。人生経験もね。高卒ですぐに看守になる連中が多くて、馬鹿ばっかだ。そういう輩《やから》が不祥事を起こす。欲求不満を受刑者にぶつけるんだ」

名久井のようなエリートの若造が、人生経験がないなどよくいえたものだ。

「連中はさ、考えることができないんだ。刑務所ってのはこういうトコって決めつけて変えようとしない。昇進試験も受けないだろ？　そのくせ人情だなんだって言う。わかっていないんだよ。つまり大人のつもりで子供なんだ。刑務官教育をしっかりやらないとね」

「………」

「やってくれるかなあ」

即答できなかった。名久井はくだけた調子で問いかけているが、独特の威圧感がある。良太は気圧《けお》され、押し切られるような形でうなずくしかなかった。

3

名久井に会ってから数日後、朝の職員点検が終わった。

どういうわけかその日、良太はベテラン刑務官と共に面会の立ち会いをすることになった。面会の立ち会いはある程度の階級の刑務官がやるものなのに、不思議だ。面会人は志田が経営していたラーメン店の常連客だという。

収容者の面会時間は十五分だ。刑務官は弁護士との接見の際にはつかず、終わると弁護士がブザーを鳴らして知らせるシステムだ。逆に一般人との面会には刑務官が立ち会い、話した内容について記録することになっている。

アクリルの遮蔽板《しゃへいばん》を挟んだ向こうには、五十代前半で、あごひげを生やした男がいた。

丸山弘之《まるやまひろゆき》という人物だ。受刑者の身内ではなく、以前からの知り合いらしい。良太は二人の会話を書きとめていく。

「しばらくだなあ」

面会人の丸山が声をかけた。

「おめよ酒のんで事故おこしたってなあ、考えられねじゃ」

きつい津軽弁だと書きとめるのが大変だが、なんとか大丈夫そうだ。

「あの検査、おかしいんですよ。俺は全く酔っていなかった」

「わも、んだ思う」

丸山は何度かうなずく。「わ」とは私を意味する言葉だ。

「おめさんの人生、へずねったらだな。んだばって、よぐけっぱった。オヤジさんが倒れ、つぶれかけてら『ラーメン志田』さ立派にしたのう。ラーメンの味、よぐ修業してうまぐなっただな」

志田はうつむきつつ、両膝《りょうひざ》をつかんでいた。刑務官には食ってかかるが、この丸山にだけは丁寧に接している。丸山は志田の境遇に同情しているようだ。

「ただな……ひとつ聞きたいことさあんだが」

丸山は志田の顔をじっと見つめた。

「奥崎って昔、『ラーメン志田』に来たことさ、なかっただが」

志田は目をそらすと、小首をかしげた。

「さあ、覚えてません」

「だばいいんだ。美菜子さんさ、言い寄ってた気がして」

しばらく沈黙が流れ、良太はメモをとる手を止めた。

「もうすぐ裁判さあるだな。国選か……じぇんこあればなあ……」

「気持ちだけで十分ですよ」

「んだか……へばな」

それじゃあと言って面会は終わった。どうやら丸山は、何とか志田のためにいい弁護士をつけてやりたいと思って動いているようだ。

——まあ、俺の知ったことじゃないな。

良太は仕事を終えると、食堂に向かう。どういうわけか先輩刑務官数人が隣に来て、話しかけてきた。

「よう良太、ちょっと聞かせてもらうぞ」

毛むくじゃらの二の腕がのぞいている。川岸だ。

「どうしたんですか……何を？」

頭をよぎったのは名久井のことだ。彼と会っていたことが知れたら、少し気まずいかもしれない。

「聞きたいのは志田の面会の様子だわ」

「はあ？　志田が何か」

「いいから、いいから」

よく意味がわからなかった。しかし隠し立てすることもないので、良太はありのままにしゃべった。先輩刑務官たちは真剣になってその話を聞いていた。

「こんなところです」

「ありがとよ」

川岸ら先輩刑務官は踵《きびす》を返した。何だったのだろう。

「川岸さんよ、金曜日は赤落ちやるのか」

「やるに決まってるわ」

先輩刑務官たちは、ニヤニヤしつつ、よくわからない会話をしていた。どういう意味かと問いかけたかったが、やめておいた。

「賭けになるかが心配だが……」

彼らが話しているのは、名久井が言っていた賭けについてではないか。しかも金曜日は志田の判決の日だ。彼らの会話から考えて赤落ち……それがギャンブルの名称なのだろう。〝赤落ち〟とは通常、被告人の罪が確定して受刑者になることだが……。

食事を終えて外に出ると、雪が降っていた。手をかざしたとき、背後から声が聞こえた。

「降ってきたな」

振り返ると、そこには禿《は》げ上がった目の細い中年刑務官が立っていた。太って顔が脂ぎっている。看守部長をしている秋村繁晴《しげはる》だ。以前、夜勤の時には前夜の夜勤部長だった。

「秋村……先生」

「おい先生とか呼ぶな。ええと、お前さん、確か武島良太だったな」

良太はうなずく。秋村は雪の降る空を見上げながら口元を緩めた。

「志田の野郎と話していたの、弁護士屋じゃねえよな」

問いかけに、良太はうなずいた。

「弁護士じゃありません。丸山という志田のラーメン店の常連客でした」

「どんなことしゃべってた？」

「それは……」

問われたのは川岸と同じことだ。良太は川岸の時と同じように、ありのままを話していく。ただ秋村は川岸よりずっと細かいところまで訊《たず》ねていった。

「悪いな、呼び止めて」

秋村は背を向けた。

「待ってください。秋村さん」

呼びかけると、秋村は振り返った。禿げた頭部に雪が舞い降りている。少しためらったが、思い切って訊ねてみた。

「赤落ちって何ですか」

「知らねえのか。不勉強だぞ。被告人の罪が確定して、受刑者になることだ」

「それは知っています」

辺りを見渡すが、誰もいないようだ。良太は志田の面会が終わった後、先輩刑務官たちの様子がおかしいと素直に告げた。

「川岸先生らが言う『赤落ち』には、別の意味があるようにしか思えないんですが」

秋村は口元を緩めた。

「博打《ばくち》だよ」

あっさりと認めたので、良太は面食らった。

「今度志田の裁判があるだろ？　奴はどうせ有罪判決を受ける。そこで奴がどういう態度に出るかを賭《か》けるって寸法だ」

悪ぶる風ではなく、秋村はさらりと言った。つまり川岸たちは、志田が判決を不服として控訴するかどうかを賭けている。なんという不謹慎なギャンブルだろう。名久井の言うとおり、これはさすがに問題だ。

「で？　それを聞いてどうする気だ？」

顔を上げると、秋村は睨《にら》むようにこちらを見ていた。名久井のスパイだと思われたら、ここにいられなくなるかもしれない。しかし考えている時間はない。言いよどむのはまずい。

「俺も参加したいんですよ」

取り繕った。疑いを避けるためには、共犯になってしまうことが一番いいという判断からだ。

「秋村さんはどっちに賭けるんですか」

間を置かずに問いかけると、秋村はアゴをさすった。

「俺は赤だな」

「……赤？」

「控訴しない方だ」

「そうなんですか。でも志田は逮捕されたことに、あれだけ不満を持っているじゃないですか。飲酒運転じゃないって。有罪になったら、まず控訴しますよ」

「志田はたぶん飲酒運転じゃねえよ。事故の時、まずシラフだった」

「それだったら余計に……」

控訴する理由にしかならないではないか。何故秋村は控訴しないというのか。わけがわからない。

秋村は良太の顔を見つめながら、口元を緩めた。

「まあな。けど志田の起こした事故が、事故じゃないとしたらどうだ？」

「え？」

「志田が奥崎をひき殺したのは故意、わざとだったとしたら……」

良太は目を瞬かせる。故意でひき殺した？　ということは殺人ということだ。確かに殺人ということになればもっと厳罰が科されるから、この程度で済むなら控訴しないかもしれない。しかしまさか……。

「秋村さん、どういうことなんですか」

志田の事件は検察も飲酒運転事故として起訴している。つまり殺人だなどとは誰も考えていない。それなのに殺人だと疑う根拠が、何かあるとでも言うのだろうか。

秋村は答えることなく、しばらく空を見上げていた。

「なあ良太」

「はい？」

「ドス黒い雲からこんなに綺麗《きれい》で真っ白な雪が降る……不思議だと思わんか」

「……はあ」

良太は秋村の真似をするように空を見上げると、真っ黒な雲から、ぼたん雪がチラチラと舞い降りてきた。

4

担当舎房はその日も冷え込んでいた。

零時を過ぎ、二十人ほどが休む舎房内は暗く静かだ。未決収容者の一人が用を足したようで、便座がパタンと閉まる音が響いた。

良太は所定の位置にある点検表にハンコをつく。ちゃんと見回っていますよという確認だ。便座が閉まった方向へと進む。胃腸薬の袋が金網の上、食器口に置かれていた。

取っ手に手をかけ、鍵《かぎ》がかかっているのを確認する。空の胃腸薬の袋を握りしめるとささやくような声で志田に語りかけた。

「体調が悪いのか、志田」

答える代わりに、腹がキュルキュルと鳴った。

名久井の言っていたことは正しかった。この刑務所では不謹慎極まりないギャンブルが行われている。

赤落ち——。

有罪判決を受けた被告人が控訴するかしないかを当てるギャンブル。その昔、囚人服は赤かったという。刑が確定し、囚人になるから赤落ちというらしい。オヤジは垢《あか》落としなどと呼んでいたが、どっちが正しいのだろうか。まあどうでもいいことだ。

有罪判決を受けた被告人は控訴するかしないかを十四日の間に決めなければいけない。控訴しなければ服役囚となるわけだが、被告人と服役囚では待遇面でかなりの差がある。そのため多くの被告人は赤落ちすると決めていても十四日間をフルに使う。被告人でいたいわけだ。

良太は志田を我が身と比較した。年齢は大差ない。違うのは家庭の事情だ。志田は親をなくし、つぶれかけのラーメン店を継ぐしかなかった。一方、良太には刑務官のコネがあった。二人の差はそういう環境面くらいだ。

「大丈夫なのか、志田」

布団に入っていた志田は、さらに小さな声で答えた。

「下痢気味だ。お前らがマズイ飯ばっか食わせるから」

秋村は志田の事件を、殺人かもしれないと言った。まさかと思うが、面会に来た丸山の態度は少し不自然だった。丸山はあの面会で、奥崎と志田に面識があったかどうか、確認した。わざわざ訪ねてきたのだから、奥崎はまず間違いなく『ラーメン志田』に来ていたのだろう。警察はただの事故だと見ているようだが、志田と奥崎に面識があるなら事情は大きく変わる。

あの時、丸山は志田の別れた奥さんのことに言及した。名前は確か美菜子……志田が寝言で呼んでいた名前だ。丸山は奥崎らしき人物が彼女に言い寄っていたと話していた。

一つの推理が浮かんだ。志田の離婚原因は奥崎にあったのではないか。詳しくは分からないが、奥崎のせいで志田は奥さんと離婚に至り、恨みに思っていたとも考えられる。

良太は真実を問いただしたかったが、できずに志田の房を後にした。


夜勤明け。出勤前の良太は寝ぼけ眼で歯を磨きつつ、トースターに食パンを放り込む。

官舎に置きっぱなしにしたスマホには、交際中の与田《よだ》悦子《えっこ》からラインが来ていた。着信は昨日の晩だ。しまった。早く寝てしまって返事を打っていない。ラインは苦手だ。良太は苦労しながら、十五分以上かけて返事を打つ。ようやく遅れて済まないという内容が送信できた。

刑務官を拝命後、新人はまず男女共同の研修を半年以上にわたって受ける。悦子とはその初等科研修で知り合った。彼女も刑務官試験に合格したのだが、辞めてしまった。今は実家のある北海道に帰ってケーキ屋に勤めている。直接会うのは月に一度くらいの割合だ。

制服に着替えていると、五分もせずにピンコンと何度も音がした。猫の写真とともに良太が十五分かけて打ったのより長い文章が書かれていた。

——寝ちゃったのかあ。まあ、気にしない気にしない。私も一応元刑務官だし、色々と大変だってことわかってるから。

——良太は続いているからえらいと思う。こっちで撮った野良ニャンコの写真も送ります。大自然にたたずむ美人さんですよ。

——じゃあね、良太。お仕事頑張って。それと来週はデートだぞ、忘れないでね。

良太はため息をつく。

刑務官の仕事についての理解を示す内容で、フォローしてくれていた。携帯の類は職場へは持ち込めないので、どうしても行き違いが生じ返事が遅れてしまうのだ。

悦子のせいで、出勤が少し遅れた。

刑務官の出勤は三つのパターンがある。早出、中出、遅出の三つだ。ただし遅出といっても八時半出勤で、その十分ほど前に行かないといけないのであまり変わらない。

すでに収容者たちの朝食が始まっており、各舎房では刑務官が朝食や薬を配ったり、食器を引き揚げたりしていた。少し遅れた良太は、出勤の判をつき、配置板の自分のコマを赤から白にひっくり返す。点検場に急いだ。制服は家から着てきたのでいい。白い手袋をはめて、刑務官手帳や捕縄、呼子笛の所在も確認する。幸いにして今まで一度も忘れたことはない。

処遇管理棟一階にある点検場にはすでに多くの刑務官が整列していた。時間前だが、新米が最後では白い目で見られそうだ。

「みなさん、おはようございます」

お偉いさんによる訓示が始まった。処遇部長が訓示を垂れている。

「刑務官の不祥事がニュースで報道されています。ここ弘前刑務所では関係ないと思いますが、皆さんも余計な疑念を抱かれることがないよう、より一層精進してください」

良太は処遇部長の訓示を聞きつつ思った。刑務官のギャンブルの調査……それは要するにスパイになれということだ。看守部長の川岸より、名久井の方が階級は上だ。彼と仲良くしておいた方が出世にはいいように思われる。

しかし名久井はキャリアなので、いずれは弘前からいなくなる。エリートではない自分にとって、長い付き合いになりそうなのは川岸らの方だ。スパイをしていると知れたら、この世界にはいづらくなる。適当に調べて、適当に報告するのが無難なところだろう。

休憩時間。待機室では先輩刑務官たちがお茶を飲みつつ、話をしていた。

「さっき志田に判決が出たそうだ。やっぱり有罪らしいぞ。懲役十年」

「そうか、じゃあ今日だな」

やはり話している内容は赤落ちのことだ。良太は聞こえていないふりをしつつ、二人の会話に聞き耳を立てていた。不謹慎極まりないギャンブルだなと改めて思った。

トイレに向かうと、歯並びが悪い四十前後の男性がいて、便器を磨いていた。

彼は拘置区にいるが、服役中の身の上だ。こういう仕事をする受刑者は掃夫と呼ばれている。良太が用を足し始めると、その受刑者は近づいてきた。

「武島先生ですよね」

受刑者はニコニコしていた。良太はファスナーを下ろす手を止める。

「そうだ……何か用か」

「名久井統括が怒っていますよ」

良太は黙って受刑者の方を向いた。

「志田幸樹の裁判、午前中に有罪判決が出たでしょ」

「あ、ああ」

「何も動きはなかったのか？　何故連絡してこないんだって統括は言ってます」

冷や汗が背中を伝った。そうか、つまりこの受刑者は名久井の意を受けて動いているのだ。確かによく考えてみれば、名久井は赤落ちについて、ある程度の情報を入手していた。それはこの受刑者のような存在があればこそだろう。名久井は本気で改革をしようとしているようだ。

「報告しようと思っていたところだ」

「本当ですね」

「ああ、明日統括に報告する」

「わかりました。できれば首謀者を突き止めてくれとのことです。それとついさっき志田に面会希望者があったようですよ」

歯の抜けた受刑者はにやりと笑うと、掃除用具を持ってトイレを出て行った。

良太は膀胱《ぼうこう》に残った尿を絞り出すと、面会室の方へ急ぐ。新人看守の自分が面会の立ち会いをするなど異常だと思っていたが、名久井が手を回していたのか。とするとこれはひょっとして川岸たちを罠《わな》にはめる手段かもしれない。面会室前には刑務官がいて、立ち会いをするよう促した。

良太は面会室内に入る。

面会の相手は意外な人物だった。吉村《よしむら》美菜子。別れた志田の奥さんだ。

美菜子は三十前後。顔立ちは整っているが、いまいちあか抜けない地味な女性だった。

志田は彼女を見上げる。良太は以前と同じように、記録を取りながら話を聞いていた。

「予想通りの判決だったわ」

記録を取っていた良太は、二人の様子を観察した。無言ではあるが、どういうわけか気まずい雰囲気はない。

「美菜子、俺が逮捕されてから市役所前の『ラーメン平吉《へいきち》』、つぶれたのか」

やや意外そうに美菜子はうなずく。

「ええ、頑張ってたんだけどね」

「弘前署前の『天道《てんどう》』はどうだ？」

「そこは大盛況よ」

志田は舌打ちをしてから壁を叩《たた》いた。良太は声をかけようとしたが、思いとどまる。

「それより美菜子、暮らしは大丈夫か」

「ええ、何とかやっていくつもり。借金取りも来ないし、あなたが出てきたら大丈夫なようにしておくわ」

「無理しないでいい。お前はまだ若いんだ。俺みたいなのは捨てて、幸せになればいい」

「馬鹿言わないで」

美菜子の強い言葉から、沈黙が流れた。良太は二人をじっと観察する。仮に秋村の言うように、志田の事故が故意なら、この美菜子との離婚が動機の可能性が高い。奥崎のせいで夫婦関係が破綻《はたん》したことへの恨みだ。しかし二人の関係は破綻などしていない。むしろ絶対的な信頼関係で結ばれた夫婦という印象だった。

「控訴するんでしょ？　こんなのおかしい」

美菜子の問いに、志田は静かにうなずいた。

「そのつもりだ」

「あたしも今、色々回ってる。絶対にいい弁護士さん頼んでみるから」

美菜子は帽子をかぶると、面会室を後にした。ピーナッツが差し入れられる。未決の収容者への差し入れは基本的に自由だ。志田は良太に連れられて、自分の房へと戻った。

——これで赤落ちは決着を見たようだな。

そう思っていると、小走りに秋村がやって来た。

「面会、どんな様子だった？」

またか……良太は今の面会の様子をありのままに伝える。

「秋村さん、外れですよ。奥崎のせいで夫婦関係が破綻して殺人なんてとんでもない。それどころか二人は偽装離婚ですよ。多分ラーメン店がつぶれた際の借金から逃れるために、偽装離婚をしたんです」

「そうかい」

「これでは賭《か》けは成立しませんね。すぐにでも弁護士がやってきて、控訴しそうな勢いでしたから」

秋村はじっと考え込んでいた。辺りを見回すと、口元に指を一本立てた。他言無用ということだろうか。やることがせこい。

「赤落ちは情報戦だ。俺はこういうのも持っている」

秋村はにやりと笑うと、スマートフォンを取り出した。刑務官は刑務所内に携帯などは持ち込んではいけないのに、どうしようもない不良刑務官だ。

「じゃあな、ありがとよ、良太」

秋村は去って行った。問題なのはこの赤落ちなるギャンブルを名久井に報告するかどうかだ。川岸たちがやっていることは文句なく悪だし、名久井が正しい。だがスパイ行為がバレて、同僚に睨《にら》まれても困る。

――くそ、どうすればいい……。

大きく息を吐き出すと、真っ白い息がキラキラと輝いていた。

5

午後五時を過ぎ、刑務所は夜勤の態勢に入った。

良太は夕食や薬の分配の世話を終え、待機室に向かう。仮就寝と言って、収容者は横になっていい。本来なら休みになる時刻だが、夜勤はここからが辛《つら》い。

待機室に向かうと、夜勤のメンバーが集まっていた。前夜、後夜のメンバーは六人ずつの班に分かれ、それぞれに夜勤部長が班長として就く。

背後から肩をつかまれた。つかんだ主は前夜の夜勤部長、川岸だった。

「良太、誰か来んか見張ってくれるか」

ついに赤落ちが始まるのか。逆らうことなどできず、待機室の前に立たされた。廊下についた赤い明かりが、ぼんやりと光っている。

「それじゃあ、報告を聞くか」

川岸の声が聞こえた。良太は窓越しに中の様子をうかがう。三十代後半の刑務官が一人、メモ用紙を片手に全員の前で話を始めていた。

「ええ、それじゃあ報告します。本日、志田幸樹の裁判の様子ですが……」

その刑務官は志田を裁判所まで送り迎えしたらしい。彼は志田の裁判の様子を詳しく語っていく。

「そういうわけで弁護側の主張は認められませんでした。志田には懲役十年の判決が下されております」

夜勤の刑務官たちはざわめき出した。

「志田の様子はどんな感じだった？」

川岸が訊《たず》ねる。志田を送迎した刑務官は少しだけ考えてから答えた。

「終始不服そうな様子でしたな。気持ちは分かります。飲酒運転じゃなければ執行猶予、略式起訴でしょう。あれは志田が可哀想ですわ。弁護士屋もこんな判決を許すとは、国選とはいえ情けない話です」

やがて川岸が全員の前に立った。咳払《せきばら》いを一つしてから口を開く。

「じゃあ赤落ちを始める。みんなドンドン賭けてくれ」

川岸の声に他の刑務官が呼応する。

「白に二枚」

「俺も白に三枚」

白に二枚ということは、控訴する方に二万円賭けるということだろう。赤落ちについて秋村から聞かされていたが、これではまるで賭場《とば》ではないか。

「白に二枚だ」

「俺も白に三枚」

「おいおい、誰か受けんのか」

裁判の様子を聞き、赤落ち参加者全員が白、赤落ちせずに賭けているようだ。さっき秋村は良太から情報を聞き出したが、これではあまり意味はないだろう。賭けは成立しない。川岸も困った表情を浮かべている。しかしその時、大きな声が聞こえた。

「赤に十枚」

待機室内は一瞬、凍りついたように静かになった。赤落ちする方に賭けた刑務官は、秋村だった。

——何考えてるんだ。

良太は我が耳を疑う。秋村にはさっき、志田が控訴する意思を示したと伝えたばかりだ。自分から負けるつもりか。

「いいのか、秋村さん」

心配そうに川岸が訊ねた。

「ああ、二言はねえよ」

秋村は太鼓腹をポンポンと叩く。細い目をさらに細くして、湯飲み茶わんで番茶を美《お》味《い》しそうに飲み干した。


その夜もひどく冷え込んだ。

後夜の夜勤にあたる良太は、交代時間の三十分以上前にトイレに立った。処遇部のトイレは相変わらず寒い。先客がいて、後頭部が光っている。後夜の夜勤部長、秋村だ。隣で用を足すと、話しかけてきた。

「良太、俺がわざと負けたと思ったか」

「どう考えても、シロでしょう」

秋村は頭をボリボリと掻《か》いていた。

「まあ、普通ならそうだ」

秋村は少し微笑む。普通ならシロに賭けるだろうが、自分は志田からこの耳でちゃんと聞いた。控訴するつもりだと。

「確かに今のままなら控訴するだろうな」

「じゃあ、やっぱり……」

「けどな……まだ終わっちゃいねえ。志田の考えを変えることは可能だ」

「どういうことですか」

「イカサマをするのさ」

秋村は用を足し終わると、大げさに震えた。

「今のはなあ、武者震いってやつよ」

「はあ」

やがて交代時間が来た。

前夜の刑務官たちが続々と仮眠室に戻っていく。入れ替わりに後夜、秋村班が見回りに当たることになった。見回りは巡警と呼ばれ、一人で行うことになっている。

「おい、良太待てよ」

拘置区に向かう良太を秋村が呼び止めた。待機室には本来、雑務といって誰かひとりは残らないといけない。秋村がその役なのだが仕事を放り出してついてきた。股間《こかん》をいじった手で柿の種をボリボリ食っている。

「秋村さん、どうするんですか」

「まあ、見てなって」

秋村のいうイカサマとは何を意味するのだろう……このギャンブルでイカサマなどありえまい。志田を買収でもするのか。いや、それはない。自分の人生だ。多少の金を積まれたところで、控訴に関する態度を変えるはずがない。

深夜一時十二分。拘置区には物音一つなく、静かなものだ。良太は秋村の後に続いた。かすかに収容者たちの寝息が聞こえる。全員眠っているようだ。

秋村は鍵《かぎ》を取り出すと、志田の房に差し込んだ。中に入っていく。何をやっているんだ……開いた口が塞《ふさ》がらない。まるで夜這《よば》い行為ではないか。

秋村は持ってきたピーナッツを左の手のひらに載せると、右手の中指で弾《はじ》いた。一発目は外れたが、二発目が志田の鼻に直撃した。志田は目をこすっている。眠りが浅かったようで、目覚めた様子だ。

秋村はしゃがみこむと、息がかかるくらいの距離で志田に声をかけた。

「志田幸樹だな」

話しかけられた志田は、鼻の頭を押さえつつ秋村を見上げた。

「ちょっとだけいいか」

「何だお前ら。刑務官がこんなことしていいのか。大声で叫ぶぞ」

志田は睨んだが、秋村はゲップをしてから睨み返した。

「やってみな。誰も信じねえ……ここの刑務官はみんな俺の息がかかってるからな。逆にお前の問題行動はみんな知っている。上もどっちの言うことを信じるかな」

秋村の脅しに、志田は声を上げることができない様子だった。

「みんな寝ている。起こすとまずいから静かに話そう。これはお前さんのための話だ」

「俺のため？」

「ああ。お前さん、控訴するつもりか」

直截《ちょくせつ》な問いかけに、志田は即答しない。だがやがてコクリとうなずいた。

「それがどうしたってんだ」

「裁判の様子は仲間の刑務官から聞いたよ。話によると、弁護人が下手打ったらしいな。検察官の主張がほとんど全面的に通ったらしいじゃないか」

「だから控訴するんだ」

「ああ、オレもお前さんは酔っていなかったって思う。飲酒運転事故で懲役十年ってのは誤判だ。納得いかねえな」

志田は秋村の真意がつかめない様子だった。

「俺に同情してどうしたい？」

秋村は答えず、脂ぎった顔で、ニヤニヤといやらしい笑いを浮かべている。

「いや……オレはお前さんに同情するつもりはねえんだ」

志田はいぶかしげに秋村を眺める。逆に秋村はナイフで突き刺すように、鋭い視線を志田に向けて送った。

「お前さんの罪、飲酒運転事故なんかじゃねえ。殺人だ。お前は故意を以《もっ》て奥崎をひき殺したんだからよ」

言ってしまった……秋村はどうする気なのだろう。証拠などなく、動機さえあっさり壊れたではないか。

「お前さん、『ラーメン志田』ってラーメン屋だったそうだな」

「悪いかよ」

「何でつぶれたんだ？」

志田は苦笑いを浮かべたまま、知るかとつぶやいた。

「面会で嫁さんに確認したそうだな。市役所前のラーメン屋がつぶれて、弘前署前の店が流行《はや》ってる。やっぱりなって」

「それがどうした？」

志田は視線を外したが、秋村はその先に回り込んだ。

「ここに動機があるんだよ」

志田は顔を上げた。動機という部分を小さくなぞった。

「お前の動機は単純だ。奥崎のせいで店がつぶれたからだ。奥崎にネットで店の悪口書かれたんだろ？　調べてみたがひどいこと書いてあったな。つぶれた市役所前の『ラーメン平吉』も同じだ。逆に弘前署前の『天道』はべた褒めされていた。奥崎の事故があったのは弘前署前……ピーンと来て後で調べてみたんだ」

秋村はスマートフォンで口コミサイトを表示して志田に向けた。

志田はぐっと手を握りしめた。その拳《こぶし》はかすかに震えている。明らかに反応していた。

秋村の推理は真実をついている。

「オレはラーメンが好きで、県内の店ならたいていい回っている。お前は覚えてないだろうが、『ラーメン志田』にも当然行ったことがある。名古屋から出てきたオヤジさん、必死で津軽ラーメンの研究したらしいな。機械を使わない縮れ麵《めん》、オヤジさんから受け継いだ秘伝のスープ、すげえうまかった」

志田は目を閉じると、少しだけ笑った気がする。目を開けるのを待っていたかのように、秋村は顔を近づけた。

「こんなことでつぶされるなんて許せないわな」

秋村の目は、優しげだった。

「もう一度あのラーメン、食いたいもんだ」

その言葉に、志田は固まった。やがてうっうっと声を上げる。額を畳につけ、小刻みに震え出した。

「そうだ。俺の店は……オヤジの代から続いた『ラーメン志田』はあんなことでつぶれちまったんだ」

志田はうなだれていた。

「急に客足が途絶えておかしいとは思っていたんだ。奥崎の野郎、味のことなんてよく知りもせずに好きに書きやがって。何が『天道』こそ本物……だ。俺の店や市役所前は正真正銘、手作りの縮れ麵、本物の津軽ラーメンなんだよ。ここまでたどり着くのに、俺やオヤジがどれだけ苦労したか。逆に『天道』は手抜きの機械麵なんだ」

志田は泣いていたが、しばらくしてから詳しく事情を話した。奥崎は『天道』から金をもらい、人を雇ってネットでいい評判を立てていたらしい。ステルスマーケティングというやつだ。それだけでなく、風評被害にならないよううまくぼかしながら他店の悪評をも書き連ね、相対的に『天道』が生き残れるようにしていたという。

――俺がいいって言う店は繁盛する。逆にダメっていう店は全部つぶれるんだ。

ある日、酔っ払って弘前署前のラーメン店でそう得意げに話す奥崎を見て、志田は殺意を覚えたという。

「あの日、俺は奥崎を問い詰めようとした。どういうつもりでこんなことをしたんだって。だが奴を見た時、あの一言が浮かび、ブレーキを踏めなかったんだ」

良太は罪の告白をする志田をじっと見つめていた。奥崎が悪口を書いたこと……それと志田の店がつぶれたことに本当に因果関係があったとは限らない。つぶれるべくしてつぶれたのかもしれない。だからこそ志田も問い詰めようとした。

しばらく誰もが無言だった。一分ほどしてから秋村は静かに口を開いた。

「まあ、どうするかはお前さん次第だ」

志田は何も言わずに、落ちたピーナッツを拾って口に運んだ。その顔はつきものが落ちたようだった。

「出所したらよ、もう一度あのラーメン、食わせてくれ」

言い残すと、秋村は背を向けて歩き出す。未決が収容された舎房にはしばらく、志田のすすり泣く声が聞こえていた。

夜勤明け。良太は官舎に戻り、名久井への報告を書いていた。

――弘前刑務所内では「赤落ち」なるギャンブルが行われています。これは有罪判決を受けた被告人が控訴するかどうかを賭《か》けの対象とする極めて不謹慎なギャンブルです。首謀者は看守部長の川岸、秋村……。

「くそ、ダメだ」

良太は頭の後ろで手を組んで天井を見上げた。今日の午後、志田は控訴を取りやめることを決めた。赤落ちは秋村ただ一人の勝利に終わった。志田の赤落ち後、仲間内ではそのことばかりが話題になっていた。

それにしても皮肉なものだ。捜査機関が長い間かかってもたどり着けなかった真実に、一介の刑務官にすぎない秋村がたどり着いていたのだから。

良太は迷った末、秋村に電話をかけることに決めた。

「よう良太か、どうした」

赤落ちについてしばらく話し、真相の驚きを素直に告げた。

「秋村さんってラーメン通だったんですね」

「いや、俺は志田の店なんぞ一度も行ったことがねえ。後で常連客の丸山に聞いた話さ。知ったかぶりもはなはだしい。まあ、あれが俺の言うイカサマだ」

そうだったのか。だが効果的だった。普段の様子や面会室のやりとりから、動機は推理できても、証拠は何もなかったのだ。推理だけでは否定されてあっけなく終わる。志田の心を砕いたのは、うまかった、また食いたいという一言に違いない。

「ところで秋村さん、志田が開き直って控訴していたらどうしたんですか」

「さあな……まあ、腹をくくるさ」

さらりと言った。秋村は一人で赤落ちする方に賭けた。もし負ければ、十数万払わなければいけなかったのに、よくこんなことができたものだ。

「脳味噌《のうみそ》が擦り切れるくらいに考え抜いて真実を確信する。それでも運がなけりゃダメ。ベストを尽くしても負けるときは負ける……こういうのが本当のギャンブルってもんだ」

「そんなもんですか」

「さあな……ちょっと恰好《かっこう》つけすぎか」

秋村は笑った。きっと彼には志田の心をへし折る自信があったのだ。

「ところでよ、良太……お前、赤落ちについてどう思う？」

不意打ちのような質問に驚いたが、秋村は笑っていた。

「赤落ちを考案したのはオレだ。首謀者といってもいいだろうなあ」

まさか秋村はこちらのスパイ行為に気づいているのか。まるですべてが見透かされているようだ。

「じゃあな、まあ、気楽にやろうぜ」

通話は切れた。良太はしばらく黙ってスマホを握りしめていた。

不良刑務官というのは実際その通りなのだろう。だがその一言でかたづけていいのだろうか。良太は報告書を見つめた。理屈で考えれば名久井が正しいし、秋村らのやっていることは無茶苦茶だ。しかし……。

イカサマ――秋村は自分のやったことをそう呼ぶが、こんなイカサマは見たことがない。秋村はいわば、志田の心を救ったのだ。川岸は昔の刑務所には情があったと言っている。自分の心を理解してくれる人がいる……そう思えたからこそ志田は控訴を取りやめたのではないか。

良太は迷って、ため息をつく。窓の外を眺めた。

外は雪だ。

――ドス黒い雲からこんなに綺麗《きれい》で真っ白な雪が降る……不思議だと思わんか。

秋村が言っていたセリフが浮かんだ。

良太は微笑むと、椅子に腰掛ける。机の上の報告書をくしゃくしゃに丸めて、ゴミ箱に放り込んだ。

第二章　脱獄の夜

1

柔らかな陽射しが、刑務所の片隅にある運動場に降り注いでいた。

自由時間。灰色の舎房着を着た受刑者たちは、キャッチボールやサッカーに興じている。まだゴールデンウィーク前。衣替えには早く、うたた寝でもしたくなる天気だ。

良太は後ろ手に組み、刑務所の壁を見上げた。赤いコンクリートの壁は高さ五メートル強。上には防犯線という、逃走防止用の鉄条網が張り巡らされている。看守の仕事は基本的に見張りなので、慣れてくるとどうしても退屈になる。あくびをごまかすようにうつむくと、帽子のひさしを軽く握った。

刑務官になってから一年が経つが、いつの間にか馴染《なじ》んでいる。親子三代、自分も看守に向いているのかもしれない。

運動場を見て回ると、元暴力団構成員の受刑者が、新入りの受刑者相手にキャッチボールをしていた。老いた放火犯はのんびりと日向《ひなた》ぼっこをし、知能に遅れのある常習窃盗犯はグラウンドの土に絵を描いていた。

木の下では、受刑者が草笛を吹いている。三十代で中肉中背の男だ。一重まぶたで少しえらが張っている。うまいもので、受刑者が数人、演奏に聴き惚《ほ》れていた。受刑者といっても色々いる。更生とか贖罪《しょくざい》とは関係なく、日々をただ過ごしていく者も多い。最初は生活の変化に戸惑っていても次第に順応し、それが習慣化する。ある意味、福祉施設だ。これでいいのかとも思うが、それは自分のような一看守が考えるようなことではない。

芝生に沿ってしばらく歩いた。

壁の角、三角コーナーのようなところには古めかしい扉が付いている。扉の向こうにはハシゴがあって、登れるようになっている。上には監視塔があるのだ。壁から少し出っ張って設置されていた。

昔はここから常に受刑者を監視していたらしい。だが今では人はおらず、設置された監視カメラが受刑者たちを撮影している。カメラには当然刑務官も映るわけで、サボっていると思われてはいけない。

「おい、良太」

工場の方から声が聞こえ、振り返る。金網を隔てた工場前の広場には、いかつい体格の刑務官がニヤニヤしながら立っていた。ベテラン看守部長の川岸だ。

「土曜日、夜勤か」

「はあ？」

まだ休憩時間だろうに工場前には、見慣れない十数人の受刑者が整列している。刑務所に入りたての受刑者たちだ。

身体検査や領置調べを終えた受刑者は、入所時検査を終え、二週間の新入り教育を受ける。掃除や点検、食事、入浴方法まで基本的な生活の様式を叩《たた》き込まれるのだ。

「新入り訓練ですか」

運動場をチラチラ見ながら、迷惑顔で良太は応じた。

「ああ、それより……」

なんの用事だろう？　酒か女かギャンブルか。何にせよ、ろくでもない話だ。

「久しぶりにやるぞ」

麻雀牌《マージャンパイ》をつもる恰好《かっこう》をしている。

「全自動卓買ったんでな」

川岸には数回、彼の自宅で麻雀に付き合わされた。

「本気だったんですね」

「全自動卓ならイカサマもできん。たまには秋村のオッサン、へこまさんとな」

しばらく麻雀の話が続いた。いい加減にして欲しいが、なかなか終わらない。新入り受刑者たちを整列させているのに、放っておいていいのだろうか。良太が受刑者を指さすと、面倒くさげに川岸は振り返る。

「ん、ああ、大丈夫だ」

整列した新入り受刑者の前には、一人の男性が立っている。彼は受刑者だ。新入り訓練では受刑者が指導補助をする。掛け声の下、新入り受刑者たちは右へ左へと走らされていた。

新入り訓練はきついとよく言われる。すでに新人たちはヘトヘトになっている様子だ。ただ新入りの若い受刑者が一人、ダッシュせずに突っ立って手を後ろに組んでいた。

「おい、何やってる」

指導補助の受刑者が注意した。

「ちゃんと走れ」

目つきの悪い新入り受刑者は、指導補助の受刑者に近づく。素早いパンチが繰り出され、指導補助の受刑者は倒れた。

「俺に命令するな！」

殴られた指導補助の受刑者は立ち上がろうとしたが、膝《ひざ》が笑っていて立ち上がれないようだ。

「くそ、こいつ……」

「なめんな、こら」

若い新入り受刑者は、指導補助の受刑者につばを吐きかけた。黄緑色の工場衣の左胸、緑色の縁取りの名札には、浜崎《はまざき》と書かれている。そういえば浜崎正樹《まさき》というボクサー崩れが入って来たと、刑務官仲間で噂になっていた。こいつのようだ。

「良太、ちょっと用事ができたわ」

川岸は引き返すと、浜崎に近づいていく。他の刑務官が二人ほど駆け寄って来たが制止し、川岸は一人だけで浜崎に向かった。

「オッサン、文句あんのか」

上目遣いにメンチを切る浜崎に負けず、川岸も睨《にら》み返す。体格では川岸の方が二回りほど大きい。

「誰に口利いてる?」

「ああ?」

浜崎はにやりと笑った直後、ノーモーションで川岸の腹に拳《こぶし》を打ち込む。良太もボクシングをやっていたからわかるが、さすがに元プロという一撃だ。

しかし川岸は痛みに顔を歪《ゆが》めつつも、構わずに浜崎の首根っこを抱え込む。そのまま組み伏せていた。

工場前は沈黙が支配した。浜崎はすっかりおとなしくなった。というより気絶している。泡を吹いて小便を漏らしていた。川岸に絞め落とされたのだ。新入り訓練をしていた受刑者たちは、誰もがこちらに注目していた。

「何やっとる。続けんか」

川岸のガラガラした声に、新人たちは慌ててダッシュを再開した。

受刑者は罪を犯しているわけで、当然気性の荒いものが多い。だが刑務所では検身で裸に剝《む》かれ、尻《しり》の穴まで調べられる。プライドなどあっという間にはぎ取られるのだ。そんな中、浜崎はいら立っていたのだろう。わずかに残ったそのプライドも今、完全に川岸がむしり取った。

やがて刑務官が数名駆け寄ってきて、気絶している浜崎を連れて行った。意識が戻れば保護室行きになるだろう。

「おい、良太」

川岸の声に良太はやっと気づいた。何度か呼びかけていたようだ。

「土曜日の午後八時から、オッケーだな」

川岸はニコッと笑うと、新入り訓練に戻っていく。まあいいか……麻雀くらいなら構わない。バレればニュースになるような、もっと不謹慎なギャンブルよりはましだ。

コンクリートの赤壁を見上げると、防犯線が春の陽を浴びて光っていた。

良太は処遇管理棟にやって来た。管理棟は普通のオフィスビルのような建物で、朝の点検から最後の処遇部長への報告まで刑務官にとって重要な場所だ。良太を含め、男性刑務官のほとんどが処遇部に属する。この管理棟は塀の内側だが、総務部は渡り廊下でつながっていて、塀の外側になる。良太が改装されて間もない処遇部の職員用トイレに向かうと、何故か数人の刑務官が話をしていた。

「どうかしたんですか」

額に黒子《ほくろ》のある看守に声をかけた。

「こたらだ紙が舎房に貼られてた。まあ、見でみろ」

良太は貼られていたという用紙をのぞき見る。


——無能な刑務官どもよ、私はここに脱獄宣言する。私の完全なるＡＴＥＭＰＴ——脱獄計画を阻止できる者がいたらしてみるがいい。無理だろうな、お前らでは私を止められないだろう。脱獄され、せいぜい笑いものになるがいい。


開いた口が塞《ふさ》がらなかった。

各刑務所で脱獄騒ぎは色々あるらしいが、こんな脱獄宣言などあっただろうか。先輩刑務官たちは苦笑いを浮かべている。

「イタズラですよね」

良太の問いに、黒子の看守がうなずく。

「名久井の野郎、こいば見だら狂ってまるだべの」

他の看守が反応した。

「こいづ英語さ綴《つづ》り、間違ってねが」

彼の指摘に他の刑務官も用紙を見た。

「ほんとに、ほんずなしだ」

刑務官たちはバカだと笑い転げていた。

確かに綴りがおかしい。「くわだて」を意味する「ATTEMPT」にはTが一つ足りない。よくあるミスだが、偉そうに相手をののしっておきながら、こんなミスをしたのは滑稽《こっけい》だ。

舎房に向かうと、灰色の舎房着の受刑者が近づいてきた。

いがぐり頭ではなく少し髪が伸びているが、見覚えのある顔だ。良太は一瞬、立ち止まる。その受刑者は目でこちらに来いと合図していた。

「武島先生、今の見ましたか」

物陰に隠れると、受刑者は話しかけてきた。

「名久井統括があの貼り紙について、調べるように言っています」

歯並びの悪いこの受刑者は木原保雄《きはらやすお》という受刑者だ。統括、名久井惣一の意を受けてスパイのように動いている。

物陰から辺りをうかがうと、刑務官が何人か、こちらに向かってくるのが見えた。木原とあまり話しているのはまずい。

「お前が書いたんじゃないよな」

木原は当たり前だと言わんばかりに、鼻で笑った。

「頼みますよ、武島さん……わたしはもうすぐ仮釈放の身の上なんで、あまり統括の役に立てないんですよ」

「イタズラじゃないっていうのか」

木原は答える代わりにお辞儀をすると、階段を上っていった。

2

土曜日、良太はベテラン看守部長と二人ひと組みで点検に回っていた。

独居房へ向かう刑務官の帽子の下から白髪交じりのパンチパーマが覗《のぞ》く。組んでいるのは、野間勇次《のまゆうじ》というベテランだ。野間は右手に木製のハンマーを持っている。

舎房受刑者たちが生活する舎房では毎日数度、点検がある。受刑者がちゃんといるか、不審物を持ち込んでいないかなど、チェックするのだ。いくら監視カメラや防犯ブザーなどハード面が強化されても、刑務官による点検はなくならないだろう。

先日の脱獄宣言は刑務官仲間で話題だ。良太は名久井に、密《ひそ》かに調べるよう命じられたが、どうしろというのだろう。

「よし、外に出ろ」

独居房の点検では受刑者を一度外に出し、中をチェックする。良太が受刑者の身体検査をしている間、野間は房の中を調べる。いつものように鉄格子をハンマーで叩《たた》いていた。逃走の細工を施していないか音で判断するためだ。ただ野間は、いつもより入念にチェックしている様子だった。

「入れ」

受刑者を中に戻すと、点検は終わりだ。良太は野間の後に続く。管理棟に向かう通路で、野間は話しかけてきた。

「武島、お前も今日、川岸んトコ行くのか」

問われて良太は一瞬、言葉に詰まった。野間とはあまりしゃべったことがない。確か川岸や秋村より年上だ。

「麻雀ですか。ええ」

「俺も行くんだわ」

野間は笑みを浮かべた。ヤクザが制服を着ているようで、不気味な笑いではある。しばらく川岸について話した。野間と川岸は以前、警備隊で一緒だったらしい。少し心がほぐれてきて、良太は問いを発した。

「何か今日、点検が妙に丁寧だったと思うんですけど、もしかして例の貼り紙事件があったせいですか」

余計なことを聞いたか……名久井から特別に命令を受けていると漏らすわけにはいかない。

「実はな、ちょっと前、俺が工場担当してたときのことなんだが……」

野間は帽子をとって頭を掻《か》いた。パンチパーマの頭頂部が薄くなっている。

「一本だけ針金がなくなってたんだわ。その針金はまだ見つかってない」

「針金ですか」

受刑者たちが働く工場では、器具は厳重に管理される。自殺や逃走の道具になるからだ。糸鋸《いとのこ》や金づちのように殺傷能力のある道具だけでなく、針金一本でさえ紛失は問題視される。

「名久井の野郎に、嫌みったらしく説教されたよ」

苦虫を噛《か》み潰《つぶ》したような顔だった。名久井の名前が出て一瞬ハッとしたが、特に含むものは感じられなかった。

「じゃあな、川岸んトコで会おうや」

「あ、はい」

野間とは処遇管理棟で別れた。怖そうだったが、いい人のようだ。

工場に向かう途中、食堂前で立ち止まる。まだ昼食には早いが、食堂の片隅には受刑者がいる。下に新聞を敷いて、バリカンで他の受刑者の髪を刈っていた。一等級の受刑者、沢村一徳《さわむらかずのり》だ。受刑者には四段階の等級があって、新入りは四等級から始まる。等級が上がるたびに待遇が良くなっていくのだ。一等級の受刑者は模範囚とよく言われるが、この呼び方は正確ではない。

受刑者は二十日に一度、食堂の片隅で散髪することになっている。バリカンで刈る役はまず一等級受刑者だ。この沢村は散髪係を引き受けることが多く、ジャンボ屋と呼ばれている。この辺りの方言で、床屋のことだ。

若い受刑者を丸刈りにした沢村は、道具をかたづけようとしていた。散髪係は、色々な受刑者と接するため、顔が利くことが多い。受刑者の情報を持っている可能性も高く、脱獄宣言についても知っているかもしれない。

――こいつなら、大丈夫だろう。

沢村は物静かな受刑者で、あまりしゃべらず、休み時間はよく草笛を吹いている。沢村が脱獄宣言の貼り紙をした張本人である可能性は低い。彼はもうすぐ満期だ。おとなしくしていればすぐに出られるわけで、脱獄などする意味がないからだ。満期風といって出所前に好き放題やる連中もいるが、こいつは違う。

良太は沢村に近づくと、話しかけた。

「ちょっと聞きたいんだが」

沢村は道具をかたづける手を止めて、こちらを見た。

「お前、よく運動場で草笛吹いてるだろ？」

「ええ、まあ」

沢村は聞こえるかどうかの声で答えた。

「あの曲、何だった？　どっかで聴いた曲だが、思い出せん」

沢村はそんなことですか、と軽く笑う。

「カントリー・ロード。ちゃんとした名称は『Take Me Home, Country Roads』ですよ。ジブリの映画で有名です」

「ふうん、そうか。ところでもうすぐ満期だろ？　出たらどうする気だ」

「床屋で働きます」

そのままの答えだった。

「草笛、どこで覚えたんだ」

「六戸《ろくのへ》にいた子供の頃です。武島先生、知ってますか。運動場で使っていたのはよくあるスズメノテッポウでしたが、草笛には草の葉より木の葉、特に常緑の広葉樹がいいんです」

沢村は頭がよく、聞けば誰でも知っている東京の私大を出ているのだが、どう間違ったのか、強盗傷害で懲役十年を食らっている。空き巣に入った際、住人に見つかって思わず突き飛ばしてしまい、骨折させてしまった。重い判決で弁護士は控訴したが、沢村が取り下げて赤落ち、刑が確定したらしい。

刑期の三分の一を終えると、受刑者たちには仮釈放の可能性が出てくる。実際は三分の一ではまず無理で、模範的な受刑者でも三分の二は務めなければいけない。

一等級だからといって仮釈放されるわけではない。身元引受人がいるかどうか……本人の贖罪《しょくざい》の気持ちや態度とは関わりない要素が大きく関係する。沢村は身元引受人になるはずの父親がだらしない人間で、仮釈放にならなかった。不条理なようだが、現実問題として出所後、世話してくれる身元引受人の存在は無視できないのだ。

「ところで先日、貼り紙事件があったの知ってるか」

良太の問いに、沢村は一度うなずいた。

「受刑者の中で、そういうことをしそうな奴はいないか」

沢村はアゴに手を当て、少し考えている様子だったが、やがて首を横に振る。

「前代未聞のイタズラで、上の連中が殺気立っているんでね。どんな情報でもいいんだ。教えてくれないか」

「そう言われましてもねえ……」

沢村は言葉を濁した。名久井の手下の受刑者、木原も言っていたが、釈放前にことを荒立てたくない気持ちはよくわかる。

「思い出したら、教えてくれ」

「はい。それじゃあ、これで」

沢村はそのまま背を向けた。良太はそれ以上、問いかけることはできなかった。


官舎に帰ると、誰もいなかった。

書き置きがあって、両親は二人で食事に出かけているらしい。ギョーザとサラダがテーブルに載っている。仲がいいことで……制服を洗濯機に放り込み、良太はシャワーを浴びた。

夕食を終えると、ラインが来た。交際している与田悦子からだ。明日《あした》は休日。一緒にドライブに行くことになっている。忘れないでという確認だ。邪魔くさいが、わかったと打ち込んでからひと休みした。

――さて行くか。

先輩刑務官たちと麻雀の約束がある。川岸宅は弘前南高校の近くだ。官舎から自転車を飛ばせば、十五分ほどで着く。銭湯近くの細い道をしばらく行くと、古い一軒家が見えてきた。

自転車を停めると、良太は川岸宅のチャイムを鳴らす。

「おう良太、入れ入れ」

豹柄《ひょうがら》のサマーセーターを着た川岸が大声で出迎えた。川岸は十年ほど前に離婚し、一人暮らしだ。卓にはすでに一人の男性が着いてビールを飲んでいた。昼間一緒に点検をした野間に、良太はお辞儀する。

居間には自慢の全自動卓がこれみよがしに置かれている。焼酎《しょうちゅう》やビール、タバコにツマミが大量に用意されていた。

「さて、さっそくやるか」

川岸も席に着く。全自動卓が稼働し、積まれた牌《パイ》がせり上がって来た。

「早く来てもらったのは、確認のためだ。通しってわかるか」

一瞬間があって、良太はうなずく。二萬《リャンワン》が欲しければ指二本で顎《あご》をなでるなど、あらかじめサインを決めておき、欲しい牌を切ったりすること……要するにイカサマだ。

「川岸が主宰して川岸が勝つと、秋村に疑われる。だから秋村をへこませた上で武島、お前をボロ勝ちさせる。それで勝ち分を三人で山分けって寸法だ」

野間は得意げだが、セコイ戦法だ。全自動卓で秋村のイカサマを封じると言っていたはずなのに、こっちがするのかよ……。

八時過ぎ。外にバイクが停まった。連続でピンポンピンポンとチャイムが鳴らされる。まるで子供の仕業だ。

「カモが来たな」

良太が卓に着いた直後、秋村がやって来た。

「おいおい、最新式かよ」

秋村は遠慮なく卓の前に腰掛ける。腹がつっかえそうだった。何を食べてきたのか、息がニンニク臭く、良太は顔をしかめた。

「こりゃ、まるで雀荘だな」

秋村が卓に設置されたサイコロを振り、勝負が始まった。良太以外の三人はタバコを吸い、室内はすっかりヤニくさくなっていた。

刑務官が四人集まれば、どうしても刑務所や受刑者の話題になる。

野間が川岸に訊《たず》ねた。

「おい、浜崎ってどうなった？」

先日、反抗的態度を見せた新入りだ。野間はひょっとして脱獄宣言を奴の仕業と考えているのだろうか。口ひげのようにビールの泡をつけながら、川岸が応じた。

「しおらしくなるかと思いましたが、反抗しとりますわ」

牌を切りながら、秋村が口を開く。

「それよりよ、脱獄宣言があったそうだな」

川岸が笑いながら説明すると、秋村はふんふんと面白そうに話を聞いていた。だが途中から野間が針金紛失のことを持ち出すと、秋村は表情を変えた。

「野間さんよ、詳しく教えてくれるか」

「ああ、実は俺もお前さんに相談したかったんだわ」

野間が詳しく話そうとした時、良太のスマホが震えた。夜の十時過ぎだ。誰だろうと思ったが、表示は名久井になっている。良太は慌てて席を立った。

「はい、武島です」

少し間があって、通話口からは押し殺したような声が聞こえた。

「武島くん、今、何してる？」

眠気が飛んだ。まさか賭《か》け麻雀をしていることが名久井に知れたのか。

「すぐに来てくれないか」

良太は一つ、つばを飲み込む。

「どうしたんですか」

恐る恐る訊ねると、ギリギリと奥歯を嚙《か》み締める音が聞こえた。

「受刑者が逃げた」

思いもかけない言葉だった。逃走……初めての経験だ。

「まだ騒ぎにはなっていないが、巡警の看守が房にいないことに気づいた。本部事務室に来てくれ」

「わかりました。すぐに行きます」

振り返ると、秋村たちが鋭い視線をこちらに送っていた。

3

官舎で制服に着替えた良太は身分を告げ、正門から駐車場に向かう。

刑務官は有事の際、すぐに召集されることに備えて刑務所近くにいなければいけない。半日以上外出する際には届け出がいる。川岸の家は比較的近くで助かった。

午後十一時七分。非常召集を受けて向かった弘前刑務所は騒がしかった。

駐車場近くに屈強な男たちがいて、ぞろぞろと歩いて行く。彼らは警備隊だ。警備隊は刑務所内に待機し、喧嘩《けんか》などで防犯ブザーが鳴ると、すぐに駆けつけて鎮圧する。新人看守の配属先はここが多く、夜には一人で外の巡警に出るのが通例だ。

「おい、放せ！」

聞き覚えのある叫び声が聞こえた。

「こら、おとなしくせんか」

警備隊が受刑者を連行していく。先日問題を起こしたばかりの浜崎正樹だった。浜崎が脱走を企てた犯人か。非常召集を受けたのに何もしないまま、終わってしまったようだ。

まあ、実際の脱獄などどこんなものだ。刑務所内に張り巡らされた監視カメラに防犯ブザー……舎房から抜け出すことができても、まずあっさり捕まってしまう。

——一応、名久井に会っておくか。

裏口から建物に入ると、言われた通り、本部事務室に向かった。

本部事務室にはモニターがいくつも置かれている。横にウェットティッシュの箱が三つほど重ねられていて、名久井は必死で映像のチェックをしていた。このモニターチェックの人員は通常、一人か二人だ。

「武島です」

声をかけると、名久井は眼鏡を直し、痩《や》せた体をくねらせた。

「浜崎、取り押さえられたみたいですね」

名久井は険しい顔だった。

「ああ、監視カメラですぐにわかった。だけど逃走したのはもう一人いるんだ」

「そうなんですか。誰なんです？」

モニターをチェックしながら、名久井は問いに答えた。

「沢村一徳って受刑者だ」

「え……」

漏らされた名前は意外なものだった。おとなしそうに見えたし、彼はもうすぐ満期だったのではないか。

「浜崎にそそのかされたんですかね」

名久井はモニターを見つめたままだった。

「二人が処遇管理棟近くを通ったのは間違いない。その後、浜崎は何度も監視カメラに映り、ブザーにも引っかかっていた。だが沢村は一度も引っかかっていない。どこにいるんだか」

「でもまだ所内にいますよね？　捕まるのは時間の問題でしょう」

「普通ならね」

刑務所から逃走など、簡単にできることではない。高い壁に、百台近くある監視カメラ。万が一、塀の外に抜け出せても、逃走ルートがなければすぐにお縄だ。

「だがどうも気になるんだ」

名久井は親指の爪を噛んだ。

「何がですか」

名久井はガリガリと爪を噛み、つぶやくように言った。

「パンくず……」

噛み終えると、名久井は思い出したようにウェットティッシュで指を何度も拭《ふ》いた。

「俺も現場に行ったんだが、処遇管理棟近くに何故かパンくずが落ちていたんだ」

管理棟近くにパンくずとは、おかしなことではある。だがそれがどうしたといえばそれまでかもしれない。

「では俺、沢村を捜してみます」

「ありがとう。何かあったら連絡してくれ」

PHSを渡され、本部事務室を出た。

暖かくなってきたが、夜の風はまだ冷たい。改築された管理棟近くには目立たないところに防犯カメラが設置されている。良太はPHSを握りしめながら思う。よくこれらをかわして逃げているものだ。

舎房近くには、夜間だというのに刑務官が何人かいた。浜崎と沢村の逃亡で、非常召集されたのだろう。外にも懐中電灯の光が溢《あふ》れていた。

「おい、良太」

秋村と川岸がやって来た。

「えらい騒ぎですね。夜中にこんなに刑務官がいるのを初めて見ましたよ」

「まあな、あの脱獄宣言のせいだ」

あの時は皆笑っていたが、こうしてことが現実になって忸怩《じくじ》たる思いがあるのだろう。

「それにしても沢村まで逃走ですか。アイツはおとなしい受刑者ですがね」

「しかももうじき満期だしな」

良太も何度かうなずいた。

「こうしていても始まらん。保護室でも行って浜崎に話を聞いてこようや」

秋村は親指で後ろを指さす。

三人が向かったのは、保護室だ。改装されたばかりで、新しく張られたリノリウムの匂《にお》いが鼻を突く。

保護室には問題を起こした受刑者が一時的に収容される。少し前までは保護房と呼ばれ、刑務官による暴行が行われると悪名高かった部屋だ。保護室の乱用は問題視され、収容条件の法規定がある。

保護室前にいた若い刑務官が敬礼をした。室内には捕らえられた浜崎の姿があった。両手に革製の拘束具をはめられている。ここに入れられた受刑者は通常、正座させられるのだが、浜崎は足を崩していた。

「おい、ちょっと話いいか」

秋村が声をかける。

「沢村はどこ行った？」

浜崎は憔悴《しょうすい》し切った顔で、秋村を睨《にら》んだ。この期に及んで、反抗的な態度だ。

「お前が工場から針金、かっぱらったのか」

「ああ？」

繰り返し質問するが、浜崎はまるで答える気はない様子だった。秋村は禿《は》げ上がった頭部にできた吹き出物をいじった。

「おい、沢村はどこ行った」

秋村の後ろから、川岸の野太い声が聞こえた。浜崎は一瞬、硬直したようになった。

「聞こえんのか。沢村はどこにいる？」

浜崎は目を伏せて、小声で応じる。

「知らねえよ」

先日、川岸に気絶させられたことが効いているようだ。とはいえ、こんなことを聞いても答えるとは思えない。浜崎は沢村を逃走のために利用していただけなのだろうから。

「針金はどうした？」

「知らねえ、何のことだよ」

川岸は舌打ちすると、秋村に視線をやった。浜崎の反応からして、どうやら本当に知らないように思える。

「あの脱獄宣言はどういうつもりで書いた？」

川岸の問いに、浜崎は目を瞬かせるだけで、意味が分からない様子だった。知らないのだろうか。浜崎でないなら、沢村が書いたということか。だがそうするとこの脱獄劇、考えていたのとは構造が違うのかもしれない。

「お前が沢村を誘って脱走したのか」

良太の問いに、浜崎は首を横に振る。

「アイツが一緒に逃げねえかって誘ってきたんだ」

浜崎は必死で自己弁護した。

「嘘じゃねえって。あいつが手引きしたんだ」

良太には浜崎の態度は演技に思えなかった。

「じゃあ聞くがよ、沢村はパン持ってなかったか？」

秋村の質問に、浜崎は思い出したように応《こた》える。

「ああ、そういや持ってた。俺にも半分くれたよ。昨日の残りを逃走用にとっておいたらしい。な？　だからあいつが首謀者なんだって。俺は脱獄なんてする気はなかったんだ。沢村が、あの野郎が……」

三人は沈黙した。多少の擦《なす》り付けはあるだろうが、大筋で沢村が計画した——そう考えた方がいいのかもしれない。

保護室を後にすると、川岸は意外そうに首をひねった。

「沢村が首謀者とはな」

工場から針金を盗むことは容易ではない。刑務所事情のわからない新入りの浜崎では難しいし、やはり沢村が盗んだのだろう。よく考えてみれば、受刑者は常に監視されているわけで、貼り紙するにも比較的自由の利く、一等級受刑者でなければ困難だ。

「浜崎を誘ったのは逃亡の際、囮《おとり》に使うためですかね」

「そう思うわ」

毛むくじゃらの腕を掻《か》きながら川岸は応じた。

「おい良太、お前沢村について他に何か知らねえか」

たるんだアゴをさすりつつ、秋村が問いかけてきた。

「そうですねえ」

ワンクッション挟んでから、草笛を吹いていたこと、そして今日、散髪をしていた際の会話について話す。

秋村は思い出したように言った。

「そういや前に沢村の野郎、『故郷《ふるさと》』を吹いてやがったな」

いつも運動場で演奏している『Take Me Home, Country Roads』もふるさとを思う曲だ。長年の刑務所暮らしで、沢村は家に帰りたかったのかもしれない。だがそれならあと少し待てば満期だ。なぜその我慢ができなかったのだろう。それにあんな脱獄宣言をする意味が分からない。

「沢村はどこにいるんでしょうか」

「さあな……まあ、刑務所内にいることは間違いねえ。きっと沢村はカメラの位置、警備の時間までを入念に調べ上げ、慎重に行動しているんだろう。警備隊に見つかったら、絶対逃げられないしな」

「沢村、頭いいですよね」

良太の言葉に、秋村は何度かうなずく。

「ああ、オレみたいな高卒じゃなく、いい大学出てやがる。問題は奴がどうしてこんなことをしたのかだ。出所後、床屋で働きたいって言ってたらしいが、それは嘘だ。あいつは適当にバリカンで刈っていただけで、特別な訓練を受けてる様子はなかった。ちょっとばかり、沢村の家庭環境について調べてみる必要がありそうだ」

秋村は踵《きびす》を返した。沢村の資料を見に行くらしい。受刑者の履歴などが書かれた身上帳でチェックするのだろう。

「良太、どうするよ」

川岸が訊《たず》ねてきた。

「外を捜してみましょう」

現実問題として沢村は逃亡している。刑務所にある捜査権は四十八時間以内に捕らえないと、警察に移る。塀の外に出してしまえば、刑務所の名誉は地に落ちてしまう。

良太と川岸は外に出て、沢村がいないか捜索することにした。

川岸はずいぶん高いところを懐中電灯で照らしていた。

管理棟近くには仮設の塀がある。工事中で白い布がかぶせられていた。高さ三メートルほどで、上ることは可能だ。

「ここを通ったのかもな」

確かに足場は悪いが、カメラの死角でもあり、見つかりにくい。

「あちらに続いていますね」

仮設の塀は、管理棟から少し離れたところにある二階建ての古い建物に延びていた。休みの日に教誨師《きょうかいし》がやってきて、希望する受刑者に話を聞かせる集会所のような場所だ。受刑者が教誨室に潜んでいるというのは少しできすぎか。

川岸が施錠を確認していた。良太は仮設の塀によじ登ると、そこからジャンプして建物の屋根に手をかけた。懸垂のような要領で屋上に立つ。

こんな面倒な逃走ルートをとるとも思えないが、監視カメラに映っていない以上、通常のルートではない可能性が高い。

「おい良太、何かわかったか」

下から川岸が呼んでいた。屋上から刑務所内を見渡すと、駐車場を挟んで近くに正門が見えた。正門から逃走は不可能だろう。カメラや防犯ブザー以前に、刑務官に見つかってしまう。

東の方には古い会議室が見える。その向こうに工場があって、さらにずっと先は運動場だ。だがそちらの方角には最後、五メートル以上の赤壁が防犯線付きで待ち構えている。突破は困難としか思えない。

懐中電灯で教誨室のある建物の屋上を照らすと、白い粉のようなものが落ちていた。良太は拾い上げて光で照らす。

――パンくず……か。

屋上から、仮設の塀を伝って下りた。川岸はその塀の下を照らしている。そこにもパンくずが落ちていた。

「ここを通って逃げたんでしょうか」

「グリム童話のヘンゼルとグレーテル気取りでな」

川岸の表現に良太は口元を緩めた。ヘンゼルとグレーテルは、目印としてパンくずを置いた。しかし脱走者が逃走経路に目印を置くことはないだろう。焦っていてこぼれた……そう考えるのが妥当だ。

この気づきは、名久井が現場をしっかり観察してくれていたおかげだ。その気づきがなければ、見逃していたかもしれない。

「居住棟の方、見てくるわ」

川岸は新しく建てられた高齢受刑者向けの舎房へと向かった。バリアフリーの行き届いた居住棟は老人ホームと呼ばれている。

そのとき、PHSに連絡があった。

「はい、武島です」

名乗るとすぐに名久井の声が聞こえた。現状を報告すると、しばらくの沈黙の後、名久井は興奮気味にまくし立てた。だが早口で何を言っているのかわからない。

「すみません、もう一度お願いします」

「わかったんだよ、沢村の真意が。君にはそこへ行ってもらいたい」

良太はつばを飲み込んだ。

「どういうことですか」

「詳しくはあとで説明する。とりあえず俺が言う場所へ行ってくれ。俺もすぐに向かう」

名久井は場所を指定し、通話は切れた。

管理棟で鍵《かぎ》を受け取ると、良太は工場脇を通って運動場に向かった。運動場には誰もいない。遠くにチラチラと懐中電灯の光が見えるだけだ。

良太は赤い壁を懐中電灯で照らす。防犯線のついた高い壁は、道具でも使わなければ乗り越えることは不可能だ。

「ここか……」

高い壁の角には扉があって、中のハシゴを登ると監視塔に続いている。ここが名久井の言っていた逃走ルートだ。

良太は扉のノブに手をかけ、舎房の施錠を確認するように回したが、鍵がしっかりとかかっていた。ポケットから鍵を取り出すと、ドアノブに差し込む。

ゆっくりと扉を開けた。上の監視塔へ続くハシゴを登ると、監視塔内を見渡す。特に何もない。

窓にはしっかり鍵がかかっている。ここから逃げた形跡はない。

監視塔からの逃走……普通は考えつかないルートだろう。意表をついている。しかし鍵がかかっていたし、逃走の際、わざわざ鍵をかけ直していくとは思えない。このルートで逃走したというなら、すでに塀の外に逃げ出しているだろう。沢村がここに来た様子はなく、名久井の推理は外れた。

やがて監視塔に名久井がやってきた。

「武島くん？　どうだった」

「監視塔には鍵がかかっていました。沢村がやってきた形跡はありません」

「そうか。必ず沢村はやってくるはずだ」

名久井には落胆した様子はない。良太は遅ればせながら、保護室で浜崎から聞いたことを報告した。

名久井はなるほど、と応じる。

「調べたんだが、沢村には年老いた父親がいるんだ。入院していてかなり重病らしい」

「満期まで待っていては間に合わないから、脱獄したんですか」

「早まった真似をしたもんだよ……」

秋村も沢村の動機を調べていたが、名久井の方が先を行っているようだ。

「統括、沢村の逃走ルートがどうしてここだと断定するんですか？　別の場所を捜した方がいいんじゃないですか」

「いや、きっと来る」

名久井は自信に満ち溢《あふ》れていた。

「君がさっき見つけたパンくずと、例の貼り紙にヒントがあったんだよ」

「貼り紙？　脱獄宣言ですか」

「ああ、沢村は脱獄計画のことをＡＴＥＭＰＴと呼んでいただろ」

「はあ、ですが綴《つづ》りが」

「そうだ。くわだてという意味なら間違っているが、あれは間違った綴りじゃない」

よく意味が分からない。聞き直すと、名久井は説明を続けた。

「沢村たちは管理棟近くを通った。英語で管理棟はAdministration Buildingというんだ。そこにパンくずがあった」

「はあ、それが何か」

「管理棟近くに仮設の塀があるだろ？　仮設はTemporary Construction。そこにもパンくずがあった。その先は教誨の部屋だ。教誨はExhortation。そこにもまたパンくずがあった。以下Meeting Room、Playgroundと続く。どういう意味かわかるかい？」

「まさか、逃走ルートですか」

「そういうことだ。頭文字を続けて読むとＡＴＥＭＰＴになる。最後がこの監視塔、Towerだ。ＡＴＥＭＰＴは綴り間違いじゃなく、沢村の逃走ルートだったんだよ。パンくずはＡＴＥＭＰＴの場所にわざと置いたんだ」

名久井の説明は、なるほどと思えるものだった。

「おそらく沢村はただ逃げるだけじゃなく、自分の頭の良さをアピールしておきたかったんだろう。あえて綴り間違いのように見せて、綴り間違いだと笑う人間を逆に笑う。自分は優秀なんだってことを、刑務所内に思い知らせるためにこんなことをしたんだ。あるいは逃走後、新聞社辺りに、このことを自分で知らせる気かもしれない。捕まっても奴はある意味、ヒーローになれる」

ATEMPTが綴り間違いに見せた逃走ルート……そんなこと、あそこにいた誰も考えつくまい。

名久井は赤い壁を眺めていた。

「来たようだ」

「え……」

壁の近くには受刑者用の灰色の舎房着を着た痩《や》せた体があった。キョロキョロと辺りをうかがいながら、監視塔に近づいてくる。

「沢村だ。間違いない」

監視塔のカメラを気にしつつ、沢村はゆっくりとポケットから何かを取り出そうとしていた。おそらく針金だろう。名久井の予想した通り、監視塔から脱獄するつもりだ。

沢村は扉の前に向かうと、しばらくカメラを見上げていた。

良太はポケットの中から、呼子笛を取り出した。これを鳴らすことで、問題が発生したことを他の刑務官に知らせる。しかしその笛を鳴らす前に、沢村は良太と名久井の存在に気づいた。

くそ、と言って、沢村は慌てて走り出した。しかし工場の方から、ひとりの刑務官が走って来た。真っ先にその刑務官が飛びかかるが、反撃をくらって倒れた。

「統括、挟み撃ちにしましょう」

良太は声をかけたが、名久井はどういうわけか動かなかった。

「何やってるんです？」

名久井は監視塔前にしゃがみこんでいた。仕方なく良太は、必死で逃げる沢村を追う。やがて追いつくと飛びかかってもつれた。沢村の抵抗は意外に激しく、良太は一度、振りほどかれた。

「沢村！」

パンチパーマが見えた。さっきの刑務官は野間だった。良太より速く、もう一度野間が飛びかかった。

野間は鼻血を流しながら、沢村に馬乗りになった。柔道家の川岸ならあっさり捕まえるだろうが、野間は必死だ。しばらくもつれ合っていたが、沢村の抵抗はようやく収まる。

「てこずらせやがって」

野間は息を弾ませつつ、沢村に捕縛縄をかける。息が上がっていて、そのまま倒れこんだ。

良太は呼子笛を吹いた。無数の光が見える。いつの間にか警備隊が取り囲んでいた。

脱獄の夜はようやく終わりだ。

良太の笛に呼応するように、少し離れたところで呼子笛が鳴っていた。

4

外はいい天気だった。

昼の長い休み、食事を終えた受刑者たちは運動場に出ていた。眉毛《まゆげ》のない元暴力団構成員が、若い受刑者を座らせてワインドアップ投球をしている。運動場では老いた受刑者たちがノロノロと歩いて行った。

一人の受刑者がボールを投げたが、暴投になってボールは壁へと転々としていく。夜でも見やすいよう白く塗られた壁に当たり、芝生の上で止まった。

「おい、ちょっと待て」

芝生の近くまでボールを拾いに行く受刑者を、良太は遮った。彼の代わりに芝生の上に落ちている軟式ボールを拾った。

若い受刑者はぺこりと頭を下げる。良太はボールを受刑者のグローブに手渡す前に、軽く彼を睨《にら》んだ。

「教えてもらってないのか」

受刑者は目をぱちくりさせた。

「ここから先には行くな」

良太は芝生を指さした。赤い壁から一メートルほどのところに植えられた芝生より外に、受刑者は出てはいけない。

「わかったな」

説明してボールを渡す。受刑者が戻っていくと、良太は監視塔を見上げた。

監視塔には刑務官の姿があった。それまではこの時間、監視塔には監視カメラだけだったのだが、逃走事件を受け、刑務官を二十四時間体制で置くことになった。

あの夜、脱獄を企てた沢村は保護室に入れられた。沢村の舎房着からは、盗んだ針金が見つかっている。満期までもうすぐだったが、これで台無しだ。いずれ逃走未遂罪で裁かれることになるだろう。馬鹿なマネをしたものだ。

受刑者の休憩は終わり、良太の背後から足音が聞こえた。

「武島先生」

呼ばれて振り返る。受刑者の木原だった。

「統括がお呼びですよ。保護室前に来るようにと」

またか……どういう用件なのかと良太は問いかける。おかしいことがあるそうです、と木原は応じた。

「おかしいことってなんだ？」

「さあ……」

誰かが近づいてきて、木原とはすぐに別れた。指示を無視するわけにも行かず、良太はため息をついた。

保護室前では名久井が待っていた。

「武島くん、野間はおとがめなしみたいだよ」

一瞬、秋村や野間らと麻雀をしていたことを責められるのかと思ったが、名久井にそういう様子はない。

「逃走を許していたなら、針金を盗まれた野間は処分されてしかるべきだった。しかし沢村を取り押さえたからおとがめなし。どうも秋村看守部長が逃走ルートに気づいて、野間に助言したようだ」

タイミングがいいと思っていたが、秋村も気づいていたのか。だから不注意で針金を盗まれた野間に、汚名返上という花を持たせたのだろう。しかし名久井は、苦虫を噛《か》み潰《つぶ》したような顔だった。

「統括、それより何ですか、おかしなことって」

「動機だよ。沢村の父親の入院する六戸の病院に連絡を取ったんだが、どうやら沢村と父親は仲が悪かったらしい」

名久井はそこまで調べていたのか……良太は黙って話を聞いた。

「奴は偏差値の高い大学の割に、就職はそれほどいい会社というわけじゃない。どうも実家に帰りたくなくて、遠い就職先を選んだとしか思えない」

「そうなんですか」

「何でも沢村の父親は、コイツは不倫の子だって嫌って沢村に暴力を振るっていたらしいんだ。母親は逃げてしまうし、そんな父親のとこに帰りたいって思うかい？」

良太は自分の家族のことを思い返していた。今でこそ同居しているが、自分もオヤジとは決して仲は良くなかった。母が取りなしてくれていたからよかったが……。

「それでも死ぬって聞かされたら、最期くらいって思うのは自然でしょう」

「まあね、ただ他にもおかしな点が色々あるんでね」

言いかけて、名久井は止まった。立ち上がる。

「まあいいか、本人に訊《き》いてみるのが一番てっとり早い」

名久井は革手錠され、正座する沢村を見下ろした。暴れていた浜崎とは違って、しおらしい態度だ。

「こんにちは。平成の五寸釘寅吉《ごすんくぎとらきち》さん」

明治時代の有名脱獄犯の名前だ。

「それにしても、もうすぐ満期でしょう？　そんなに六戸に帰りたかったんですか」

名久井の問いに、沢村は頭《こうべ》を垂れた。

「馬鹿なことをしたと思っていますよ」

名久井は何度かうなずく。指先を沢村に示し、よく見てくださいと言った。名久井の指先には、パンくずが付いていた。

「脱獄の夜、監視塔前で拾ったものです。このパンくず……何で置いたんですか」

「ちょっとしたイタズラですよ。脱獄宣言で書いた『ATEMPT』の場所に置いてあったでしょ？　あれは逃走経路を意味しているんです。これだけヒントを与えているのにわからないのかって笑うためです」

名久井の推理どおりだった。沢村は自嘲《じちょう》的な笑みを浮かべた。

「脱獄なんて、リアルでやるもんじゃないですね。うまくいくはずないってのに」

つられたように名久井も微笑みを返した。

「しかし沢村さん、あなたの計画は、成功したんですよね？」

沢村はパンくずを見つめたままだった。

良太は意味が分からずに、名久井を見つめた。

「計画は成功ですよね、沢村さん」

「どういう意味です？」

「本気で逃げたいなら、何ですぐに監視塔の鍵《かぎ》をこじ開けて逃げなかったんですか」

問いかけられ、沢村は口元を緩めた。

「パンくずを置いていたからですよ」

「違いますね」

名久井の断定に、沢村は一瞬、固まった。

「パンくずを置くくらいすぐにできるし、どうでもいいことです。あそこまで来たら、早く逃げたいっていうのが普通でしょう。それなのにあなたは扉を針金でこじ開けようとしなかった。それだけではなく、悠然と監視カメラを見上げていたんです」

「何が言いたいんですか」

「あなたは逃げる気なんてなかったってことですよ。捕まろうとした。だからあえてカメラの前に自分を晒《さら》したんです。わたしはあの夜、あなたを追わなかった。ばからしいじゃないですか、逃げる気のない受刑者を追っかけるなんて」

沢村はじっと黙り込んだままだった。名久井は冷たい視線を沢村に送った。そういえば、あの夜、名久井はなぜか追いかけようとせず、しゃがんだままだった。

「時々いるんですよ。せっかく出所したのに、塀の中に帰りたくて罪を犯す人が。沢村さん、あなたも基本的に同じだ。ここにいたかったんです。脱獄しようとして捕まれば、まだ刑務所にいることができる……そう考えたんじゃないんですか」

沢村はチラチラと上目遣いに、名久井の様子をうかがっていた。

「あなたがパンくずを置いた理由は刑務官をあざ笑うためでしょう。ですがATEMPT以外にもう一つ、意味があった。ヘンゼルとグレーテルに見立てるためです。ヘンゼルとグレーテルは自分の家に帰るためにパンくずを置いた。しかし沢村さん、あなたはお父さんとずっと絶縁状態なんでしょう？　六戸の実家は『家』じゃない。あなたは自分の帰るべき『家』はこの刑務所だって意味をそこに込めたんです」

黙ったままの沢村に、名久井は休むことなく質問をぶつけた。

「浜崎を仲間に引き入れたのは、罪を重くするためでしょう？　単純に逃走するより、数人で一緒に逃亡した方が罪が重くなる。それだけ長く、ここにいられるわけですから」

沢村はうつむいていた。名久井は細い目で沢村を睨んだ。

「あなたのお父さんは確かに病気らしいですね。しかし今日明日、死ぬってほどの状態じゃない。あなたは捕まった際、言い訳するために父親の病さえ利用したんです。沢村さん、あなたは本当は満期前でも会えるって知っていたんじゃないですか？　知っていながら脱獄しようとしたんです」

「………」

「ですがさっき連絡がありました。あなたのお父さん、容体が急変したそうです。危篤らしいですよ」

沢村は顔を上げた。目を開いている。

「嘘から出た実《まこと》ってやつです」

握り締めた沢村の手が少し震えていた。

「会わなくていいんですか？　わたしなら今からでもねじ込めます。どうするかは沢村さん、あなたが決めてください」

沢村はなおも無言だった。

しばらく待ったが、沢村は結局、本当のことはしゃべらなかった。その心は誰にもわからない。だが良太には名久井の推理は当たりにしか思えなかった。長く刑務所にいるために脱獄しようとする……前代未聞の脱獄劇だ。

名久井は眉間《みけん》にしわを寄せた。

運動場へ向かうと、工場の方を見る。営繕工場前には新入り訓練を受ける受刑者たちがいた。名久井はブナの木の前で立ち止まった。

「沢村の父親、危篤だったんですね」

名久井は持っていたパンくずを、パラパラと地面に落とす。

「嘘だよ」

「え、そうなんですか」

「あれでも真実を告げなきゃ、沢村はどうしようもないクズだ」

良太はパンくずを見つめながら、ため息をつく。クズ……か。そうかもしれない。だがこんな脱獄劇を思いつく頭がありながら、どうしてこうなってしまったのかとも思う。

名久井は黙ってブナの木を見上げていたが、やがて口を開いた。

「刑務所を何だと思っているんだ」

嚙み締めるように言うと、名久井はまた眉間にしわを寄せた。良太はその端整な白い横顔が怒りで紅潮しているのをじっと眺める。

沢村は確かにクズだ。刑務所は保護施設ではない。しかし沢村の気持ち、良太にはわからないでもなかった。

有名私大を出ているとはいえ、きっと沢村は一人だったのだろう。自分にも経験がある。一人暮らしの大学生活は自由だが、華やかな青春ばかりとは限らない。友人を作れず、いつの間にか人間関係を作ることが煩わしくなり、孤立していくこともある。そして孤独に慣れれば、一人の方が居心地が好《よ》くなる。仕送りかアルバイト収入があれば暮らせるし、三食食いっぱぐれのない刑務所とある意味、よく似ている。まあ、どちらにせよ甘えだ。クズに変わりない。

「武島くん、こんな刑務所、変えたいって思わないかい？」

良太はハッとして名久井の眼鏡の奥を見つめた。

「沢村もダメだが、そもそもやり方がダメなんだよ」

名久井は親指の爪を噛《か》んだ。

「ここの看守部長たちは受刑者にアメとムチで接しているつもりで自己満足している。現実、そのやり方で真人間になった奴もいるだろう。だがそのやり方に合わない受刑者もいる。体質的にアルコールを飲めない人間に酒を強要し、飲めない奴は仲間じゃないってやるようなもんだ。わかるかい？　こんな古めかしい戦中戦後のようなやり方が、沢村みたいにどうしようもない受刑者を生み出すんだ」

噛みすぎで、名久井の指からは血が出ていた。

「受刑者は最初、刑務所っていう異世界に入って戸惑う。しかしすぐ、それに対応して利用していく。新入り訓練の頃はこんなトコ地獄だと思っても、いずれ慣れ、居心地が好くなってしまうのさ。今までのやり方ではね。どう思う武島くん、刑務所について変えたいと思わないか」

それは……と言って黙り込んでいると、名久井はもう一度、口を開いた。

「俺は変えたいね」

名久井はスズメノテッポウを一本取ると、口元に当てる。しかし呼子笛のように澄んだ音はせず、苦労していた。

「若い刑務官はいいんだ。君みたいに若い看守は。問題は古臭い看守部長クラスだ。このあたりの不良債権を何とかしなければ……」

名久井は並々ならぬ意識で刑務所を変えたいと思っているようだ。

「統括、では戻ります」

「ああ」

春の日。昼下がりの工場前には新入り訓練の声が響いている。名久井の奏でる下手くそな草笛の音色がしばらく流れ続けた。

第三章　プリズン・グルーピー

1

朝の通勤ラッシュはピークを過ぎていた。

衣替えを終えたばかりの女子高生が数人、大声でしゃべっている。六月。すでに朝の陽射しは強く、今日は暑くなりそうだ。

そんな弘前駅構内を、男ばかりの四人の集団が歩いていく。良太とベテラン看守部長の野間はカッターシャツ姿だ。通勤途中のサラリーマンといった恰好《かっこう》。ただしパンチパーマの野間は、どう見ても普通のサラリーマンには見えない。

二人の刑務官に挟まれ、段ボールを抱えた二人の刈り上げ頭が歩いて行く。一人は老人で背が低く、もう一人は対照的に長身だ。どちらも下を向き、恥ずかしそうにしていて、二人は腰縄でつながれている。刑が確定し、受刑者になり立てホヤホヤの新人連中だ。赤落ちしたての受刑者は、移送分類といって収容先の刑務所を決める期間を経て、おのおのの刑務所に送られる。

二人の受刑者が持つ段ボールには領置品が入れられている。日常生活に最低限必要なものだ。移送されていく受刑者であることはすぐにわかるだろう。すれ違う人々が何人も振り返ってヒソヒソ話をしていた。

「バレてるか」

「さあ、どうですかね」

野間の問いに、良太は小声で返した。

移送される受刑者の数が多い場合はワゴンで直接刑務所に連れて行かれるが、少ないと電車が使われることも多い。改札口が見えてきた。良太は駅員に軽く会釈する。受刑者が通ります、という意味だ。何度かやっているので顔なじみになった。万が一逃走の気配があれば、駅員も捕獲に協力してくれる。

「あっ」

年老いた受刑者が足を取られ、段ボールを落とした。下着や安全カミソリがこぼれ落ちた。

「何やってんだ」

「す、すみません」

慌てて拾おうとする受刑者に引きずられ、背の高い受刑者も体勢を崩して倒れた。何人かがこちらを振り返った。

「ちょ、あれって楠美《くすみ》アキトじゃない？」

「え、マジ？　うっそ」

夏服の女子高生たちが良太たち、正確には背の高い新人受刑者を指差していた。

「やっぱ楠美アキト、本物だよ」

彼女たちの会話を合図に、ぞろぞろと人が集まって来た。くだらないことで改札口付近はちょっとした見世物になっていた。スマホがカシャカシャ鳴っている。写真を撮られているようで、背の高い新人受刑者は必死に段ボールで顔を隠した。

「おい、さっさと行くぞ」

野間が急《せ》かした。四人は足早に駅の外で待つ護送車に向かう。背の高い新人受刑者は恥ずかしさに耐え切れないという顔だ。

「だから最初っからワゴン使えって言ったんだよなあ」

護送車の中で野間が愚痴った。良太は苦笑いを返す。二人の視線の先にはさっきの背の高い新人受刑者がいる。顎《あご》のシャープなモデル的顔立ち。ただしよく見ると肌艶《はだつや》は悪く、カサカサでしわが寄って年齢以上に老けて映る。

うつむく受刑者の本名は楠美明人《あきと》。年齢は三十三歳。青年実業家で、かつてはバラエティー番組にも出演していた。それだけでもある程度の知名度はあっただろう。

しかし楠美の名前が知れ渡ったのは、決していい意味ではなかった。一時は数十億もの資産があったらしいが、不動産経営に失敗し、その資産はかなり減っていたという。

そんな中、酒に酔った楠美はある日、交際していた女性を殴打。死に至らしめてしまったのだ。楠美は記憶がないと冤罪《えんざい》を主張していたが犯行は明らかだった。結局、傷害致死罪で懲役八年の実刑判決が下った。まさしく人生の浮き沈みを経験した男だ。

七分ほどで護送車は刑務所に着いた。

通用門から駐車場に向かう。車を降り、手錠や腰縄を外された受刑者二人は五メートルほどのコンクリート塀を見上げた。楠美は青ざめた面持ちだ。

「あの、すみません」

たまらずという感じで良太に話しかけてきた。

「どうしても、独居房にしてもらいたいんですが」

哀願という面持ちだった。良太は楠美ではなく野間に話しかける。

「総転房したばかりで、空きができた房があったからそこでしょ」

「だろうなあ」

野間は少し高くなった太陽を睨《にら》みつけると、首の辺りの汗を拭《ふ》いた。

「楠美、お前独居房がいいってのか」

「お願いします」

楠美は深く頭を下げた。刑務所の雑居房では、何度かクラス替えのようなことが行われる。逃走や不正防止のためだ。受刑者の半分を入れ替える転房は頻繁に行われるが、全員をシャッフルする総転房は年に一度か二度で、この前行われたばかりだ。

現在、過剰収容気味の雑居房には珍しく、定員に空きができている。上がり房という仮釈放に備えての独居房に替わった受刑者が数名重なったためだ。一方、独居房はいっぱいだ。通常新入りは雑居房に回されるのだが、有名人受刑者の場合、いじめの対象になりやすいために独居房があてがわれることもある。

「まあ、上に話しとくが期待はすんな。便所の前で寝ることになるのは覚悟しとけ」

野間は素っ気なかった。楠美は有名人とはいえ、過去の人だ。今の房の状況から考えれば特別扱いはされまい。

「お願いします」

楠美はまるで土下座でもしそうだった。犯罪者ばかりが集まる雑居房生活が不安でたまらないのだろう。

二人の受刑者を別の刑務官に預けて、とりあえず移送の仕事は終わりだ。

「おい良太、今度久しぶりに赤落ちやるらしいぞ。ストーカー事件の公判が決まったらしい」

「そうですか。わかりました」

「何とか秋村の野郎、倒したいなあ」

野間とはそこで別れた。

「赤落ち……か」

声にならぬようつぶやいた。

看守になってわかった。この弘前刑務所では赤落ちというギャンブルが行われている。名久井には探りを入れるよう命令されているが、良太はこの赤落ちについて名久井に報告していない。

刑務官は異動の少ない職業で、仲間関係は大事にしないといけない。良太としてはいくら命令されようが、仲間を売るような真似はしたくないというのが本音だ。

良太は処遇管理棟に向かおうとして足を止めた。門のところに人影が見える。面会受付係をしている初老の男性ともうひとり、女性が話している。もめている様子だ。少し気になって話しかけた。

「どうしたんですか」

女性は二十代後半くらいだろう。癖のある長い黒髪で、淡いピンクのサマーセーターを着て、おとなしそうな雰囲気だった。

「会いたいんです。楠美アキトに」

良太は面会受付係と目を合わせる。

「看守さん、アキトは死刑囚でもないんだし、会えるんでしょ？」

女性は澄んだ瞳《ひとみ》を向けてきた。

「まあ、事情によりますがねえ」

「だったら会わせて」

今、移送したばかりなのにやって来たということは、楠美アキトの関係者だろうか。

「移送を終えたばかりですので、少し待ってください。色々と確認事項もありますし」

良太はなだめるように語りかけた。女性はさっきまではおとなしそうに感じたが、その目つきにはどこか険がある。

「わかりました。また来ます」

女性は赤いアルトに乗るとドアをきつく閉め、猛スピードで去って行った。


移送以外に特に変わったことはなく、その日の仕事は終わった。

ただし夜勤に備えて睡眠時間を調整しなければいけない。日が長くなり、帰宅時間にはまだ太陽が沈んでいなかった。

官舎まではすぐだ。良太はポストのある最初の角を曲がった。

「こんばんは」

背後から声がかかった。刑務官はたいてい官舎住まいなので、知り合いによく会う。丁寧な口調から、新人だろうかと思って振り返った。

「お久しぶりですね」

そこには四十前後の男性が立っていた。開襟シャツで、チンピラ風を吹かしているが歯並びが悪く、鼻がつぶれている。かなり不細工な顔だ。

「木原ですよ」

苗字《みょうじ》を聞いても、わからなかった。

「武島先生、その節はお世話になりました」

ようやく思い出す。先生などと自分のことを呼ぶ人間はごく限られている。受刑者くらいだ。

「ああ、お前か」

　この木原保雄も元受刑者で、掃夫をしていた男だ。というより良太にとっては名久井とのパイプ役という理解だ。木原は以前、不動産会社に勤めていたが、横領で逮捕されて実刑を食らった。吉田《よしだ》という旧友が身元引受人になって、少し前に出所したばかりだ。刑務所では当然、舎房着か工場着ばかりだったので、私服は初めて見た。印象がだいぶ違うものだ。

「おかげさまで、出所してから元気にしています」

「そうか、そりゃよかったじゃないか」

「ええ、まあ」

　どこか形式的で気味の悪い会話だった。礼を言うためだけに、こんな時間にやってくるとは思えない。名久井の用事かとも思ったが、刑務所内ならともかく、刑務所の外までパイプ役は必要ではないだろう。直接伝えれば済むことだ。

「何の用だ？」

　木原はズボンのポケットに手を入れた。歯並びの悪い黄色い歯がのぞく。

「何の用と言われましてもね。お世話になったお礼ですよ」

　世話などした覚えはないが……良太は少し警戒した。その不安を払いのけるように、木原は微笑んだ。

「出所後、ＢＢＳの方に、すごくよくしてもらってましてね」

ＢＢＳとはBig Brothers and Sisters Movementの略で、出所者の社会復帰を支援する有志のことだ。ちゃんとＢＢＳと関わっているなら、滅多なことはない。まあ木原も出所できたんだし、気分はいいだろう。もめ事など起こしたくはないはずだ。

「ではまた来ますよ。ああ、わたしのアパートは弘前駅の近くです。すぐに来られますからご心配なく」

木原は踵《きびす》を返す。いつの間にか日が陰ってきた。良太は夕暮れの中、木原の小さな背をじっと見送っていた。

2

数日後、良太の当番は夜勤だった。

良太は担当する舎房を一人で見回っていた。零時。とっくに就寝時間なので寝静まっていて、静かに施錠確認をした。

受刑者が生活する舎房には、雑居房、独居房問わず冷暖房設備はない。夏場に団扇《うちわ》が支給されるくらいだ。夏の暑いのも嫌だが、まあ耐えられる。冬場の寒い方がずっと大変だ。

二階には八室の雑居房がある。良太は施錠を確認すると、名札に視線を落とす。楠美という文字が目に飛び込んできた。野間の言ったとおり、楠美アキトは便所近くで寝ている様子だ。雑居房の寝る場所には暗黙の決まりがあり、新入りは便所近くに寝ることが多い。

「武島先生」

ささやくような小さな声が聞こえて、楠美が抜き足差し足で近づいて来た。

「どうした？」

良太も小声で応じる。楠美は房の全員が眠りに落ち、刑務官が来るのを待っていた様子だった。

「何とか独居房に移してもらえませんか」

楠美は予想通り、かなり弱っていた。こいつも苦しんでいるようだが、同情する気はない。今でも自分が特別だと思っているようで、逆に意地悪をしたくなる。

「もう少し頑張れ」

「武島先生、言い忘れましたが、ボクはゲイなんですよ」

良太はふっと鼻であしらう。確かに同性愛者は独居房に……という暗黙の了解があるが、このことはよく知れ渡っているので、ゲイだと嘘をついて独居房に入れてもらおうとする受刑者が時々いるのだ。調べた限り、楠美はゲイどころかどうしようもない女たらしのようだ。嘘なのはすぐにわかる。

「ここに慣れることだな。今はとても耐えられないと思うだろうが、しばらく耐えれば楽になる。それにこの程度耐えられないと、独居房に移ってもやっていけないぞ」

忠告してやった。楠美はそれでも諦《あきら》められないのか、頼みます、こんなところは無理です、と繰り返していた。ゲイだという主張はどこかへ消え去って哀願に変わっている。なんとも情けない男だ。ブランドスーツで身を固め、テレビで自信たっぷりにビジネスについて話していた青年実業家の姿からは想像もつかない。

巡警を終え、待機室に戻った。

目に飛び込んできたのはパンチパーマだ。後夜の夜勤部長、野間がいる。禿頭《とくとう》で小太りの刑務官は秋村だ。得意げに話している。机の上には麻雀《マージャン》のカードゲームが置かれていた。

「それでよ、久しぶりにススキノに行ったんだがいい子見つけたんだよ」

「なんて店だ？」

いかつい体格の川岸がそれに応じた。いつものメンバーが珍しく、今日は夜勤に集結している。風俗の話に花が咲いているようだ。

「今日は赤落ち、中止になったんですね」

良太が声をかけると、三人はこちらを向く。秋村が声をかけてきた。

「ああ、公判が終わってすぐに控訴しやがった。どうせ結果はわかってたけどな。そういや女って言えば良太、おまえ与田悦子とかいう娘とはどうなったんだ？」

「それが、仕事が忙しいらしくて連絡が取りづらくなっているんですよ」

頭の後ろを掻《か》くと、秋村は眉《まゆ》をひそめた。

「そりゃまずいな。浮気されてるんじゃねえのか」

川岸が追い討ちをかける。

「お前ら月一くらい会ってドライブするだけだろ。普段はラインでやりとりってなんだそれ？　ママゴトか。やることやって悦《よろこ》ばさんと、逃げられるに決まってるわ。押して押して押し倒せ。既成事実を作れ。男と女なんて所詮《しょせん》別の生き物だわ」

川岸と野間は笑っている。良太はため息で応じるしかなかった。

「まあ、そうでもない」

割って入ったのは秋村だった。

「この前、面会の立ち会いでよ、おかしな女がいたんだ」

秋村の代わりに野間が口を開く。

「良太、お前と一緒にここへ移送した楠美アキトっているだろ？」

「ええ、さっきも独居房に替えてくれって泣きつかれましたよ」

楠美がゲイのふりをしていたことを伝えると、笑いが起きた。

「あいつに会いに来た女がいるんだ」

送り届けた後に会った、楠美に面会を希望していた女性のことだろう。

「楠美の奥さんですか」

野間は首を左右に振った。

「いや、楠美の野郎は独身だ。あの女、竹内美代子《たけうちみよこ》っていうらしい」

どういう感性なのかは知らないが、芸能人や死刑囚などにはこういうファンがつくパターンが多い。場合によっては獄中結婚してしまう場合もある。楠美もまだ捨てたもんじゃないということか。

「その美代子って女、楠美の野郎にぞっこんで、冤罪《えんざい》だって信じてやがるんだよ。昨日も会いに来た。ずっと信じています。頑張りましょうって目を輝かせてた」

秋村は麦茶を飲みながら苦笑していた。川岸が言葉を引き継ぐ。

「若くて結構、綺麗《きれい》な女だな。けどどこか神経質ってか、ヒステリックに思えた。あの手の女は、美人でも願い下げだわ」

まったくだ、と野間が同意する。

それから川岸と野間は風俗の話に戻った。良太は聞き役として何とか話を合わせるが、どういうわけか秋村は口を閉ざしていた。お猪口《ちょこ》で酒でもやるように、うつむきがちで麦茶をチビチビと飲んでいる。

「どうかしたんですか、秋村さん」

秋村は思いつめたように下を向いていた。

「賭《か》けねえか」

意外な言葉に川岸と野間は話をやめ、室内が一瞬、静まり返った。野間が机の上に載っている麻雀のカードゲームを手にした。

「野間さん、麻雀じゃない。本物の牌《パイ》使わなきゃつまんねえし」

「それだったらどうすんだ？」

「新しい賭けをやるんだよ」

秋村は麦茶をグィっと飲み干した。

「さっき話した女だ。楠美に会いに来た竹内美代子って女が話に出ただろ？　こいつがいつまでもつか賭けるんだ。一ヶ月来なくなったらそれで終了。こういう連中はたいていすぐに失望して来なくなるが、意外ともつかもしれん。金を出し合って、一番近かった奴が総取りってのでどうだ？」

川岸と野間は面食らった顔だった。

「赤落ちがなくなって、つまんねえと思ってたところだ。こういうギャンブルに飢えてたんだよ」

「面白そうだな」

川岸が応じる。野間も同意した。

それにしても、秋村は本当にギャンブル狂だ。しかも普通のギャンブルには関心がない。秋村は自分が提案者だから、と良太たちが賭け終わってから最後に賭けるらしい。不謹慎なギャンブルではあるが、まあ、これくらいはいいか……。

「どうだ良太、竹内美代子がどれだけもつか決まったか？」

「いえ、まだです」

「急《せ》かして悪いな。けどひょっとしたら今日でいきなり破綻《はたん》かもしれねえし。野間さんも川岸も賭け終わったぞ。川岸は三ヶ月、野間さんは一ヶ月らしい」

「じゃあ、二ヶ月でお願いします」

良太は適当に答えた。野間と川岸、二人の間を取っただけだった。秋村はそれを察したのか、つまらなそうにふっと鼻で笑った。

「それでいいんだな」

「かまいませんよ」

「これでみんな出揃ったな。じゃあオレは満期まで賭けるぜ」

良太は口を閉ざした。満期？　確か楠美の刑期は八年だろう。いくらなんでもそこまでもつとは思えない。だいたい八年も経ったらこの四人の誰かは別の刑務所に移っているか、そもそも刑務官を辞めているかもしれない。賭け金を回収できるのか。

「本気ですか」

「ああ」

「いくらなんでも満期はないでしょ？」

「だからお前らは甘いんだよ。あの女の目は本気で惚《ほ》れてる目だ。お前らみんな、女を見る目がない。俺は死んだ嫁がいたからわかる。大恋愛だったからな」

野間と川岸は訝《いぶか》しげな顔だった。秋村に何か勝算があるのかと疑っている様子だ。この賭けは純粋に竹内美代子にかかっている。赤落ちの時のような「イカサマ」もできまい。

「じゃあな、巡警行ってくる」

秋村の瞳《ひとみ》は爛々《らんらん》と輝いていた。

ベテラン刑務官たちが去ると、若い刑務官が声をかけてきた。

「武島さん、総務部から来て欲しいということですが」

「ああ、そうですか」

同期だが年齢は彼の方がかなり下で、ほとんどしゃべったことはない。良太は言われるままに総務部へと足を向ける。

「用事だそうですが」

総務部にいる職員が、統括が呼んでいると言った。一度総務部を経て名久井へ……名久井の犬だと他の刑務官に思わせないための措置なのだろう。

「武島看守、入ります」

「ああ、どうぞぉ」

緊張感のない返事が聞こえた。

「失礼します」

名久井の部屋は雑然としていた。机の上にはウェットティッシュが数袋置かれている。

「何か最近、暑くない？」

名久井は窓の外を見ている。真っ暗で何も見えないが、面会室の方向だ。

「夜勤ってのは大変だよねえ。睡眠のリズムが狂っちゃうからしばらくどうでもいい話が続いた。なんの用事ですかとせっつくわけにもいかず、聞き役に回った。早く用件を言えよ、と思いつつ、少し不安だった。

「おかしいんだよ」

名久井は両腕を組んだ。視線は相変わらず、窓の外に向いている。

「来てもらったのは、竹内美代子のことなんだ。知ってるだろ？」

「あ、はあ」

「俺の卒業論文のタイトル、『プリズン・グルーピーの心理』っていうんだ」

名久井はメガネを直す。急に話が飛んだ気がしたが、名久井は説明するように続けた。

「彼女のように犯罪者に同情し、追っかけ回す連中のことをプリズン・グルーピーっていう。大学の時、アメリカでそれなりに勉強したんで人並み以上に理解しているつもりなんだが、彼女の心理はわからない……」

国I合格のキャリアで矯正を志願する者はどれだけいるのだろう。そしてその中で進んで現場に赴きたいと熱望するキャリアなど名久井くらいではないか。何故ここまで矯正に情熱を持つのか知らないが、卒論が刑務所に関する研究ということは、当時からやる気満々だったということだ。

「何がわからないんですか」

「竹内美代子について調べたんだが、おかしいことがあってね」

「どうしたんです？」

「楠美が逮捕された当時、竹内美代子みたいな女性が何人かいた。楠美は冤罪だって信じていたらしい」

確かに逮捕当時はマスコミでかなり騒がれたものだ。

「けどもう事件から三年以上が経った。関心は薄れているし、裁判で有罪だってことは誰の目にも明らかになった。そういう連中はほとんど消え去っている……」

「彼女はしぶとく生き残っている、変わり者だってわけですね」

名久井に対する皮肉のようになってしまったが、彼は気にすることなく首を横に振った。

「いや、問題はここからなんだ。楠美のいた拘置支所にいる知り合いに連絡を取ったんだが、楠美に竹内美代子は一度も会いに来たことがなかったそうだ」

「そうなんですか」

「ああ。プリズン・グルーピーは最初からその相手を追っかけているのが普通だ。それなのに今頃になって接触してくるなんてどう考えてもおかしい。そう思わないか」

確かに名久井の言う通りで、おかしい。事件からすでに三年。途中からプリズン・グルーピーになることなどありうるのだろうか。

「竹内美代子には別の狙いがあるとしか思えない。彼女についてもう少し調べてくれないかな？　それが今回の用事だよ」

「どんな狙いがあるというんですか」

キュッキュとレンズを拭《ふ》く音が聞こえる。名久井はメガネに息を吹きかけていた。

「例えば逃走の援助だね。この前、脱獄騒ぎがあったが、刑務所の構造を見て回るには何度も足を運ぶのが一番いい」

「逃走の援助……」

「これは一例に過ぎないよ。脱獄というのは難しくても、受刑者にタバコなど何らかの禁制品を差し入れることはよくあることだ。まあ、そんなものならいいが、それが例えば人殺しの道具とかならどうだい？」

「それは……」

名久井はそういう可能性まで考えているのか。考えすぎという気はするが……。

「いずれにせよ、刑務所の構造を知ることが必要だろ？　プリズン・グルーピーを装うには楠美が最適だ。とはいえそこまでするか、という感じはするけど、俺の考えつかない狙いがあるのかもしれない。まあ、とにかく竹内美代子には何らかの目的があることは確かだ。少なくとも楠美への純粋な愛情で会いに来ているとは思えないんだよ」

名久井はそれから、諸外国と日本のプリズン・グルーピーの分析について資料をもとに講義を始めた。よくわからなかったが、竹内美代子の行動は、通常のプリズン・グルーピーとは違っているらしい。

「武島くん、あの女は楠美に惚れてやって来たんじゃない。絶対に何か企《たくら》んでいるよ」

奇《く》しくも秋村と名久井は、正反対の結論に達したわけだ。賭《か》け自体に興味はないが、二人とも良太にはない鋭さを持っている。どちらの主張が正しいか……その点では興味をそそられる。

「わかりました。注意してみます」

敬礼をして、名久井とは別れた。

3

朝日が差し込んできた。

良太は目覚ましに頼ることなく目覚めると、夏用の制服を着込んだ。

朝っぱらから蟬の声がかまびすしい。八月中旬。世間は盆休みだろうが、刑務所は休みなしだ。シリアルとヨーグルトの朝食を済ませると、少し早いが玄関に向かった。燃えないゴミを出しに行っていた母とすれ違う。

「行ってくるよ」

「いってらっしゃい。ああそうだ良太、お味噌《みそ》少なくなってきちゃったし、仕事の帰りでいいからスーパーで買ってきてくれない？　減塩のやつね」

面倒くさいと思いつつ、引き受けた。

「それと良太、もうひとつ」

やれやれという顔で振り返る。

「いえ、用事じゃないんだけどね」

「……何だよ」

「最初はぎこちなかったのに、なんかあんたも一端《いっぱし》の刑務官になってきたなって」

「そんなことかよ」

「ねえ、あなたもそう思うでしょ」

母はテレビの部屋にいる父に話しかける。父は返事をしなかった。爪楊枝《つまようじ》で歯をほじくりつつ、安楽椅子で朝の連続テレビ小説を見ている。後頭部だけが見えた。こんなに白髪が多かったかな、と思った。

「聞こえてるくせに、照れくさいのよ。この前、酔った時に自分でそう言っていたから間違いないわ」

良太は苦笑いした。数年前までは刑務官だけは嫌だと思っていたのだが、そういう気質を継いでいるのだろうか……。

「じゃあ俺、行ってくる」

「減塩でお願いね」

良太は刑務所に向かって歩き始める。今日は行事のある日だ。

刑務所に楠美アキトが移送されてきて二ヶ月あまり。竹内美代子は一週間に一、二度は会いに来る。刑務官の中で知らない者はいない有名人になっていた。というより事態は劇的に変わった。

一週間ほど前、楠美の同意の下、美代子は婚姻届を提出した。

二人は獄中結婚してしまったのだ。そういうものの存在は知っていたが、こんな形で接するとは思わなかった。

午後六時。日没間近のグラウンドに、受刑者たちが集結していた。

グラウンドの真ん中にはやぐらが組まれ、いくつも提灯《ちょうちん》が点《とも》されている。ねぶた音頭が聞こえ、浴衣姿の女性たちがそれにあわせて踊っていた。

今日は年に一度、刑務所総出で盆踊り大会が行われる日だ。今日だけは受刑者たちにも浴衣が貸与されているので、この場面だけを切り取ると、普通の盆踊り会場に見えなくもない。

良太はやぐらの上で踊る女性たちに目をやった。地元婦人会の女性たちで、ほとんどが年配だ。中には八十近いお婆さんもいて、女性に飢えた受刑者たちも、さすがに情欲を催す可能性は低い。それでもかなりの数の刑務官が、受刑者の動向に目を光らせている。中心のやぐらを刑務官が囲み、それをまた受刑者が囲むというバウムクーヘンのような異様な祭り会場だ。

「おい良太、気づいたか」

隣にいた川岸が声をかけてきた。さっきからジロジロとやぐらを見上げている。彼だけでなく、やぐらを取り囲む刑務官、いや受刑者のほとんどが呆《ほう》けた顔でやぐらに視線を送っていた。

「ええ、例の彼女ですよ」

「あれは受刑者には刺激的すぎるわ」

良太は苦笑しつつ、やぐらを見上げた。そこでは淡いピンク色の浴衣を着て、ひとりの女性が踊っていた。黒く純情そうな瞳《ひとみ》、白い八重歯が溢《あふ》れている。平均年齢六十過ぎの婦人会の面々とは異なり、その女性だけは若く光り輝いていた。

「あんなに綺麗《きれい》だったか」

川岸はつばを飲み込む。女性は美代子だった。

「これじゃあ、今日の房は夜中、アタリが増えてイカ臭くて気色悪いぞ。夜勤じゃなくてよかったわ」

川岸はもっと近くで見ようと、立ち位置を変えた。入れ違いにパンチパーマが近づいてきた。

「オレの負けだ」

野間はため息をついた。

「まさかここまで本気とはなあ」

「俺ももうダメですよ」

美代子がいつまでもつかという賭けで、野間は一ヶ月と主張していた。すでに二ヶ月近いわけで、野間の負けは確定した。一方、良太は二ヶ月と賭けていた。まだ経過していないものの、勝負は決した。二人は獄中結婚してしまったのだから。

「楠美の野郎、幸せそうな顔しやがって」

川岸は親指で受刑者の方を指差す。団扇《うちわ》を腰に差した楠美がニヤついていた。

「彼女、BBS会員らしいな。今日は婦人会の手伝いだそうだが、楠美に会いに来たってことだろ」

BBSと地元婦人会とは密接な関係がある。あまり若い女性が会員になったという話は聞かないが、特別なのだろう。

「……でしょうね」

視線を受刑者に転じる。楠美は振る舞われたかき氷を食べているところだった。

この二ヶ月ほどで楠美は変わった。最初はあれだけ情けない状態だったのに、今は泣き言は言わなくなった。率先して工場でも働き、他の受刑者たちとも仲良くし、刑務官には当然低姿勢だ。明らかに美代子のおかげだろう。

民謡が流れ始め、踊りも変わった。ベンベンと三味線が聞こえる。『南部《なんぶ》虎丈《とらじょ》さま』という地元の民謡だ。婦人会の女性たちは練習していただけあって、よく息が合っている。美代子はあまりうまくなかったが、不慣れで失敗している様がかえって愛らしく映った。

野間は納得いかないようで顎《あご》をつまんだ。

「何であんなゲイのふりまでするクズがモテるんだよ。確かに昔だったらわかるが、今はもう再起不能だろうに」

確かに彼女の気持ちはわからない。人を殺しておいて再起など無理だろうし、長身のイケメンではあってもすでに疲れ果て、年齢以上に老けていて、それほど魅力的とは思えない。

「まだ資産、少しくらいは残っているんじゃないですか」

「いや、資産は自宅の土地くらいらしいぞ。被害者に賠償したら全くなくなるし、それ以上に借金があるだろ」

あえて言うなら冤罪《えんざい》を主張していたことだろう。そういうのに弱い女性がいるのかもしれない。教祖の言葉に心酔する新興宗教の信者のようなものなのだろうか。

「わからん。女ってやつはもうわからんわ。人種が違うっていうか、別の種類の生きもんだ。秋村のオッサンの勝ちだわ」

川岸はお手上げのポーズをした。

「秋村の野郎、何かやりやがったか」

野間も同じことを考えていたようで、パンチパーマをつまんだ。

「これぱかりはイカサマの介在する余地はないでしょう。純粋に美代子の気持ちですから。彼女の強い思いに対する秋村さんの見る目が正しかったということじゃないですか。確か死んだ奥さんがいるんでしょ」

川岸はふっと笑った。

「馬鹿らしい。秋村のオッサンはずっと独身だ」

「そうなんですか」

良太は顔を上げてやぐらの上に視線をやった。

——まるで聖女だな。

不慣れな踊りを一生懸命踊る美代子は、あまりにも清らかで美しく、神々しさすら漂って見えた。


仕事を終え、官舎に戻った。

二階の自室で私服に着替える。明日《あした》からは休みだ。ようやく楽になる。机の上に置きっぱなしのスマホが緑色に光っている。ラインの通知だ。

交際している与田悦子からかと思ったが、違った。名久井惣一と書かれている。名久井はもっと詳しく美代子を探るようにと指示している。結婚した以上、美代子は楠美の資産をある程度自由に使えるわけで、そこを探れと書いてある。何故か弁護士の住所が書かれていた。楠美が逮捕前から頼りにしている弁護士らしい。そこまでしろというのか。

——この勝負は秋村の勝ちだ。

刑務官どうしの賭《か》けという意味だけではなく、名久井と秋村の勝負という意味でもだ。

良太は名久井の指示でこの二ヶ月ほど、面会の度に彼女を徹底的に監視した。しかし美代子が刑務所の構造を探っているなど、怪しい動きは全くなかった。

面会にも立ち会ったが同様だ。感じられるのは秋村の主張通り、女が男を思う愛のみだ。名久井は自分の思惑が外れ、意地になっているだけのように思える。

翌日、良太は八戸に向かった。

真夏日で暑く、じっとしていても汗が滴り落ちてくる。ここまでする必要があるのかと思いつつ、仕方なく弁護士の実家に向かった。

名久井が指定した弁護士は、岡田祐作《おかだゆうさく》という人物らしい。いわゆる人権派で、写真で見る限り、真面目そうな男だった。

岡田の家は八戸市内の新興住宅街にあった。清廉潔白を意識したのか真っ白い家で、まだ建ててから間もない感じだ。狭い庭に子供用の自転車やプールが置かれていて、子供たちが遊んでいた。小太りの四十代半ばの男が、目を細めていた。

「こんにちは」

良太は会釈する。盆休みでも仕事はあるようで、三十分だけという約束で会うことになった。

「家族サービス中、すみません」

「まあ、こっちへ」

岡田はメガネをかけると、奥さんに子供たちの相手を任せ、良太を応接間へ誘った。

「麦茶でいいですかな」

「あ、お気遣いなく」

弁護士は刑務所にも来ることがあるが、刑務官と弁護士が親しくなるということはまずない。弁護士屋という呼び方をする刑務官が多く、尊敬の対象になっているとは言い難い。

「わたしも長いこと刑事弁護をやっていますが、初めてですよ、刑務官の方から会いたいなどと申し出があったのは」

思ったよりも、岡田は丁寧に接してくれた。その言葉の中には、どうして会いに来たのかというニュアンスがありありとうかがえた。

「時間がありませんので、単刀直入に申し上げます。竹内美代子はどうして楠美アキトに求婚したのですか」

岡田は麦茶に手をかけて止まった。

「どうと言われましても……男女間のことは本人しかわからないですし」

「楠美受刑者は有名人ですし、何か裏の事情があるんじゃないんですか」

岡田は麦茶を半分ほど飲んだ。

「なるほど、そういうことですか」

納得したように何度かうなずく。

「武島さん、つまりあなたは美代子さんが楠美の資産目当てで結婚した、と言いたいわけですね」

「まあ、はっきり言えばそうです」

「確かに楠美には唯一、まだ財産がありました。弘前市内の千坪ほどの自宅です。ですがこれは先日、吉田不動産ってところに売却されています。邸宅は取り壊され土地は転売され、今は『アーバン・フォレスト』というパチンコ店の建設が始まっているそうです」

「売却？」

「ああ、誤解されないように。手続きはわたしがしましたし、楠美の代理という恰好《かっこう》でした。それに売却した代金ですが、美代子さんは被害者の賠償に全額使われましたよ。ご自身の懐には一銭も入れていません」

「じゃあもはや、楠美には財産は全くないって言うんですか」

「ええ、あるのは借金だけです。冤罪を主張していたのと、先祖からの土地なのでなかなか売れなかっただけです」

ある程度予想はしていたが、やはり金の問題でもないというのか。そうすると他には何の理由がある？

こちらの心を汲《く》み取ったように、岡田は口を開いた。

「獄中結婚なんて異常だ。自分に何の得もなく結婚するはずがない。何か下心があるに違いない……そう考えられるのは無理もないことです。実際、近づいてくる女性には受刑者の取材が目的だったり、精神を病んでいたりする方もいます。ですが人間ってそんな単純じゃないんですよ。色々な人生がありますから」

「彼女、過去に何かあったんですか」

岡田は大きくうなずいた。

「美代子さん本人ではありません。十年ほど前、彼女の父親がやってもいない痴漢の犯人にされたんですよ。よくある話ですが、冤罪というのは本当に怖い。直接的、間接的に人生を破壊しますから。美代子さんのお父さんは精神を病んで、やってないと書き残して電車に飛び込んだそうなんです。それを機に彼女は人間不信になって、精神科に通院していたと聞きます」

「そうだったんですか」

「心に傷を負った女性にとって、受刑者というのはどこか自分と重なる部分があるようで、共感するってのは自然なんです。プリズン・グルーピーなんて嫌な言葉もありますがね」

「傷を負ったのは被害者の方でしょう？　楠美は女たらしの人殺しじゃないですか」

良太の問いに、岡田はコップを置いた。

「傷にも色々あるんですよ。おそらく美代子さんは、楠美に自分と通じる悲しさのようなものを感じたのではないでしょうか。被害者と加害者っていうのは意外と似ているんです。自分の人生、苦しみを投影するという意味においてね。獄中結婚っていうのは肉体関係がない故にある意味、神聖なんですよ」

「そういうものですかね」

イマイチ納得できない話だった。この手の心の細部に分け入る話は苦手だ。結局は異常な精神という一言でカタがつくように思える。しかしいずれにせよ、心の問題ならこれ以上、踏み込むことは不可能だ。

「ありがとうございました」

まだ三十分も経っていないが、礼を言って良太は岡田弁護士宅を出た。

美代子の意図はわからなかった。自分の父親のことがあって、冤罪《えんざい》ということに人並みならぬ思い入れがあったとしか、結論の出しようがなかった。

4

九月半ば。まだ残暑は厳しかった。

休み時間。それでもグラウンドには受刑者たちが出てキャッチボールに汗を流している。もうすぐ恒例の工場対抗ソフトボール大会が行われることもあってか、誰もがどこかウキウキした様子に映る。

楠美の戸籍上の妻、美代子は一ヶ月ほど前から、面会には全く姿を見せなくなっていた。理由は不明だ。秋村たちとの賭けは、彼女が面会に一ヶ月来なくなれば終了する取り決めだ。このままなら今日中に良太が勝利し、十万ほどを得ることができるのだが、あまり気分はよくない。

――男と女なんて所詮《しょせん》別の生き物だわ。

川岸のセリフが頭をよぎった。確かにあれほど熱心に通いつめていた彼女が来なくなるなど信じがたい。女性というものは本当にわからないものだ。

夏祭りの日、三味線に合わせて『南部虎丈さま』を踊っていた美代子の微笑みが浮かぶ。あれからまだたいして日は経っていない。それなのにどうして？　あの神々しさすら漂っていた彼女の笑顔が、どこか不気味に思い出された。

木陰で佇《たたず》む楠美アキトは暗く沈んだ面持ちだった。すべての気力を喪失したようにうなだれている。彼はこの一ヶ月で別人のように老けた。

三ヶ月ほど接して、楠美という男に対する認識は少し変化した。最初はどうしようもないダメ人間だと思っていたが、途中からは精神的支えがあれば人並み以上の力を出せる男だと認識が変わった。

「楠美、彼女は何故来なくなったんだ？」

直截《ちょくせつ》な問いに楠美は首を左右に振る。俺が聞きたいですよ、と小さく答えた。

「冤罪だって信じていたのに……そう言って泣くだけですから」

「そうなのか。どうして冤罪に対する気持ちが変化したんだ？」

「俺の自宅の土地あるでしょ？　あれを仲介の業者に売却したあと、賠償金を持って被害者の家に行ったそうなんですよ。そこで事件の様子を聞かされて、もう俺を信じられなくなったって。とても冤罪だとは思えなくなったたって」

冤罪ということが、本当に彼女をつなぎとめていたのだろうか。少し調べれば楠美が冤罪でないことくらいすぐにわかるだろうに。

そこで楠美とは別れた。

休みが終わり、便所に向かうと、一人の受刑者が近づいてきた。拘置区などで仕事をする模範囚だ。

「武島先生」

肩幅が広く唇が厚い。目が細く線のようになっていた。

「名久井統括がこいば渡せど……」

河原数雄《かわはらかずお》という受刑者は一枚の紙切れを差し出す。そこにはM・Tというイニシャルと、住所らしきメモがあった。そういえば前のパイプ役、木原は出所してここにはもういない。こいつが後継ということか。

「どうしろって言うんだ？」

「さあ、よく聞かされてねじゃ」

M・Tというのは竹内美代子のことだろう。そしてこの住所は彼女の自宅。名久井はどうしても美代子の真意を突き止めたい様子だ。こんなことまでしなければいけないのか。少し腹が立ってきた。

「いがら出所まで、たのめすじゃ」

河原は細い目をさらに細くして微笑み、そのまま去っていった。

午後十一時前。一度官舎に戻った良太は、車で弘前市内を郊外の方へ向かった。

向かう先は、河原という受刑者に渡されたメモに書かれていた住所だ。

目的地へはすぐに着いた。

メモの住所にあったマンションは、予想以上に大きかった。十二階建て。高級ホテルのように立派な噴水がある。セキュリティがしっかりしているようで、気軽に入ることはできそうにない。

良太は近くのパーキングに車を停め、中の様子をうかがった。七〇六号室にまだ明かりはついていない。美代子は帰宅していないようだ。彼女の部屋番号の書かれた駐車スペースに車はない。

名久井はどうしろというのだろう。会って直接、話を聞きだせというのか。いや、訊《たず》ねても本当のことなど言うはずがない。様子を探れというのだろうが、こんな探偵まがいのことまでさせられてはたまらない。

二十分ほどして、一台の軽自動車がこちらへやって来た。七〇六と書かれたスペースに駐車する。三ヶ月ほど前、刑務所で見た赤のアルト。美代子だ。彼女はオートロックのカード認証を終えて中へ入っていく。

良太は物陰に身を潜めた。

七〇六号室の明かりがつく。ここで見張っていても埒《らち》はあくまい。とはいえ乗り込んでもあまり意味があるとは思えない。

言えることは、彼女は思ったより恵まれた生活を送っているということだ。美代子に家族はない。元は社会福祉士だったが、結婚に伴ってやめ、現在、近くのスーパーで働いている。

岡田弁護士は言っていた。美代子は楠美の自宅を売った全額を被害者への賠償金に充てたと。本当なのだろうか。こんな生活は獄中結婚を申し出、受刑者である夫の冤罪を信じていた女性には不釣り合いとしか思えない。

その時、肩を叩《たた》かれた。

良太はハッとして振り返る。そこには禿頭《とくとう》の太った中年男が立っていた。

「よう、良太」

秋村だった。良太は声を出そうとしたが出なかった。

「お前、何やってんだ？」

「それは……」

名久井の指令で動いているなどとは言えない。しかしどうして秋村がここにいる？偶然にしてはタイミングが良すぎる。ひょっとして尾行されていたのだろうか。

「知っていること、教えてくれ」

「え？　はい」

　仕方なく美代子に関して知っていることを全て話すと、秋村は納得した顔でうなずいた。

「なるほどな。やっと全てが腑《ふ》に落ちたぜ」

「楠美は騙《だま》されていたんですよね」

　秋村はワンテンポ遅れて応じた。

「利用されるだけ利用されて……可哀想にな」

　マンションの七階を見上げている秋村は、どこか物悲しげな顔だった。

「今日もグラウンドでうなだれていましたよ。一度持ち上げておいて落とすっていうのはこたえますよね。ひょっとして今回の騒動は、美代子による楠美への復讐《ふくしゅう》だったんじゃないのかとすら思えます」

「おい良太、お前勘違いしてるな」

「勘違い？」

「オレが可哀想だって言ったのは、楠美のことじゃない。美代子のことだ」

　意味がわからなかった。騙していたのは彼女の方ではないか。

「お前は美代子が土地の売却金を掠《かす》め取ったと思っているんだろう？」

「違うんですか」

「彼女も騙されているんだよ、クズ野郎に」

　秋村の言葉には怒気がこもっていた。

「土地の売却金を全額被害者に払ったのは本当のようだ。だが本来、楠美の自宅は五億くらいの価値はあるはずらしい。それなのに被害者に支払われたのは一億ほどだ。確かに犯罪者の住んでいた土地だ。あまり買い手もつかないかもしれんが、一億ってことはないだろう。つまりはそのクズ野郎がしっかり上前をはねていやがったのさ。このマンションは美代子の所有物じゃない。そのクズ野郎の別宅なんだ」

そうか、ようやく見えてきた。美代子が楠美に近づいた理由は楠美に惚《ほ》れていたからじゃない。別の男に惚れていたからだ。そしてその人物は……。

「黒幕が来たようだ」

良太は振り返る。美代子のアルトの横に一台の車が停まった。ニヤニヤしながら、ひとりの男が運転席から姿を現した。

「よう、いいご身分じゃねえか」

秋村の声にビクッとして、開襟シャツの男がこちらを振り向く。開けた口から並びの悪い歯が見えた。木原保雄……元受刑者だ。

木原は秋村と良太を交互に見た。

「何なんですか、秋村先生」

「木原よ、もう美代子を解放してやれ」

舌打ちが聞こえた。

「BBSに聞いた。出所後も世話を焼いてくれる彼女を利用したんだろう？　仲良くなって色仕掛けで楠美に近づかせた。思った以上にうまくいったようだな。楠美の土地をパチンコ店『アーバン・フォレスト』の経営者は欲しがっていた。仲介業でお前の知人、吉田に売らせ転売、そのリベートを受け取ったんだ。そうでなければそんな車に乗れまい」

木原の向こうで、BMWが黒く光っている。図星を指されたようだが、木原にはまだ余裕が感じられる。

「確かに俺と美代子はBBSを通じて知り合ったよ。いい関係ってのは否定しない。だが秋村先生よ、だからなんだって言うんだ？　あいつは俺に惚れているし、俺のためにやった。だがこれは犯罪か」

秋村は口を閉ざした。それを見て木原はふっと笑みを浮かべた。

「おっと、今のは仮にあんたの推理が事実だとしてもってことだがな。それに犯罪者の土地が安くなるのは当たり前だ」

明らかに木原は罪を犯している。しかし、それを証明はできない。秋村も同じことを考えているのだろう。黙り込んでいた。

それにしてもこんな醜男《ぶおとこ》のために、美代子はどうしてそこまでするのだろう。良太は我慢しきれずその問いを言の葉に乗せた。

「どうして彼女はお前なんかのために？」

木原はニヤリと微笑んだ。

「男女の機微もわかんねえガキが。男は見てくれじゃねえんだよ。女にもいろんなタイプがある。さっきも言ったが、美代子とは更生に向けたBBSで知り合った。美代子のオヤジの事件を調べ、アイツのオヤジが冤罪《えんざい》で傷を負っているってことを突き止めた。これは利用できるってピンと来たね」

秋村は木原を睨《にら》みつけている。木原はいやらしい笑みを浮かべたままだ。

「俺は冤罪だった……そう言うと、アイツは食いついてきた。俺は刑事に無理やり自白させられたって無念を訴えたよ。美代子は父親のことがあったからだろう、俺に同情し、親身になってくれた。そして美代子が父親のことを話したタイミングで、あんたのオヤジさんは冤罪だったに違いない……俺が真顔で言うと、イチコロさ。身もココロも俺から離れられないくらいに仕込んでやった。美代子はもう、俺なしじゃ生きていけねえよ。俺のためになんでもする。形式上の結婚くらいはなんともない。アイツのオヤジはどうか知らねえが、俺の方は楠美と同じだ。完全な黒。冤罪じゃねえのによ」

なんて奴だ……木原は刑期の三分の二で仮釈放された。模範的受刑者だった。それなのに全く更生していない。きっと逮捕されたのは不運からで、表に出ていない犯罪がいくつもあるのだろう。

怒りがわき起こってきたが、秋村がそれを制する。美代子がプリズン・グルーピーであるのは事実だった。しかしそれは楠美に対するものではなく、この木原に対するプリズン・グルーピーだったのだ。

「バカな女だ。まだ若いし、これからもしばらくは飼ってやる。それをあいつも望んでるしな」

笑った瞬間、鈍い音がして木原は倒れた。

木原は何があったのかわからないようでBMWにもたれている。秋村が殴りつけたのだ。木原は鼻から血を出して押さえていた。

「いい加減にしやがれ」

秋村は顔を真っ赤にして、鬼のように木原を睨みつけた。拳《こぶし》が震えている。ポケットからICレコーダーを取り出した。

「木原よ、あの娘を解放しないならこれを出すところに出してもいい」

再生されたのは木原の声だった。

――秋村さんよ、赤落ちの件だが、十万で手を打ってやるよ。

良太はハッとして秋村の方を向いた。

「木原、三ヶ月前、お前がオレに向かって言ったことだ。録音しておいた」

そういえば三ヶ月前、木原は良太にも近づいてきた。また来るようなニュアンスがあった。その後現れないので気にとめないでいたが……。

「これは恐喝だ」

秋村は押し殺した声で言った。木原は目を血走らせている。

そうか……木原は赤落ちについて摑《つか》んでいたのだ。それなのに名久井に報告せず、出所後、刑務官を脅す道具に使おうとした。一方、木原は良太に近づいてきたとき、BBSの方によくしてもらっていると言っていた。あの時すでに美代子を利用して、一儲《ひともう》けする計画を始めていたのだろう。その計画が予想以上にうまくいったため、それ以来何も言ってこなかったのだ。

「木原、どうする？」

秋村は木原を睨みつけた。木原は睨み返すと、大声で応じた。

「馬鹿か秋村！　そんなことをすればお前も刑務官でいられねえぞ。懲戒免職だ」

しかし秋村は平然と微笑んだ。

「かまわん。名久井の野郎が来てから、辞めたり、閑職に回されたりするベテランが増えてきた。オレも早晩、名久井に追い込まれるだろうからな」

良太は思わず、うつむいた。秋村は木原を指差した。

「どうせならお前みたいなクズ野郎を道連れに地獄に落ちてやる。俺はともかく、お前は出所したばかりで再犯だから、当然刑は重くなる」

木原は奥歯を嚙《か》み締めた。まるで引かない秋村に気圧《けお》されていた。

「秋村……」

「二度と彼女に近づくんじゃねえ！」

木原は黙り込んだ。頭の中ではどうすべきか計算が駆け巡っているのだろう。そして刑務所に戻る覚悟などありはしない。もう決着はついているのだ。

「くそが！」

叫ぶと、木原はBMWに乗り込んで去っていった。

秋村は殴った拳をしばらくじっと見つめている。こんなに怒った秋村を初めて見た。

しばらくして良太が見つめているのに気づくと、秋村は手を振ってポケットに入れた。財布を抜き出す。

「ほれよ、賭《か》けは俺の負けだ」

一万円札数枚が手渡された。時刻はすでに零時を過ぎ、美代子が来なくなって一ヶ月が経過した。

「秋村さん……」

「俺もまだまだ甘いようだな」

秋村は踵《きびす》を返した。

今回、名久井は美代子の行動に裏があると見抜いていた。名久井の目は正しかった。それでも美代子が男に真剣に惚れていると感じていた秋村も、その点に関しては正しかった。惚れた対象を間違えていただけのことだ。

去ろうとする秋村に、良太は声をかける。

「秋村さん、ひとつだけいいですか」

「ああ？」

「美代子のことです。賭けの後、あれは惚れてる目だって言いましたよね？　どうしてわかったんですか」

問いかけに、秋村はフッと笑った。

「さあな。大恋愛の末に結婚したってのは嘘だ。本当はオレ、ずっと独身だし」

「独身ってのは知ってます。でも俺思うんですけど、秋村さんが大恋愛したのは本当じゃないんですか。その時の彼女に、美代子が何となく重なったから……違いますか」

秋村は答えることはなく、背を向けた。

「好きに言ってろ」

それだけ言い残し、闇の中に消えた。真相はわからずじまい。まあいいか……。

良太は一度だけ振り返って、マンションを見上げる。美代子はこれからどうするのだろう。木原などに利用されるとは、本当に哀れな女性だ。あの部屋がまるで、弘前刑務所の舎房のように思えてくる。せめてこれからでも幸せになって欲しい。

「プリズン・グルーピーか」

良太は七〇六号室から漏れる明かりを、しばらくじっと眺めていた。

第四章　幸せの天秤

1

面会室の近くに、小さな一室がある。

講堂、教誨室《きょうかい》と呼ばれる部屋だ。工場作業のない免業日にはここで映画上映会が開かれる。また受刑者たちは信教の自由を保障された上で、牧師や僧侶《そうりょ》から宗教教誨を受けることができる。この日も弘前市内にある寺の住職が講話にやってきた。

うす暗い教誨室には三十名の受刑者が椅子に腰掛けていた。いずれも重罪で刑期の長い者たちだ。皆一言も発さず、真剣に話を聞いている。

住職の手には、一枚のわら半紙が握られていた。

「次の方です。自分の心には、反省の気持ち以上にいまだに被害者への怒りがある。それなのに謝罪文など書いて意味があるのか、自分はどうすればいいのか？　という質問です」

部屋の入り口から、良太は窓の外を見つめた。普段なら午後の光の差し込む部屋なのだが、明るさはなかった。秋雨前線が近づいているらしく、天気が良くない。

「悩まれることに意味があるんではないでしょうか。塀の中に入った時、あなたは今ほど悩まれましたか。どうするか以上に、今、あなたが悩まれていることこそ重要です」

講話の後、受刑者は匿名で感想や悩みを書いた用紙を住職に提出することができる。住職は前回、受刑者たちから受けた悩みに答えているのだ。

丸刈りの受刑者たちから少し離れたところに、パイプ椅子が置かれている。そこに男性が腰掛けていた。六十代半ばで丸顔、頬が赤い。えびすさんのようにニコニコしている。

やがて講話が終わり、壇上にいた住職は、彼の方を見た。

「本日はゲストに来ていただいております。それではみなさん、子安《こやす》さんのお話をお聞きください」

拍手が起きた。横のパイプ椅子に座っていた男性、子安正則《まさのり》は壇上に上がった。恭しくお辞儀をすると、こんにちはと言って受刑者たちを見渡す。

「ええと、子安正則といいます。弘前の近くで、計器の製作をしています。わたしは十二年前、息子を殺されました」

優しげな声だったが、自己紹介の内容は重いものだった。受刑者たちは子安の細い目を、じっと見つめた。

「犯人は中村圭太《なかむらけいた》という当時二十二歳の若者でしてね、彼は現在、札幌刑務所に収監されています。今日はね、その話を皆さんに聞いてもらいたいと思って、ここに来たわけなんです」

穏やかな口調ではあるが、子安は被害者遺族なのだ。住んでいるのは南津軽郡田舎館《いなかだて》村。加害者が収監されているのは別の刑務所だし、直接的にここと関係があるわけではないが、招きに応じて来てくれた。

ゲストスピーカー制度というのが平成十三年から導入された。各刑務所に部外者がやってきて講話をするものだ。それまでは寺の住職などが教誨に来ることが多かったが、「被害者の視点を取り入れた教育」の一環として始まった。被害者の苦しみを伝え、反省を促す目的がある。

「非常に辛《つら》いできごとでした。十二年前のあの日も雨でしてね。わたしは弘前から計器の部品を調達しに札幌まで出向いていたんです。ですが家に帰ってくると、玄関先で息子が倒れていたんですね。血の海になっていました。あの時の気持ち、あなたがたにおわかりになるでしょうか」

受刑者の間に、ピンと一本、緊張の糸が走った。

「被害者の気持ちを知って欲しい。わたしはそういう気持ちでやってきました。みなさんの中にはきっとね、自分がどうしてこんな牢獄《ろうごく》にぶち込まれているんだって、不満に思われてる方もいると思います。説教なんていらねえよって。でも少しだけ聞いてくださいね」

子安は丁寧にしゃべっていくが、感情がにじみ出ていた。あまりにも重い話なので、受刑者たちは一言も発しない。

「中村は生活に困り、わたしの家に泥棒に入ったんだそうです。ですが偶然帰ってきた当時九歳の息子と鉢合わせになり、口封じのために殺しました」

そこで子安は一度、ふうと大きく息を吐きだした。

「裁判の様子を見ていましたが、中村にはまるで反省の気持ちはないんです。みなさんがわたしの立場だったらどう思いますか？　その態度を見たわたしはね、裁判長に死刑を求めました。しかし殺したのが一人だけという場合に死刑はまずありません。その結果、懲役十五年の判決が下りました」

強盗殺人なので、今ならもう少し厳しい判決が下りそうだなと良太は思った。

「やりきれませんでした。やけ酒をくらって家庭は崩壊、たぶんあのままではおかしくなっていたでしょうね。しかし遺族会の人に励まされ、なんとか生きながらえてきました。刑罰をどうすべきかについては、色々な考えの人たちがいます。わたしはあえて加害者を許すことで、なんとかこの猛《たけ》り狂った怒りを静められないかと考えて行動してきました。息子を殺した中村が収監されている札幌刑務所にもおもむき、彼に会って話もしました。ですがこれは何もわたしが理解のある被害者遺族だからじゃない。苦しみから逃れたいという、ひとつのエゴに過ぎないんですよ」

それからしばらく、子安の話は続いた。重い内容だったが、何度か他の刑務所でも講話しているようなので比較的話し方はこなれていた。受刑者たちは次第に子安のしゃべりに引き込まれ、最後はもう終わりなのかという感じだった。

「それではこれでわたしの長話は終わりです。ありがとうございました」

講話は三十分ほどで終わった。受刑者の間から、拍手が起きていた。

住職が受刑者たちに、小さなわら半紙を配り始めた。子安も手伝っている。受刑者はわら半紙に、今日の話を聞いた感想や悩んでいることを書く。次回の講話で、このことについて住職や子安が答えることになっているのだ。

「何か質問はありませんか」

住職が訊《たず》ねた。こう問われても、質問は難しいものだ。何もないようですね、と住職がお開きにしようとした時に、一人の受刑者が立ち上がった。

「はい、そこの人」

指差されたのは、一番後ろの席、奈良岡一翔《ならおかかずと》という受刑者だった。細身で寝ぼけまなこの、ぼうっとした印象を受ける青年だ。立ち上がったものの、奈良岡はもじもじしていた。隣に座る太めの受刑者の方をちらりと見る。

「どうしましたか？　せっかくの機会ですから、聞いてみてください」

住職に促されたが、奈良岡は黙り込んでしまった。いいですと言って、席に座る。何がしたかったのだろう。

講話は終わり、受刑者たちは感想文を書いた。

「それでは回収します」

受刑者たちはゲストスピーカー席近く、住職の前にある箱に感想文を入れていく。看守が受刑者たちを連れて行った。

良太は雨空を見上げていると、子安に呼び止められた。

「明日《あした》はソフトボール大会らしいですが、心配ですね」

良太はお辞儀をした。

「わたしは中学高校と野球をやっていましてね。ヘタ糞《くそ》でしたが、大好きでした。大人になってからは見る方専門で、後楽園《こうらくえん》時代からファイターズを応援しています」

「年季が入っていますね」

「もう少し早く、こっちにハムが来てくれたら、息子も野球好きに洗脳できたんですがね」

さらりと言っているが重い話だ。その頃息子は死んでいたという意味が隠されていて、良太は愛想笑いができなかった。二人はそれじゃあと言って別れる。

それから良太はいつものように看守の仕事をこなした。ただし今日は帰る時間になっても帰れない。明日のソフトボール大会に備え、なんだかんだと用事があるのだ。用具の確認をしにグラウンドに向かった。いつの間にか雨は止んでいる。予報では明日は晴れだが、このコンディションでソフトボール大会ができるのだろうか。

看守を拝命して、一年半以上が経つ。刑務官に向いていないという当初の自己分析は修正されつつある。辞めて他にやりたいことがあるというのでもなく、少しくらい不向きだと思うくらいがちょうどいいのではと思い始めている。幸いなことに、一番難しいとされる人間関係ではそれほど苦労していない。

不意に良太の頭に浮かんだのは、今日講話した被害者遺族の子安という男性のことだ。子安は遺族としては珍しく、加害者に面会した経験を持つ。どういう思いで刑務所にやってきているのだろう。あまり深く考察する気もないが、色々な人間がいるなと考えさせられる。

「武島くん、ご苦労さん」

背後からの声に振り返ると、メガネをかけた色白の青年がいた。

「予報見たけど、明日は晴れだ。これ、できるようだよ」

名久井はバッティングの恰好《かっこう》をした。しかしバットの握り方が左右逆で、良太は心の中で笑いつつ、そうですかと相槌《あいづち》を打った。

「昼間、講話があっただろ？」

「ええ、子安さんのですね」

「子安さんにはもう一回、講話してもらう予定なんだ。わざわざ二回に分けたのは、小集団でやった方が効果があると言われたからだ。本当は担当者がやるべきなんだが、今度の子安さんとの打ち合わせは、君にやって欲しいんだよ」

またかよと思いつつ、良太はうなずいた。自分は何故か相談事を持ちかけられることが多い。看守部長たちにも、彼らを目の敵にする名久井にも、信頼を寄せられてしまっている。

「今日の講話、どう思う？」

「受刑者はちゃんと聞いてくれていました。良かったんじゃないですか。ゲストスピーカー制度は成功だと思いますが」

名久井はどうかな、とつぶやく。

「ゲストスピーカー制度を過剰評価する気はないんだ。被害者の心の痛みを知ることで、更生の心を養う効果は限定的だからね。二次被害の恐れもあるし、それ自体がイベント化してしまう場合もある。研究によると、心を変えていくには認知行動療法が一番適している。受刑者に怒りをコントロールすることを覚えさせるわけだ。被害者といえば、俺は今、レジリエンスの研究をしていてね。セルフエスティームの概念に疑問を感じているんだよ……」

小難しい話に入ってきた。名久井の持論は、情だ何だに頼るのではなく、矯正確率の高い方法を具体的に推し進めるというものだ。しかし良太は心理学や療法のことなど門外漢だ。わかっているだろうに、名久井は話したくて仕方ないらしい。

「まあ、これについては今はいい。話が脇道にそれてしまうといけないしね」

名久井はメガネを直した。すでに十五分ほど経過しているのだが……。

「子安さんの講話後、わら半紙に感想文を書かせただろ？」

「ええ、はい」

「感想文は子安さんに送るつもりだったんだが、少しばかり、気になる感想文があったものでね」

名久井はポケットからわら半紙を取り出した。良太はそれを覗《のぞ》き見る。


――刑務所に許せない奴がいる。どうしても許せない。殺意が抑えられない。おかしくなりそうです。助けてください。


名久井はあごの辺りを軽くつまんだ。

「誰だろうと思ってね」

字は角張っていて、わざと筆跡の特徴を消したようだった。

「書いた人物を調べろということですか」

名久井はうなずいた。

殺意が抑えられない……か。集団生活なので、気にくわない受刑者がいることは普通だが、殺意とはただ事ではない。

「問題は刑務所内の治安だ。そういう殺意が充満しているのなら脱獄以上に大問題だ」

「そうですね、誰なんでしょう」

感想文は匿名だ。質問しやすいように、誰が書いたのかはわからないようにしてある。良太は首をかしげた。講話会に出席した受刑者は限られている。選抜した三十人はいずれもこの刑務所では刑期が長い連中なのだ。無期懲役囚も三人含まれている。

「逆に恨まれているのは受刑者とは限らない。刑務官かもしれない」

その可能性も十分にあるな、と良太は思った。自分は比較的、受刑者には優しく接しているつもりだが、厳しすぎると思える刑務官も多い。むしろその可能性のほうが高い気がした。

「まあ、次の講話まで待つか」

名久井が提案した。

「統括、いいんですか」

「仮にこれが悪ふざけでなく本気だったとしても、住職や子安さんに相談を持ちかけている以上、次の講話までは行動に移さないだろう」

「そうですか。わかりました」

名久井とはそこで別れた。

良太はソフトボール用グローブを見つめながら考える。殺意が抑えられないなどただ事ではない。こんな感想文を出す以上、冗談とは思えない。一体誰なのだろう。うす暗い中、顔を上げる。雨が降る気配はなく、雲が速いスピードで流れていくのが見えた。

天気予報は当たり、翌日は快晴だった。

洗濯工場横にあるグラウンドに、受刑者たちが整列していた。

受刑者たちは珍しくユニフォーム姿だ。秋晴れのその日、工場対抗ソフトボール大会が行われていた。

観客席には数十人が座っている。

一般人はおらず、いずれも刑務所と何らかの関係がある人だ。中央には小柄で髪の真っ白な男性が座っている。平沼秀直《ひらぬまひでなお》所長だ。名久井と並んで東大コンビと呼ばれるキャリア刑務官。地元の建設業者社長と楽しげに会話を重ねていた。

岩本康隆《いわもとやすたか》という大柄な主任看守が球審を務め、プレイボールを宣言した。

洗濯工場対印刷工場。この闘いは「因縁の対決」と呼ばれる。なんでも良太が刑務官になる前、殴り合い事件が起きて、負傷者が何人も出たため、ソフトボール大会が中止になったことがあるらしい。因縁の対決と呼ばれるのはその時からだ。

打球音がグラウンドにこだました。

一塁手の横を痛烈な打球が抜け、塁審役の受刑者がフェアのジャッジをした。ツーベースだという声が上がる。

打った受刑者は足が遅く、二塁でタッチアウトになってしまった。

「遅《お》っせえ」

受刑者から笑い声が起きている。観客席の平沼所長や観衆だけでなく、球審の岩本も笑っていた。平沼は隣にいる建設会社社長と話している。

「ソフトボール大会は盛り上がります。去年など、優勝チームの受刑者が、工場担当の刑務官を胴上げしましてねえ」

「んだんずな」

社長はそうなのかと感心していたが、平沼は去年、ソフトボール大会にはいなかった。後で聞いたことを得意げにしゃべっているようだ。

良太は試合そっちのけで、受刑者を厳しくチェックしていた。昨日の感想文、誰だったのだろうと考えを巡らせるが、怪しい動きを見せる受刑者は誰もいない。

一番先に浮かんだのは浜崎という受刑者だ。プロボクサー資格を持つ荒くれ者で、少し前に脱獄しようとした。反抗的態度という意味では群を抜いている。それでも浜崎はあれから、牙《きば》を抜かれたようにおとなしくなった。他にも何人か思い当たる人物はいたが、判断はつかなかった。

試合は意外と接戦で進行した。

洗濯工場が一点リードされた七回裏。先頭打者として、一人の若い受刑者がバッターボックスに立った。

良太は後ろ手に組みながら、彼を見つめる。身長は百七十前後。眠そうなまぶた。奈良岡という目立たない受刑者だった。

「ツーストライク！」

奈良岡はあっさり追い込まれた。二球目の判定で、球審の岩本主任看守を軽く睨《にら》んだ気がした。奈良岡は一見おとなしそうな青年だが、無期懲役囚だ。強盗で男性を殺している。必要な時以外、ほとんど口を開くことはない。そういえば昨日の講話会で、この奈良岡は何かを質問しようとしていた。

歓声が上がった。

奈良岡の打球は鋭く、二塁手がジャンプする上を越えていく。右中間を破った。ライン寄りに守っていたライトは虚を衝《つ》かれている。奈良岡は必死に駆けた。二塁から三塁へ。そして三塁も蹴《け》った。ボールは戻ってきたが、奈良岡は突っ込む。少し無理をしたホーム突入に見えた。

砂煙が舞う。奈良岡は両腕を水平に伸ばしセーフをアピール、逆にキャッチャーはミットを高く掲げてアウトをアピールしている。三秒ほどして、球審の岩本主任看守はオーバーアクションで叫んだ。

「アウト！　アウト！」

観客席からはため息が漏れた。

惜しかったというより、まだノーアウトなのに、無理して突っ込む意味がわからないというニュアンスだ。

奈良岡は目を大きく開けていた。

血走ったその瞳《ひとみ》に良太はただ事でないものを感じた。ユニフォームについた砂を払いのけると、奈良岡は無言で岩本主任看守に詰め寄る。セーフだろ？　そう小さく言ったように思う。だが岩本は蠅でも追い払うような仕草をした。

タイミング的にはアウトだった。しかし良太のところからはよく見えた。空タッチ。キャッチャーは奈良岡にタッチしていないのだ。奈良岡が抗議するが、岩本は全く取り合わない。

奈良岡はようやく諦《あきら》めて席に戻るように見えた。しかし近くに落ちていた金属バットを拾い上げると反転、突然岩本に向かって走った。

声が上がったが、岩本は気づかない。

「おい！」

良太は思わず駆け出す。岩本と奈良岡の間に飛び込み、制止しようとする。奈良岡は何か言葉を発している。

しかしその言葉の意味はわからなかった。バットが陽を受けて反射した。頭に強い衝撃。同時に目の前が急に暗くなる。痛みはなく、意識はあっという間に消えた。

2

舎房を出た受刑者たちが十数人、隊列を組みながら歩いていた。

受刑者たちは皆、従順だった。目の前の小太りの受刑者もまた背筋をピンと張り、指の先まで力がこもっていた。

奈良岡による暴行事件後、良太はすぐに病院に搬送された。

救急車の中で意識は戻っていた。ボクシングをやっていた経験から、無意識のうちに上体を仰《の》け反らせて、ダメージを少なくしていたようだ。精密検査の結果、幸い脳には異状なく、すぐに退院することができた。

ソフトボール大会は、当然のように中止になった。他の刑務所では、刑務官が受刑者に殺される事件も実際に発生している。ヘタをすれば、今回も大惨事につながっていた。軽傷で済んだのは偶然に過ぎない。法に規定される問題行動を起こした奈良岡は取り調べの後、保護室に入れられている。

「こら、ちゃんと歩けや」

大声を出した刑務官は、岩本主任看守だ。奥目が不気味に光っている。

岩本は両手で受刑者をドンと突く。倒れて砂塵《さじん》が舞った。倒れたのはさっきの小太りの受刑者だ。

「かに、かに」

受刑者、野口元気《のぐちげんき》は何度も謝っていた。

「お前何度目じゃ、こら」

野口は必死で謝っている。刑務官が受刑者に暴力を振るうことは御法度だが、この程度のことは珍しくない。良太も特に岩本を止めることなく見守っていた。

「何じゃおい、早《はよ》う行けや」

岩本は立ち止まった他の受刑者を睨みつける。野良犬でも追い払うような仕草をした。野口も慌てて隊列に戻り、工場へ向かって行った。

やがて受刑者たちはモスグリーンの工場衣が掛けられた着替え部屋に入った。学校の教室くらいのその部屋は検身場と呼ばれ、タイルが剝《は》がれカビで天井がすすけている。暖房などなく寒かった。

受刑者たちはグレーの舎房着を脱ぎ、パンツ一枚になって整列した。工場内に不審物を持ち込まないようにチェックするためだ。

番号！　という良太の声に応じて、受刑者から元気のいい声が返ってくる。

検身場は着替えの部屋というより、検査の部屋となっている。完全な支配、被支配の関係だが、受刑者たちもすっかり慣れていて、それほど苦痛にはなっていないようだ。ただし冬はこたえるだろう。少し前までは丸裸で行われていたのだが、かなり甘くなった。

受刑者は締め付けるゴムの部分をずらしながら、陰部に何も隠していないと良太に示していく。男の陰部など見たくもないが、すでにすっかり慣れた。

受刑者たちの検査は続いた。いつもやっていることなので、順番は覚えていて、何をしろと言わずとも受刑者たちは検身に素直に応じていく。

ニキビ面の受刑者が、両腋《わき》に続いて足の裏を見せる。水虫で皮が剝《む》けて汚らしい。これで彼の検身は終わりだ。次にさっき注意を受けていた野口が検身に臨んだ。

野口は二十二歳で、少し知的障害がある。緩慢な動作で手を挙げて、腋に何も隠していないことを示した。

そのとき、背後から声がかかった。

「おい、ちゃんとやれや」

野口のパンツがずり下ろされ、弛緩《しかん》した腹部の下、陰部がむき出しになった。

「ボールペンキャップか？　こりゃ」

岩本は野口の性器を馬鹿にした。

「四つん這《ば》いになれ」

野口は言われるとおり、床に手をついて犬のような恰好《かっこう》になった。ガラス棒で尻《しり》の穴まで広げられて検査されている。久しぶりに見たが、気持ち悪い検査だ。

以前はこれくらい当たり前だったのだが、最近は緩くなった。直腸からホースで水を送り込んで死に至らしめる事件が発生した影響だろう。裸で踊るような恰好をさせられる、屈辱的な行為として有名な「カンカン踊り」もなくなった。

岩本は受刑者全員に向かって言った。

「お前らもいいか。不審物の持ち込みは絶対許さんからな」

脱獄未遂事件以降、検身は厳しくなった。野口を槍玉《やりだま》にあげて締め付けることで、岩本はその精神を率先して実行しているのだろうか。

検身が終わり、良太は岩本のガニ股《また》の後に続く。岩本は三十九歳。背は百八十センチ台半ば。肩幅が広く、筋肉質な体型だ。背後からだと時々川岸と見間違える。

袖《そで》のラインは良太と同じで黒。階級章もヒラの看守である良太と同じだが、桜のマークが一つだけの良太と違い、二つある。これは主任看守であることを意味している。刑務官の階級は看守の上が看守部長。ただし看守の中で長年勤めた者は待遇面で少し良くなる。これが主任看守で、警察でいうところの巡査長のようなものだ。

「おい武島、聞いてんのか」

慌てて顔を上げる。岩本は高齢受刑者が多く生活する舎房の前で止まっていた。何度か話しかけていたようだ。

「あ、すみません」

スロープに設置された、バリアフリーの手すりを岩本は握っている。

「こんなもん、いらんと思わんか」

岩本は眉間《みけん》にしわを寄せながら、手すりを手のひらでドン、と叩《たた》いた。

「受刑者にも人権をって……馬鹿だろ。受刑者なんぞ厳しくしつけてやって当たり前。それで死んだら、それまででいいんだよ」

良太は苦笑いを浮かべる。

「確かに甘やかしすぎの感じはしますね」

岩本はにやりと笑った。目だけが爛々《らんらん》としていて気味の悪い笑みだ。もう一度、手すりを叩いた。

前だろうが」

「武島、お前はわかっているようだな。弁護士屋どもは、いくら受刑者でも人間だって言う。理不尽は許されないってな。けど刑務所ってのはしつけの場だ。理不尽で当たり前だろうが」

「はあ……まあ」

「ヤクザや穀潰《ごくつぶ》しどものために税金使うなんぞ、おかしいわな」

看守を拝命して一年半以上が経つ。初等科研修で同期だった多くの看守たちが辞めていった。彼らが辞めていく理由ははっきりしている。仕事内容に気が乗らないこともあろうが、それ以上に人間関係が苦しいのだ。先輩刑務官によるいじめは当たり前で、同期の仲間の約半数は既にいない。

この弘前刑務所には比較的、いい先輩が多く、自分は恵まれているのかもしれない。ただ苦手な刑務官がいることも確かだ。この岩本などはその一人。受刑者に厳しくすることが矯正のためではなく、自分の攻撃欲求を満たしたいがために見える。受刑者へのいじめの常習犯と言われている。

良太はソフトボール大会で、岩本をかばって負傷した。それ以来、岩本は彼なりに親しげに接してくるが、良太は距離を置いている。

「さてと、行くか武島」

良太ははい、と応じて処遇管理棟へと足を向けた。

処遇管理棟の一室に、数人の刑務官が集まっていた。

教育担当の副看守長や、看守長、名久井惣一も臨席していた。良太は幹部連中からは少し離れ、岩本主任看守の隣の席に座った。外はまだ雨らしく、かすかに雨音が聞こえる。


この刑務官の集まりは、懲罰審査会というものだ。受刑者から事情を聴き、しかる後に処分を決める。普通の懲罰、刑務所内での規則違反の場合は取調室で取り調べた後に、保護室に何日とかいう処分になる。しかし重要事件の場合は扱いが違う。事件送致され、収監中の事件以外でも裁判にかけられる。


やがて扉がノックされた。

大柄な川岸と小太りの秋村に連れられて、眠そうな瞳《ひとみ》の青年が姿を現す。二人がかりとは大げさだ。良太に暴行を働いた奈良岡の顔は傷だらけだった。取り押さえられる際にかなり抵抗したらしい。


教育担当の副看守長が、称呼番号と氏名を名乗るよう促した。

「一三三番、奈良岡一翔」

何の感情もこもっていないような声だった。副看守長は検察官の起訴状朗読のように、懲罰表を読み始める。ソフトボール大会の日に起こった暴行事件の記録だ。証人はいくらでもいるから、言い逃れはできようはずがない。

「奈良岡、間違いないな？」

副看守長の事実確認に、奈良岡はうなずく。問いに素直に応じ、すべてを認めた。副看守長の質問が終わると、横にいた名久井が眼鏡を直した。

「奈良岡くん、どうしてあんな事件を起こしたんですか？　武島看守は死ぬかもしれなかったんです。ちゃんと答えるように」

少し間があって、奈良岡は小さく判定……とつぶやく。

「セーフだったんで。ついカッとして」

「それだけですか」

重ねた問いに奈良岡は、はい、と答えたきり口をつぐんだ。

「状況から考えて、直接暴行を受けた武島看守は巻き添えを食らった――これは間違いありません。奈良岡くん、君が襲いかかろうとしたのは岩本主任看守だ。彼に何か恨みがあったんですか」

全員の視線が、良太の隣にいる岩本主任看守に注がれる。奥目で威圧的な風貌《ふうぼう》がじっと奈良岡を見つめている。奈良岡はその視線に耐えられないのか、下を向いて下唇を噛《か》み締めていた。

「どうです？　本当のことを言ってくれませんか？　アウトやセーフなどはきっかけに過ぎず、本当は岩本主任看守に、前々から恨みを抱いていたのではないですか」

名久井の質問に、奈良岡は黙秘していた。名久井は声のトーンを落とす。

「奈良岡くん、確かに君は無期懲役囚です。仮釈放への道は険しい。しかしまだ二十四歳でしょう？　その道は閉ざされてはいない。人生は長い。本当のことを言った方が君のためだと思いますが」

「セーフだったんで」

「ではこれは君が書いたんですか」

名久井はわら半紙を取り出した。前の講話会の感想文のようだ。

殺意が抑えられない――今考えると、この感想文というより相談を持ちかけたのは、奈良岡くらいしか思い浮かばない。

許せない奴がいる、殺意を抑えられないという以上、ついカッとなってという言い訳はきかない。そしてその怒りが向けられたのは岩本。行為は同じでも、意味合いは違ってくるだろう。

奈良岡は渡されたわら半紙を眺めると、大きく目を開いた。

「奈良岡くん、君が書いたんですか」

名久井の問いに、奈良岡は答えず、目を伏せた。それから室内には、長い沈黙が流れ、一分以上してからやっと、かすかに声が聞こえた。書いた、と言った気がする。名久井はもう一度訊《たず》ねた。

「君が書いたんですね」

「ああ、書いた。許せなかったんで」

「許せないというのは、岩本主任看守のことですか」

名久井の問いを払いのけるように、奈良岡はわざとらしいため息をつく。

「決まってんだろうが！　このクズ野郎のことだよ」

奈良岡は立ち上がって叫んだ。岩本を睨《にら》みつけている。

「嫌がらせばっかしやがってこのゴミ溜《た》め野郎！　最低の刑務官だ」

「奈良岡、てめえ」

ドタン、という音がした。パイプ椅子が倒れ、良太の隣に座っていた岩本が立ち上がった。

「岩本、死ねや！」

奈良岡は川岸と秋村に取り押さえられながら叫んでいる。岩本も目を血走らせ、歯茎を見せながら奈良岡に怒鳴っている。良太が必死で羽交い締めにするが、引きずられていた。他の刑務官が割って入り、ようやく両者が引き離される。

「ぶち殺すぞ、岩本！」

「このクソガキ、嘘つくんじゃねえ！」

二人の叫び声の中、何事もなかったかのように名久井はメガネを拭《ふ》いている。必死で取り押さえる秋村や川岸とは対照的に、涼しい顔だ。

「ご苦労様です。残念ですが、奈良岡くんは事件送致になるでしょう」

名久井は懲罰表を机の上に戻し、懲罰審査会は波乱のうちに幕を閉じた。

懲罰審査会が終わってから、良太は名久井と二人、部屋に残った。

「さてと、ご苦労さん」

名久井はメガネに息を吹きかける。良太は本当に苦労したよと心の中でつぶやく。退院したてで大男の岩本を止めるのは、本当に大変だった。

「例の感想文、やっと犯人がわかったよ」

名久井は一息つくように言った。良太もうなずく。あの感想文は、やはり奈良岡が書いたもので、自分はとばっちりを受けたということだ。

奈良岡に対し、本当に嫌がらせ行為があったのかどうかはわからない。奈良岡の一方的な思い込みかもしれないが、岩本のあの怒りようを見ると、本当のようにも思える。確かに岩本の受刑者に対する態度は、少しばかり常軌を逸している。

「ああいうタイプは、どうしようもないね。直しようがないし、処分するだけだ」

名久井の言葉に、良太はつばを飲み込む。直しようがない人間……それは刑務所改革を目指す名久井にとってはある意味、敗北を意味することのように思える。奈良岡には出席していたゲストスピーカー講話は、意味をなさなかったということになるからだ。

それにしても処分という言葉が妙に冷たく響く。まるで感染病にかかった食肉用動物だ。

「すまなかったね、武島くん」

「いえ」

「ああ、それとついでに今度の講話に備えて、雑用を頼みたいんだ。子安さんのところあ」


へ行ってきて欲しい」

「雑用？　何ですか」

「今度の講話は対話形式にするつもりなんだ。子安さんと受刑者がグループワークをする。段取りが必要だから、この資料に基づき、うまく説明して欲しいんだ。いいかな
「わかりました」

断れるはずもなく、良太は書類を預かって処遇管理棟を出た。

「おい良太」

背後から声がかかった。大きな影は看守部長の川岸だ。横には小太りの刑務官がいる。同じく看守部長の秋村だ。さっき奈良岡を連れてきた際、顔を合わせた。良太の用事が済むまで、待っていたようだ。

「お前頭、大丈夫か」

秋村はこめかみのあたりを指でこづいた。一瞬だけ馬鹿にされている気がしたが、事件のことを言っているようだ。

「ええ、脳に異状はありませんでした」

「よかったじゃねえか」

「不幸中の幸いです。それにしても色々ありすぎて」

良太は二人に、これまでの経緯を話して聞かせた。川岸は腕を組みながら応じる。

「奈良岡は刑務官仲間でも不気味なやつって言われてたからなあ。ただ岩本も評判は決してよくない。あいつは嫌がらせしてると思うわ」

秋村もうんうんとうなずいている。

「それにしても、ゲストスピーカー講話に出席していた奈良岡がこんなこと起こすとは、せっかく来てもらっているのに、子安さんに悪いですね」

「仕方ねえだろ」

秋村は何かを取り出して食べている。柿の種だった。

「まあ、一回被害者遺族の話を聞いただけで、急に更生するなんておかしいですからね。奈良岡は矯正不能っぽいですし」

そう言った良太を秋村は少し睨んだ。

「良太、そう思うのか」

「は？　いや、何というか」

「矯正不能なんて受刑者はいねえよ」

柿の種をボリボリやりつつ、秋村は言い切った。

「そう思わんとやっとれん。刑務官は無力ってことになるからな。もちろん結果的に矯正できん奴、出所してもすぐに戻ってくる奴はいる。それでも絶対に矯正できる可能性のない奴はいない」

川岸も同調する。以前、彼は言っていた。ここ弘前には他の刑務所と違って情がある

と。それは言い換えれば、どんなに矯正不能と思われた受刑者でも見捨てないというこ
となのではないだろうか。矯正不能という言葉は、それを断ち切ってしまう。
「良太、それよりもよ……」
秋村が言いかけたとき、刑務官が近づいてきた。名久井だ。秋村は舌打ちして柿の種
を隠すと、踵《きびす》を返した。
良太も用事を済ましてから家路につく。
雨が激しく傘を叩《たた》き、制服の肩口が濡《ぬ》れている。冷たさは感じないが、体が重い。
頭にはここ数日のことがあった。奈良岡の殺意はどうしようもないものなのだろうか。
名久井は直しようのない人間は処分すべきだと言った。秋村や川岸は矯正不能の受刑者
などいないと言った。どちらが正しいのだろう。データや理屈から行けば名久井だ。秋
村たちは受刑者を性善説的に捉《とら》えすぎている気がする。出所後、すぐに悪事に手を染め
た木原は長くここ弘前刑務所にいたし、脱獄騒ぎを起こした沢村は今もいる。事実とし
て、秋村たちは彼らを矯正できなかった。それでも心情としては秋村の意見をとりたい。
処分という言葉はナイフのように鋭利で、ひんやりとしすぎている。
奈良岡のことを少し調べてみた。
確かに生い立ちには同情できる部分がある。母親は金持ちの男に遊ばれ、奈良岡を妊
娠させられた上に捨てられた。出産後、母親は認知を迫ったが断られ、わずかばかりの
慰謝料が送られてきたにすぎないということだ。そしてその母親も、奈良岡が中学に上

がる前に自殺、悲惨と呼べる境遇で育っている。

しかしそういう生い立ちとは無関係に、奈良岡のやったことは議論の余地なく悪だ。被害者宅に侵入し、家人を殺害した上に金品を奪って逃走したという。殺したのは重度の障害がある女性。顔を見られたと思って、念のために殺したらしい。仮に見ていても証言される可能性は低かっただろうにと、いたたまれない気分になる。

自分が被害者にならなければ、おそらく異常者の一言で終わりにしただろう、別世界の住人。それでも何故か気になった。奈良岡の心はどうなっているのか知りたいと思った。

3

曇天の中、車は東へと進んでいた。

窓の外には、のどかな田園風景が広がっている。

ナビに入力したのは、南津軽郡にある田舎館村の役場だった。人口一万足らずの小さな村に被害者遺族、子安正則が住んでいる。

子安製作所は役場近くの集落に位置していた。あまり大きな工場ではないが、綺麗《きれい》に掃き清められていた。今日は工場は休みのようだ。すぐ横にある自宅のチャイムを鳴らすと、あらかじめ連絡を入れておいたので、見覚えのあるえびす顔が出てきた。子安も良太のことを覚えていた。

「ああ、看守さんですな。確か武島さんでしたね。どうぞどうぞ」

「こんにちは。お邪魔します」

居間に案内された。ひとり暮らしらしいが、部屋は綺麗に整理整頓《せいとん》されている。テレビの横にはこれみよがしに、小さな天秤《てんびん》の模型が飾られている。子安製作所で造っていた商品なのだそうだ。

タンスの上には家族写真がある。浅草《あさくさ》へ行った時の写真だ。幸せそうに若き日の子安と奥さん、小さな男の子が雷門《かみなりもん》の前でピースサインをしている。事件後、酒浸りになった子安は、奥さんと離婚したと聞く。

良太は早速、次回のグループワークについて説明を開始する。ゲストスピーカー制度を意味あるものにするためには、二次被害を防止し、しっかりと受刑者からフィードバックを得ることが重要。グループワークがそれに適していると聞きかじりの説明をした。

「では子安さん、こっちの書類にご記入ください」

子安は嫌な顔ひとつせず、言われるままゲストスピーカー講話に関する書類に記入する。次回も喜んで協力してくれるようだ。

「ソフトボール大会の事件、災難でしたね。大丈夫ですか」

良太は何とか、と後頭部に手を当てた。

「その受刑者、奈良岡は事件送致されることになりました」

「そうでしたか。そういえば彼、わたしがこの前にゲストスピーカーとして呼ばれた時にも出席していましたね」

良太はうなずく。ため息をつくと、これまでの経緯を話した。奈良岡はあの後の感想文で、子安に質問しようとしていたと告げた。

「昨日の懲罰審査会も大暴れだったんですよ。どうしようもない奴です」

良太は事情を事細かに話した。

「矯正不能の受刑者はどうすればいいんですかね」

場違いな質問もしてしまった。しかし子安は不快な顔ひとつ見せず、じっと考えていた。

「子安さん、どうかされましたか」

不審に思って問いかけると、子安はゆっくり顔を上げた。

「いえ、おそらく奈良岡一翔は感想文を書いていませんよ。嘘を言っています」

「えっ？　嘘……ですか」

まるで予想できない言葉だった。

「どういうことですか？　奈良岡は書いたって認め、岩本主任看守を激しくののしっていたんですよ」

問いかけると、子安は首を左右に振った。

「詳しくはわかりません。ですがその様子だと奈良岡は、わざと自分を悪者にしようとしていると感じます」

「自分を悪者に？　どういうことですか」

「懲罰審査会で、奈良岡は最初の頃、動機をアウトの判定にされたからって言ってたんですよね。あれはセーフだったと」

「ええ、頑《かたく》なでした。でも途中から認めましたよ。前々から岩本主任看守に恨みを持っていたってね。奈良岡の言うには……」

「おかしくありませんか」

子安は途中で遮った。

「どうしてその感想文を見て急に態度が変わるんですか。岩本主任看守の嫌がらせを恨んでいたなら、最初からそう主張すればいいんですから」

指摘されてみると、なるほどと思える。感想文を見て態度が変わるということは、きっとその文字に見覚えがあるからだ。感想文を書いた人物、そしてそのわけについて心当たりがあった。つまり奈良岡は、誰かをかばっているということだ。

「真実はどうあれ、奈良岡は矯正不能な人間じゃありませんよ」

子安の言うことが正しいように思え始めた。奈良岡が誰かをかばっていると考えてみると、他にもいくつか気になるところに思い至る。

「武島さん、わたしは息子を亡くして以来、加害者の心について考えてきました。どうして犯罪は起きるのだろう？　どうして息子は死ななければいけなかったのか。人はなぜ人を殺すのか……もちろん、色々なパターンはあると思うんですが、わたしなりの考えがあるんですよ」

「考え……ですか」

「こいつを見てください」

子安はテレビの横に飾られていた、小さな天秤を運んできた。子安製作所と書かれたものだ。ずいぶん古いものだが、銀色に光っていた。

「人の心ってのは、こういうものだとわたしは思っています」

子安はラックからピンセットを取り出し、小さな分銅をひとつつまんだ。秤《はかり》の上に載せる。その瞬間、天秤は傾き、かなり沈み込んで止まった。良太はよく意味が分からず、子安の顔を見つめた。

「これを幸せの天秤ってわたしは呼んでいます」

「幸せの……天秤？」

「ええ、中村圭太に息子を殺されて以来、わたしはずっと考えてきたんです。素人ですから全くの独学ですがね。その結果、自分なりにたどり着いた考えなんですよ。嫌なことがあると、人の心はこんなふうに沈み込む。これを解消する方法は二つです。ひとつは沈み込みの原因を除去すること、そしてもう一つは……」

子安はもう一つ、分銅を逆の皿の上に載せる。天秤は釣り合いをとり戻し、かすかに揺れて止まった。

「いいことがあるってことですか」

良太の問いに、子安は首をかしげた。

「正解と言いたいですが、受刑者は社会的に成功していない場合がほとんどです。嫌なことと同じくらいのいいことがある……そんなことはまず、ありえませんよ。奈良岡も、中村もそうでしょう」

「じゃあどうするんですか」

問いかけてからすぐ、自力で答えがわかった。自分が不幸を除去できないなら、他人も不幸にしてやれ……犯罪行為は天秤の釣り合いを保とうとすること。嫉妬《しっと》、羨望《せんぼう》、そういった醜い感情の表れだ。良太はそのことを子安に告げた。

子安は片方の眉毛《まゆげ》を少し下げる。

「正しいですけど、そう考えてしまうと、多分本当のところは見えないんですよ。大事なのは受刑者の中で、この行為を抑えることができないということです。中村と話してわかったことは、その身を焼き尽くすような怒りがあり、その衝動を抑えられないってことです。自分はなぜこんなに苦しい目に遭うのかっていう理不尽への怒りが根っこにある。なぜこんなに幸福と不幸の釣り合いが取れないんだ？　納得できないぞ。絶対にこんなの納得できないっていう感情がマグマのように溜《た》まっている。意識的にも無意識的にもね。たとえ自分が傷つくことになろうとも吐き出したい。それがどういう形で噴出するかってだけです。場合によっては死んでもいいって思うんですね。よくある死刑になりたくて人を殺したって奴がいるでしょ？　あれもわたしには天秤《てんびん》の釣り合いをとりたがっての行為に思えます。自分の苦しみから逃れるため、罪のない人間に当たることは論外ですが、彼らにはそうは思えないんです」

　良太は口を閉ざした。子安が言うことは正しいのだろうか。よくわからないが、加害者の中村とよく話したのだろう。考えさせられる内容だった。ただし問題は別のところにある。仮に奈良岡が他の受刑者をかばいだてしているなら、その受刑者が誰なのか、ということだ。

「会ってみたらどうですか」

　子安は優しげな顔で提案した。

「会う？　奈良岡にですか」

「ええ、直接訊《き》いてみればいい。わたしの場合より、ずっと訊きやすいでしょうから」

　そういえば彼も、自分の息子を殺した中村という青年に直接会って話している。送検される前に一度会ってみようか。

「子安さん、ありがとうございました。この天秤、いいですよね」

「気に入ってくれましたか」

「ええ、すごく。じゃあ俺、行きます」

「じゃあ、また来週」

　そこで子安とは別れ、良太は弘前へと車を走らせる。ずっと曇っていた空からはポツりと雨が落ちてきた。

官舎に寄って制服に着替えた。

刑務所に向かう途中、考えを整理した。子安の言う幸福の天秤はともかく、奈良岡が感想文を書いたのではないという指摘は納得できた。誰かをかばっているのだ。講話のとき、奈良岡は一人の受刑者を気にしていた。自分にはそいつではないのかと思える。

正門から入りベテランの担当看守に事情を話して、奈良岡に会いたいと告げた。事件送致前の奈良岡は、保護室に入れられている。

「いまさら会ってどうするつもりだ？　コイツ、何もしゃべらねえぞ」

担当看守は否定的だった。しかし良太は気にすることなく、奈良岡に語りかけた。

「武島だ。奈良岡、ちょっといいか」

返事は当たり前のようになかった。奈良岡は体育座りのような恰好《かっこう》で畳の上に座っている。窓のない保護室だが、雨音だけはかすかに聞こえてきた。

「奈良岡、お前、岩本主任看守にいじめられていたんだな」

大きめの鼻息が漏れた。奈良岡はふん、と鼻で笑ったようだ。懲罰審査会で聞いてただろうにというニュアンスがある。

「ゲストスピーカー講話の時、お前は岩本主任看守への殺意を抑えられない、助けてくれってことを感想文に書いた。そうだな？」

「それがどうしたんだ」

「嘘だろ？　お前は誰かをかばっている」

　奈良岡は体育座りをやめた。

「名久井統括からわら半紙を見せられるまで、お前は暴行の理由を、判定にだけ求めていた。だが見せられてから急に変わった。あれは書いたやつに心当たりがあったからだ。そいつをかばいたくて、自分で背負《しょ》い込んだんだ」

奈良岡は口を真一文字に結んだ。返事はないが、答えはイエス。やはりそうか。どうやら子安の推理は的を射ているようだ。ただしここからは自分自身の推理になる。

「ズバリ言うぞ。お前がかばっているのは野口元気だ」

野口はよく奈良岡と一緒にいた小太りの受刑者だ。奈良岡の動きは止まった。しばらくしてから、脱力したように畳の上に手を置いた。

「どうなんだ？　奈良岡」

ダメ押しの問いに、奈良岡はゆっくりと大きく息を吐きだした。

「よくわかったな」

「おかしいところがあったからな」

「岩本はひどいやつだ。けどいじめられていたのは俺じゃない。元気だ。あのわら半紙を見て、元気が書いたって思ったんだ」

やはりそうか。良太が見た嫌がらせは、氷山の一角だったのだろう。野口元気は奈良岡と同じ房の受刑者だ。変質者的な犯罪を繰り返している。軽度の知的障害はあっても、書くことくらいは可能だ。

「元気は嫌がらせを受けていたんだ。でも何も文句は言わない。俺はそのことで岩本に腹を立てていたんだよ」

かつて自分の犯罪を隠すために、障害のある人間を機械的に殺したとは思えない言葉だった。偽善のように思える。いや、そうか、逆だ。だからこそ奈良岡は……。

「奈良岡、お前は自分の事件のことがあって障害のある野口に優しくしようと思ったんじゃないのか」

奈良岡は首をゆっくりと左右に振った。

「さあな……かもしれない。否定はしないよ。だがそんなことはいいんだ。元気だけじゃない。岩本は受刑者を虫けらのように扱っている。嫌がらせをしてしかもバレないよう、証拠を残さないように。岩本は刑務所にいる受刑者の連中より、ずっとタチが悪い。俺は元気がかわいそうというより、何を言っても無駄って状況に腹が立っていたんだ。かばったってのとはちょっとばかし違う。なんて言うか……全部、ぶっ壊したかった」

すべてを認めた奈良岡は、どこか吹っ切れたような顔に見える。ぶっ壊したいというのは、自分に贖罪《しょくざい》の気持ちが芽生えたことを認めたくないのかもしれない。照れ隠しの面もあるように感じられた。

間をおいてから、良太は語りかけた。

「幸せの天秤って知ってるか」

「ああ？」

それから良太は、子安の言っていた推理を聞かせた。幸せの天秤という考えを聞かされた奈良岡は、我が意を得たりというか、まるで救いの言葉を聞かされたような顔だった。しばらくしてから、ゆっくり頭を下げた。

「悪かったな、武島さん」

静かな、それでいて心のこもった謝罪だった。

「元気をあまり責めないでくれ」

奈良岡の瞳は澄んでいる。懲罰審査会で岩本に向かっていったときとはまるで別人。優しげな顔だった。こういうのがつきものの落ちたような顔というのだろうか。

「頼むよ、武島さん」

「考えとく」

すみません、と奈良岡は深く一礼した。

犯罪に至るには、受刑者はそれぞれに因果の糸をたどっている。遺伝か環境かなど古臭い二者択一は無意味だ。それでも受刑者の心をできる限り掘り下げ、わかろうとすることには意味があるように感じられる。奈良岡に会ってみてよかった。

やがて担当看守がやってきた。

「武島、もういいか」

「あ、はい。無理言ってすみません」

良太は礼を言って、保護室を後にした。

奈良岡との面会は成功だったと思う。処遇管理棟から、第三舎房の方を見た。そこは奈良岡が入れられていた房だ。

——野口元気か。

奈良岡はあまり責めないでくれと言っていたが、無視することはできない。殺意はいつ爆発するかわからないのだ。

4

週明け。良太は監視塔にいた。

脱獄未遂事件以降、ここにも人員が配されることになった。週三回のレクリエーションタイムで受刑者たちは外で休んでいるところだ。ブラブラしている者、キャッチボールをしている者など様々だ。

この日は子安を招き、二度目のゲストスピーカー講話が開かれる。グループワーク形式で行われる予定だ。

良太はグラウンドにいる一人の太った受刑者を眺めた。

地面に何か絵を描いている様子だ。野口元気は貴重な四十分のレクリエーションタイムを無駄遣いしているように映る。名久井はこの件に関してはもう気にしている様子はない。黙っていれば、懲罰審査会はもちろん、普通の調査さえせずに終わりかもしれない。

「おい良太、交代だ」

ベテラン刑務官の声が聞こえる。わかりましたと言って、監視塔を降りた。

木陰で地面に絵を描く野口に声をかけると、呆《ほう》けた顔で良太を見上げた。

「少し聞きたいんだが、いいか」

野口はしゃっくりでもするように、規則的に何度かうなずいた。

「お前、いじめられているんだろう」

返事はなかった。良太は制帽のひさしを握ると、周りを見回す。

「いじめているのは、岩本主任看守か。正直に言ってくれ。悪いようにはしない」

出目金のように、ぎょろりとした目を野口はこちらに向けた。

「俺が相談に乗る。だから正直に言って欲しい。岩本主任看守から仕返しされるのが怖いのかもしれんが、俺が守る」

「本当？」

蚊の鳴くような声だった。大きなことを言ってしまったな、と良太は少し後悔したが、事を荒立てず、穏便に処理するにはこれくらいしか思いつかなかった。

「任せておけ」

しい。

啖呵《たんか》を切ると、野口は微笑んだ。堰《せき》を切ったように、岩本による数々の嫌がらせを話し始めた。予想通り、それはひどい内容だった。大便を食べさせられたこともあったらしい。

野口の証言は信頼に足るだけのリアリティがあった。岩本は巧妙に受刑者を虐げている。おそらく野口だけではないのだろう。

「大変だったたな。俺が何とかするから。それと念のために聞くが、あの感想文はお前が書いたんだな？」

「カンソウブン？」

「前のゲストスピーカー講話の時に書いたやつだ。覚えているだろ」

野口は目をしょぼしょぼさせた。

「書いでねじゃー」

「何？　そんなはずはないだろ」

「書いでねじゃー」

全く同じ答えが返ってきた。そんなはずはない。ゲストスピーカー講話という表現がわかりにくかったのかもしれないと思い、良太は表現を換えた。

「子安さんっていう、息子さんを殺された人の話のあとだ。わら半紙に書いただろ？よく思い出してみろ」

「書いでねじゃ。出してねもの。わら紙さ房で絵ば描ぐためだ……なして秋村先生ど同じご訊《き》くだが？」

感想文を出していない……どういうことだ？　それに秋村も訊いていったということは、彼も同じ推理に達しているのか。

もう少し問い詰めようと思ったが、別の刑務官が近づいてきた。あまり長く話しているわけにもいかず、仕方なく良太はグラウンドを後にした。

講堂に向かう。これから二度目のゲストスピーカー講話が行われるわけで、ちょっとした準備がいるのだ。良太は椅子の配置を終えると、外に出た。二人の教育担当の刑務官が時計を見ながら話していた。

「子安さん、まだ来ないのか」

「さっき来たんだが、どっか行ったな。そろそろ受刑者が来る時間だ」

二人が話している途中で子安の姿が見えた。良太には気づかず、講堂に入っていく。

そろぞろと受刑者たちが二十人ほどやってきた。

良太は感想文のことを考えていた。野口はあの感想文を書いていない、提出さえしていないと主張した。では誰が書いたというのだ？　奈良岡の言ったことはまったくの嘘だったとか……。いや、そんな感じはしなかった。意味がよくわからない。

確かなのは、嫌がらせ行為のことだ。岩本は野口に対し、ひどいことをしているのは間違いない。真実がどうであれ、これは揺るぎない事実のはずだ。

岩本は今、ちょうど待機室にいる時間だ。どうする？　少し迷ったが、直接彼に問いただしてみようという気になって歩を進めた。

「よう、良太」

待機室に入ると、パンチパーマが見えた。看守部長の野間があくびをしている。

「どうした？」

「岩本先生は？」

野間の向こうに、背の高い刑務官が見えた。奥目の岩本主任看守が、話に気づく。

「おい岩本、用事らしいぞ」

呼びかけられて、面倒くさげに岩本がこちらにやってきた。

「武島か、何の用事だ？」

岩本の表情は明るく、機嫌は悪くなさそうに映る。

しかし今になって良太は後悔した。何を話せばいいというのだ。お前が受刑者に嫌がらせをしていたからこんなことになったとでも訴えるのか。奈良岡や野口の証言はあってもそれだけだ。あまりにも弱い。

「おい、どうした？」

野太い声が降ってくる。

――くそ、どうする？

言いよどんでいると、後ろから声がかかった。振り返ると、禿《は》げ上がった小太りの男がいた。

「俺が頼んだんだよ。捜してこいって」

秋村は岩本に博打《ばくち》の話をしている。良太が困っているのを見て、とっさに救ってくれたのだろう。

二人はしばらく話して別れた。うまくつじつまを合わせてくれたようで、岩本はあまり不審に思っている様子はなさそうだ。

管理棟入口で待っていると、やがて秋村がやってきた。

「すみません、助けてもらって」

「いいってことよ。それよりどうした？　慎重なお前らしくもねえ」

良太は事情を説明する。岩本と奈良岡、そして野口元気の関係について話した。

「そういうわけで、奈良岡は感想文を書いたこと、否定したんですよ。嘘をついているとは思えません。俺は野口が怪しいって思ったんですが、野口も……」

「もういいって。放っておきな」

途中で遮られた。秋村は管理棟にある一室に入る。この前、懲罰審査会で使用した大きめの部屋だ。秋村は名久井が座っていた一番いい席に座ると、頭の後ろで手を組む。靴のまま長机の上に足を載せた。何の権限もないだろうに、良太に座れと目で合図する。

良太は仕方なく腰掛けた。

「よくないですよ、秋村さん。奈良岡、野口じゃなければ、残り二十八人の中に殺意を持った受刑者がいるってことです。どういう恨みなのかも確定していませんし、冗談だとも思えない」

「だからいいんだ。もう犯人はわかったからよ」

あっけにとられていると、秋村はポケットから柿の種を取り出して頬張り、窓の外を眺めた。つられて見ると、講堂では子安によるゲストスピーカー講話が始まった。名久井がにこやかに相手をしていた。

「どういうことなんですか？　犯人は誰だというんです？」

「子安だよ」

奈良岡にバットで殴られたほどではないが、衝撃があった。受刑者ではなく、ゲストスピーカーの子安？　まったく予想できない人物だ。

「どうしてなんです？　何故子安さんがそんなことを？」

秋村はふん、と鼻を鳴らした。

「決まってるだろ。自分の息子を殺した受刑者、中村圭太がもうすぐ出てくるからだ。殺意が止められず、住職に相談しようとしていたのさ」

良太は半分開けていた口を閉ざした。

「懲罰審査会を見て、おかしいって思った。名久井と奈良岡のやりとりを見ていれば、だいたい想像がつく」

秋村は奈良岡の態度が、感想文を見せられて急に変わったことを指摘した。それは子安が言っていたのと同じ推理だ。

「最初は俺も、お前と同じように奈良岡が野口をかばっているって思った。けど話を聞くと違ったんだ」

秋村は柿の種を口に入れた。

「よく考えてみれば、受刑者である必要はないわな。特に許せない奴が刑務所にいるっていう表現……あれは外から内を見ているようにも感じるし、弘前って名前を隠そうとするニュアンスも混じっている。子安は自分でわら半紙を配っていたらしいな。だったら一枚くすねて、受刑者が書いたように見せかけられる」

「でも子安さんはどうしてそんな方法をとったんです？　直接、住職に問いかければいいじゃないですか」

良太の問いに、秋村は柿の種をバリバリやりながら応じた。

「面と向かっては言いづらいだろ。しかも子安はものわかりのいい被害者遺族って思われている。だから子安はこういう住職への質問システムを利用したってわけだ」

子安は被害者遺族としては珍しく、加害者と面会している。それは一見して、加害者を許したような行為だ。実際、子安もそうしようと努力してきたのだろう。それでも結局、怒りを収めることができなかったということか。

それにしても、真実はあまりにも単純なことだった。子安がすぐに奈良岡が書いたのではないと断言したのは当たり前だ。自分が書いたのだから。殺意の答えもすでに子安が講話の時、発していた。

めた。

「名久井の野郎、一人で納得しやがって」

秋村は講堂の名久井を睨《にら》んでいた。意味が分からず、良太は秋村と名久井を交互に眺めた。

「名久井は懲罰審査会の時、感想文を書いた犯人についてわかってたんだよ。アイツは全員の感想文をチェックできるからな。枚数も、筆跡も」

枚数という言葉にひっかかった。そういえば野口は提出していないと言っていた。全員が出せば三十枚だが、野口が出さなければ二十九枚になるはずだ。

「ところが子安の感想文で釣り合いが取れてしまい、三十枚になったんだ。そのために受刑者以外の奴が書いた可能性に気づかなかったんだよ。受刑者が三十人しかいねえのに感想文が三十一枚なら、受刑者でない奴が書いたってすぐにわかったはずだ。名久井は筆跡を調べて、野口の感想文だけがないことに気づいたんだろう。野口はうまく文章を組み立てられねえし、調べればわかる」

そうか。名久井が良太に子安のところに行って書類に記入をと命じたのは、子安の筆跡を調べる意味があったのだ。すでにあの時、名久井は子安が書いたと気づいていて、念のための確認作業だったということだ。

しかし謎はまだ残っている。奈良岡は感想文を書いたのが野口だと勘違いした。どうして子安の書いた字を野口のものだと勘違いしたのか。良太はその疑問を口にした。

「名久井が懲罰審査会で奈良岡に見せたのは、奴が野口の字を真似て書いた感想文だったのさ。だから奈良岡は勘違いした」

「え、どうしてそんなことを？」

「名久井は奈良岡が野口をかばうって読んでたんだよ。奈良岡が野口をかばうために岩本を攻撃すれば、岩本は切れるってことまで計算していた。岩本に限らず、名久井は不良刑務官を処分したいんだろ？」

秋村は口元を緩めつつ、柿の種を口に放り込む。良太は思わず目をそらした。

「だから名久井の野郎は、あんなえげつないことをやったんだ。名久井は木原を使って、オレらを探らせてやがった。木原が出所する前に、岩本の悪事や性格、奈良岡と野口の関係まで名久井に報告したんだろうよ。ただし証拠を摑《つか》むまでには至らなかった。だから名久井は岩本を処分すべきだという空気を作るべく、奈良岡の気持ちを利用したんだ」

木原の歯並びの悪い顔が浮かぶ。少し前、仮釈放された受刑者だ。

「実際、審査会で暴れたことで、岩本の悪事がみんなの前で明らかになったからな。あれから岩本は、仲間内で浮いてるぜ。こうやっておいて、首を切っていく……」

良太はごくりとひとつ、つばを飲み込んだ。名久井があの時言っていた、処分する対象というのは受刑者ではなく、不良刑務官のことだったのか。名久井はそこまで考えて……。

「恐ろしい奴だ。オレもいつ処分されるかわからん」

「秋村さんは何も悪いことやって……」

言葉は途中で止まった。秋村も赤落ちなど、不謹慎なギャンブルに手を染めている。岩本などとは違い、それほど悪いとは感じないが、処分されてしまうかもしれない。名久井は秋村ら旧態然としたベテラン看守部長が、改革のために邪魔だと考えている。

「まあ、気にしてねえよ」

秋村は明るく、ニコリと微笑んだ。良太も微笑むが、どこか引きつっていた。

「さっき少し、子安と話したんだが……」

秋村は柿の種を嚙み砕きながら話した。

「子安はすごく、孤独だったそうだ」

「孤独……ですか」

「この部屋で全部聞かせてもらった。本当はどうしようもないほどの殺意があるのに、今自分はこうやって『ものわかりのいい被害者遺族』を演じてしまっているって言ってた。それを誰かに伝えたいのにできないってな」

子安は色々なところで講話をしている。だがそれは苦しみを乗り越えた者という立場ではないのだろう。

「良太、お前は奈良岡の心をこじ開けた。自分の気持ちを分かってくれる人間がいる……そのことがきっと、奴の心を開いたんだ」

「でもそれは……」

「わかってる。子安の言葉があってのことだってんだろ？　そうだな。どんな偉い学者の言葉や、カウンセリングより、そういう素人の不器用な言葉の方が時に届くもんだ。俺はよ、今まで奈良岡の心を全く開かせることはできなかった。それなのに子安はあっさりやってのけたんだ」

良太は口を閉ざした。そうかもしれない。ただし子安としては、奈良岡の心を言いあてても、自分の苦しみが解消されるわけではないな、と思った。

「こいつはさっき、預かったもんだ」

秋村はポケットから何かを取り出して、長机の上に置いた。

「前に来た時、気に入っていたようだし、お前にやってくれってよ」

良太は机の上の物体を眺める。それは見覚えのあるアンティークの天秤《てんびん》だった。丁寧に子安製作所のロゴが彫られている。

「俺に？　いいんですか」

「ああ、いい刑務官になってくださいって言付けを頼まれた。もらっとけ」

よく見ると秤《はかり》には細工がいくつも施されている。専門家ではないが、レトロな感じで高級感がある。

「そういや、分銅もらうの忘れてたな」

秋村はポケットをまさぐった。

良太はじっと、子安の作った天秤を眺めていた。長年の月日を刻んだ確かな技術が込められている。それだけでなくきっと、子安は息子への愛を込めたのだ。中村という受刑者はそれを奪った。

「子安にもいいことがあるといいな」

秋村は皿の片方に何かを載せた。さっきまで食べていた柿の種だ。天秤は右の方へと少しだけ傾く。良太はフッと笑った。

「そうですね。苦しんだ分だけ」

良太は柿の種をもう片方の皿に載せる。天秤はわずかに揺れながら、ゆっくりと元の位置に戻り、ぴたりと水平で止まった。

第五章　矯正展の暗号

1

暗幕の引かれた部屋には、六名の受刑者が集まっていた。

全員の視線の集まる先、スクリーンではドラマが上映されている。娯楽用ではなく、社会復帰に向けての心構えを説くものだ。

やがて室内は明るくなり、仮釈放を目前に控えた受刑者たちは伸びをした。

「ええと、皆さんご苦労様でした……」

名久井は受刑者に向けて、訓示を垂れ始めた。スクリーンには何種類かのグラフが表示されている。更生に関する細かいデータで、我が国と諸外国との比較もある。

「そういうわけで、社会復帰というのは言うはたやすいですが、現実には極めて厳しいものなのです。いくら罪を犯したとはいえ、どうしてここまで理不尽に扱われるのか。そう思うこともあるでしょう。ですがそういう現実に接したときこそ大切です……」

六人の受刑者はいずれも名久井よりかなり年配だった。内心では何言ってやがると思っているのかもしれないが、仮釈放を前におとなしく話を聞いていた。

満期出所とは異なり、態度が良好な受刑者は満期の約四分の三の刑期で仮釈放が認められることが多い。四ピンと呼ばれる措置だ。普通の受刑者は工場で一日作業をしなければいけないが、彼らは二時間ほどの掃除作業で済む。外掃落ちなどと呼ばれることもある。その代わりに社会復帰に向けて、出所後教育を受けなければいけない。

「それではわたしの長話は終わりです。どうか頑張ってください」

受刑者たちは舎房へと戻っていく。

一般受刑者たちが生活する舎房の一番上は仮釈放を控えた者たちの生活スペースだ。希望寮と呼ばれている。監視は緩く、各部屋に鍵《かぎ》はかかっていない。共同部屋にはテレビも置かれている。社会生活に慣れさせるための措置だ。

良太は受刑者たちを希望寮まで送ると踵《きびす》を返した。しかし一人の目つきの悪い受刑者が呼び止めてきた。

「なあ、武島先生」

石野《いしの》公博《きみひろ》というキツネ目の受刑者だ。

良太は表情を変えることなく、制帽の下から石野をじっと見据える。彼は一重のまぶたを引っ張って軽く掻《か》いた。石野は三十八歳で、強盗犯だ。もとより粗暴な男で、背中には夜叉《やしゃ》が彫られている。初等科研修の時、良太を舐《な》めていた節があったが、途中から改心したように従順になった。その結果、こうして仮釈放目前まで来た。

「なんていうか……」

石野はうつむいて頭の後ろを掻いた。

「あんたはいい人だ。今まで、すみませんでした」

石野は深くこうべを垂れた。どういう心境の変化かは知らないが、変わるものだ。

「俺は正直、新人看守だったあんたをバカにしていたんですよ。どうせ生活の安定だけを求めて公務員になったヘタレだろうってね。俺が出所する前に辞めるって思ってました。けど見込み違いだったようですわ」

顔を上げた石野の瞳《ひとみ》は輝いていた。あんたいい人だ、と良太を指差しつつ、さっきと同じことを繰り返した。

「あんただけじゃない。川岸先生、野間先生、中島《なかじま》先生……弘前刑務所の担当さんはみんな温かい。特に中島のオヤジには本当に世話になりました。おかしな言い方だが俺、ここに入って良かったって今は思ってますよ。人の情ってもんが初めてわかった気がします」

良太は無表情のまま、帽子の下から石野を見つめ続けた。

「まあ、さっきの若造みたいに、受刑者を数字上の生き物としてしか見ない連中もいますけどね」

気に入らない刑務官について、匿名にするのかと思ったが、石野は平沼所長や、名久井らの実名を挙げた。

「渡り鳥の金バッジ連中はいけすかねえ。ああいうキャリア連中が上に立って、いやいや適当にやってるんだから、刑務所はよくなんねえんですよ。事情に通じたベテラン看守部長の先生たちこそ上に行くべきです」

良太は心の中でフッと笑った。口元も緩みかけたので、ごまかすように背を向けた。

「ありがとう、武島先生。あんたはいい刑務官になれる。俺が保証しますよ」

その言葉を背に良太は外に出た。

第三舎房の外は風がある。十一月になって、秋風は冷たいが、心はどこか温かかった。

「ご苦労さん」

振り向くと、刑務官らしからぬ気楽さで名久井が話しかけてきた。

「矯正って難しいよね」

良太は辺りを見渡してから、はあ……と小さく応じる。

「でも入所時はどうしようもなかった連中が、感謝して出ていくのを見るとやる気が出ますよ。こんなヤクザものでも更生したんだってね」

五割増しくらいの真実が口をついて出た。刑務官という仕事のやりがいについて教科書的に表すような感じで、どこか面映《おもは》ゆかった。受刑者の更生が励みになるのは事実だが、こういう喜びを誇張する気はない。刑務官の普段の業務はきつく、汚いものだ。

名久井は後ろ手を組みつつ、希望寮の方を見つめた。

「彼ら六人の内、たぶん二人は戻ってくるだろうね」

良太は口を閉ざし、真似するように希望寮を見上げた。仮釈放された者は満期出所の受刑者と比べて再犯率は低い。しかし名久井の言うとおり、再犯して刑務所に戻ってくる者は後を絶たない。真の更生などしていないのだ。名久井に取り入っていた木原などは、その典型だろう。

「石野とかはどうですか」

さっき希望寮で話した受刑者だ。彼は更生したと思う。これが秋村たちとする賭《か》けなら、自信を持って再犯はしないという方に賭けられる。石野が名久井の悪口を言っていたことは、黙っておいてやろう。

名久井は小さく、どうかなと応じた。

「そういえば統括、また矯正展やるんですってね」

「ああ、そうなんだよ。来週またやる」

矯正展とは受刑者の製作した家具や育てた野菜などを一般の人々に売ることだ。格安で販売されるために、かなりの客が来る。今年は既に弘前市内で催された。通常は年に一回なのだが、今年は特別にもう一度、青森市で行われるという。

「今回も矯正展、どうしても成功させたいから、君にも手伝って欲しいんだ」

「はあ……」

「もう時間がなくてね。頼むよ」

また給料にならない仕事をやらされるのだろうか……良太は心の中でため息をつきつつ、従わないわけにはいかないと思った。

翌日は、夜勤だった。

午後十一時。前夜の担当になった良太は巡警でひとり、舎房を見回っていた。第三舎房の雑居房は定員七人だが、八人が布団を敷いて眠っている。消灯は午後九時なので、豆電球が光っているだけだ。

房内は静かなものだった。施錠を確認しようと取っ手に手をかけるが、すぐに止まった。

通路側に眠る一人の受刑者の手に、文庫本が握られているのに気づいた。ごくわずかな豆電球の明かりを頼りに、本を読んでいる。『江戸《えど》川乱歩《がわらんぽ》傑作選』だ。房の前に貼られた名前を確認すると、小比類巻《こひるいまき》良行《よしゆき》とある。本を読んでいるのはこいつだろう。

刑務所の図書館には、小説や雑誌、漫画など多くの官本がある。受刑者は本を借りることができ、娯楽の少ない塀の中の生活では貴重な楽しみになっている。

小比類巻は中学卒業後に就職したが、うまくいかず、食うに事欠いて空き巣を繰り返してきた。刑務所に入れられても、懲りずに盗みを繰り返すパターン。趣味と言えるほどのものはなく、文章の書き取りもほとんどできない。食事や睡眠と同じで、空き巣が生活の一部に組み入れられている感じだ。

昨日、名久井と刑務所の役割について少し話した。再犯率の高さについて名久井は嘆いていた。小比類巻のような再犯者がまた罪を犯す確率は七十パーセント以上とも言われていて、何のために刑務所はあるのかと批難されるところだ。とはいえ再犯率は高くとも、みんながみんな刑務所に戻ってくるわけではない。ちゃんと更生し、真面目に働いている元受刑者も多くいるのだ。その差はどこにあるのか。

希望寮で話した石野は粗暴な男だった。しかしここに来て、刑務官の温かみに触れて変わることができたと言っている。名久井は看守部長クラスの腐敗が蔓延《まんえん》していると目の敵にしているが、ここ弘前の看守部長のような刑務官こそ大事なのではないか……どうしてもそう思えてしまう。

「おい、小比類巻」

静かに良太は声をかけた。小比類巻は何も言葉を返さなかった。就寝時間を過ぎた読書は、決して褒められたものではない。とはいえせっかく読書に興味を持ち始めたんだし、目くじらを立てるほどのものでもないか。

「目、悪くするぞ」

良太は施錠確認をして背を向けた。歩き始めたとき、背中に声がかすかに聞こえた。

「かにな……」

すみませんと言ったように思える。良太は帽子のひさしを握ると少しだけ口元を緩めた。

待機室に戻ると、三人ほどの刑務官が椅子に腰掛けていた。サボって……いや、不測の事態に備えて待機している。

「よう、お疲れさん」

声をかけてきたのはパンチパーマの野間だ。川岸も手を上げている。良太は軽く会釈した。

「外、かなり寒くなりましたね」

良太が手をこすりながら言うと、川岸はニヤニヤしていた。

「明日《あした》から連休だな。良太、えっちゃんとよろしくやるのか」

交際している与田悦子のことだ。会ったこともないだろうに、川岸はなれなれしくちゃん付けで呼んでいる。良太は苦笑いを浮かべ、首を横に振った。

「休みなしですよ。矯正展の手伝いをやれって言われていまして」

「ふうん、若いってのも大変だな」

さっきから気になっていたが、室内には木箱が置かれている。こんなものは今までなかった。野間ともう一人の刑務官が、ジロジロ見ていた。

「その木箱、どうかしたんですか」

良太はじっと木箱を見下ろした。木箱は市販されているものではない。受刑者が作ったものだ。高さ五十センチくらいで、引き出しが四つあって、底にはキャスターがついている。

木箱は何故か裏返しにされていた。一人の刑務官が良太を見上げる。顎《あご》が二つに割れた毛深い中年刑務官。あまり話したことはないが、中島辰雄《たつお》というベテラン看守部長だ。

「これだよ、これ。よく見てみな」

中島は右手で割れたアゴをつまみつつ、左手でコツコツと、木箱の裏側をこづいた。

「よく見ないとわかんねえぞ」

良太は両膝《りょうひざ》に両手を当ててしゃがみこむ。キャスターがついた木箱の裏側には、小さな文字が書かれていた。

106.8.6	22.10.9	9.1.9	93.1.4	9.6.1	9.9.39	9.1.24	93.1.5
9.1.3	10.12.21	10.13.36	47.6.28	282.14.16	9.1.24	89.16.2	11.7.9
9.5.18	199.12.7	288.6.5	10.10.9	132.13.37	46.11.38	9.1.14	9.5.16
31.10.42	71.5.7	63.16.25	13.2.27	58.8.10	10.3.3	18.13.38	9.5.16
9.1.24	9.1.3	182.4.26	83.8.21	50.12.22	9.1.9	198.1.2	55.12.3
9.1.6	37.11.9	10.8.14	10.12.17	226.9.41	9.11.6	10.12.17	10.8.37

意味不明な数字がそこにいくつも並んでいた。カンマで区切られた三桁《けた》から七桁の数字群だ。

「日付みたいですが」

良太が言うと、中島は首を横に振る。

「俺も最初、そう思ったが違うな。１０６年、２８２年とか意味不明だ。ひとつだけなら間違いかとも思うが、いくつかある」

確かにそう言われてみるとそうだ。西暦だけでなく、16月、14月、37日、41日など日付では不自然な箇所がいくつかある。

「円周率か」

川岸の問いに、野間がパンチパーマをつまんだ。

「全然違うだろうが」

日付でないなら何だろう。時間の計測値のようにも思える。いや、それより問題はこの数字の意味ではなく、何故こんなものが受刑者の作った木箱に書かれていたのかだ。

「これって受刑者が作ったモノですよね」

良太の問いに、中島が応じた。

「そうだ。前の矯正展で出品されていて、掃除用具入れに放り込んであったもんだ。売れ残りだわ。誰も使ってねえし、こんな字が書かれているとは気づかなかった」

確かに普通、気づかないだろう。文字は虫眼鏡で見なければいけないほど小さいし、外の掃除用具入れなど、誰も滅多に開けまい。木箱を作った受刑者が製作時に書いたのだろうが、どういう意味があるのか。

「この木箱、作ったのって誰かわかりますか」

良太の問いに、中島はああ、と応じた。

「ハッキリはわからんが、ヒントはある。見てみろ」

中島は四つある内の一番下の引き出しを外に出した。

「こいつが作った奴だろうぜ」

引き出しの内側には、Ｙ・Ｋという文字が彫られていた。

「これってイニシャルですよね？」

Ｙ・Ｋで真っ先に浮かんだのは、木原保雄という元受刑者だ。

「しぼり込めるかと思ったんだが、Ｙ・Ｋって受刑者、かなりいるんだよ」

野間は首をひねった。

そういえばさっきの受刑者、小比類巻良行もＹ・Ｋだ。それに名前の後に苗字《みょうじ》というのが普通なのだろうが、名前から先に書いているとは限らない。

「それよりこっちの数字の方を考えんとな。絶対意味がある。まるで暗号だ。解いてみたくなるわ」

川岸がつぶやく。確かに暗号だ。とはいえ現時点ではまるでわからない。

――いや、あの人なら解けるかも……。

良太が顔を上げると、それを察したように川岸は口元に人差し指を当てた。

「良太、秋村のオッサンには当分内緒にしろ」

やはり考えていたことは同じようだ。現時点では意味不明だし、おそらく何の意味もないのだろう。それでも書かれた文字には不思議と惹きつける力があった。

2

官舎の窓から、朝日が差し込んでくる。

夜勤明け。良太はいつものように定時に目を覚ました。歯を磨いて、ボサボサの頭を整える。食パンが焼ける匂いに引かれるように台所に向かった。

「おはよう」

あくび交じりに挨拶《あいさつ》するが、誰もいない。父と母は居間で食事中だ。

夜勤明けは連休になる。せっかくの休みだというのに、今日は名久井に矯正展の件で付き合わされる約束だ。何をするのかわからないが、迷惑な話だ。

「この窃盗事件って、まだ犯人捕まっていないのよねえ」

パンをかじっていると、居間の方から声が聞こえた。定期購読している新聞『東奥《とうおう》日報』を母が整理しているのだ。父は安楽椅子で朝の連続テレビ小説を見ている。

「景気が悪いから犯罪も増えるのかしらねえ。ウチも気をつけないと」

「盗《と》られてまずいもん、何かあったか」

父はテレビの邪魔をするなとばかりに、素っ気なく答えた。

「まあ、そうよねえ」

母もすぐに関心がなくなり、整理を終えると、今日の折り込みチラシでスーパーの安売りをチェックし始めた。いつもながら新聞の中身より、チラシを見ている時間の方がずっと長い。

二ヶ月ほど前、八戸の宝石店で大がかりな窃盗事件が発生した。

良太は何となく気になって、母が畳んだ二ヶ月前の『東奥日報』を広げる。ローカル新聞だが、それ故に地元のことについては詳しく載っている。

窃盗犯は八戸の『丹生《にう》宝石店』に九月七日の夜、侵入したようだ。自動ドアが割られ、八千万円相当の宝石が盗まれたらしい。犯人はまだ捕まっていない。丹生宝石店の窃盗事件はここ数年では、青森県内一被害額の多い事件だったという。

——ふうん、まあいいや。

良太は新聞を畳んだ。名久井と会う約束は朝十時だ。着替えると待ち合わせ場所である青森県観光物産館アスパムへと向かった。

青森駅のすぐ近くにあるアスパムは良太が生まれた頃に建てられた施設で、青森の名産品を宣伝する役割を負う。陸奥《むつ》湾に面した広い敷地に、目立つ三角形の建物があった。綺麗《きれい》な三角形で上階に行くほど尖《とが》っている。十四階の展望レストランで悦子と一年前に食事をしたこともある。

やがて一台の車が駐車場に停まった。

「武島くん、待った？」

名久井が小走りにやってきた。二人はアスパムの中へ足を踏み入れる。

「ここが特設会場になるんだよ」

一階には広いイベントホールがあって、展示・即売会を開催することができる。

「じゃあ武島くん、ポスターを手分けして貼りに行こう。ここに書いておいたから」

名久井はメモ用紙を良太に手渡した。青森駅や森林博物館など、人目につくところが大量に書き連ねてある。全部回って貼って来いというのか。

「俺も行くから、半分頼んだよ」

言い残して、名久井はさっさと車でどこかへ消えた。良太は深くため息をつかざるをえなかった。

リストアップされた全てを回り終えたとき、すでに外は真っ暗だった。

良太は待ち合わせ場所だったアスパムに戻ると、缶ジュースを一気に飲んだ。移動は車だったとはいえ、数え切れないほど回ったのでひどく疲れた。ポスターを貼っていると、不審者に思われて途中で説明する場面もあった。ひどいただ働きだ。

「ごめん、終わった？」

三十分ほどして、ようやく名久井が姿を見せた。

「日がないし、今日のうちに全部貼っておかないとね。それじゃあ上で食事にしよう。おごらせてもらうよ」

二人は十階にある郷土料理の店に向かう。味は良かったのだが、一日中駆けずり回ったにしては割に合わない。

「いやあ、今度の矯正展は大成功間違いなしだ。武島くんのおかげだよ」

酒も飲んでいないのに、名久井は上機嫌だった。

「そういえば統括、矯正展といえば昨日、おかしなことがあったんですよ」

名久井は目を瞬かせた。

「あ、いえ、どうでもいいことだとは思うんですけど。念のために報告しておいた方がいいかな、と」

良太はポケットからメモ用紙を取り出す。それは数字がびっしり並んだものだ。昨日中島が見つけた木箱の裏の数字、あの暗号をメモしておいたのだ。

「こんな意味不明な数字が、木箱の裏側に書かれていたんです」

良太は状況を詳しく説明した。受け取ったメモに名久井は顔を近づけた。笑みが消えて、真剣な表情になった。

「この木箱、前回の矯正展で売れ残った物なんだよね」

「はい。意味はないと思いますが、統括から小さいことでも報告するよう言われていますので」

「その木箱を作った受刑者はわからないのかい？」

「ええ、そうなんですよ。Y・Kというイニシャルらしいんですけど、定規で引いたような字で特徴がないですし」

「ふうん、そうか」

名久井は中指でメガネを直す。スマホを取り出すと、写真を撮っていた。しばらく間が空く。良太は郷土料理に舌鼓を打ちながら、黙り込んでしまった名久井をチラチラと眺めた。名久井は眉間《みけん》にしわを寄せつつ、スマホをいじっている。

暗号というのは興味を引くものだ。しかし矯正展に出品する商品に数字など書いて何の意味がある？　これを書いた受刑者の心理は推し量れないが、どうせ深い意味などないのだ。作品ができあがって暇だったので、落書きでもしただけではないのか。

名久井はメモ用紙を良太に返した。

「たぶん、意味はないだろうなあ。冗談のつもりだろう」

「やっぱり。そりゃそうですよね」

「それより矯正展だよ。何とかしっかり売らないとね。一緒に頑張ろう」

良太はメモ用紙をポケットにしまう。結局、暗号は名久井にもわからなかったようだ。それにしても名久井の口調では、来週も駆り出されるのが決定事項のようだ。良太は再び、心の中でため息を吐《つ》かざるを得なかった。

連休が明け、良太は仕事に出た。

グラウンド近くの営繕工場の隣、木工工場からは木の匂いが漂ってくる。のこぎりで木を切る音も聞こえた。ここでは比較的高齢の受刑者が作業している。

担当台近くにいる大柄な受刑者に目が行った。鼻と口の間が長く、顔そのものも、手脚も長い。六十過ぎという年齢の割に長身だ。彼は小比類巻良行。常習窃盗で服役している。先日、巡警の際に本を読んでいた。刑期の四分の三以上に入っていて仮釈放の要件は満たすが、仮釈放の許可は下りていない。特に態度が悪いからというわけではない。身元引受人が決まらないのと、何と言っても再犯を繰り返すという点が仮釈放されない要因だ。

小比類巻は木箱を作っていた。

受刑者たちが作っている家具は、名久井と話した矯正展に出品されるものだ。どの受刑者も一心不乱に作業を続けている。こうして作業を続ける中、プロ並みに上達していく者もいる。仮釈放寸前の石野などもそうだ。

矯正展の木箱といえば、どうしても刑務官仲間で話題になっている暗号を思い出す。川岸や中島が必死になって調べているが、誰が書いたのかはいまだにわからない。この小比類巻良行もY・Kで、犯人候補ではある。

小比類巻は綺麗に見える切断面を、ヤスリで磨いていた。

「ちょっと、いいか」

気になってつい声をかけてしまった。小比類巻は何故か木箱を隠すようにしながら、へえ、とアゴで返事する。

「細かい部分にこだわっているようだな」

「神は細部に宿る、だべ」

小比類巻は作業を続ける。彼は中卒だが、今や本の虫だ。すぐにこういう返しができるまでになっていた。

木箱の裏に暗号を書いていた奴を知らないか？　問いかけようと思ったが、言葉にはならなかった。仮に例の暗号を書いたのが彼だとしても、それだけで処罰の対象になることではないし、名久井からも探るよう言われているわけでもない。どうでもいいことだと思い直し、良太は受刑者たちの作業の監視に戻った。

昼休み。食堂でラーメンを注文していると、太った刑務官が近づいてきた。

「よう、良太」

秋村だった。とろろそばを注文して席に着く。パチンと箸《はし》を割ると、眉間にしわを寄せた。

「おい良太、お前ら何かオレに隠してるだろ」

一瞬、名久井とのつながりについて訊《き》かれたのかと思った。

「野間さんや川岸ら、何かコソコソやってんだよ。お前知らねえか。多分どうでもいいことなんだろうが、気色悪くてな」

そんなことかと良太は胸をなでおろす。辺りを見回すと、特に誰もいなかった。川岸からは口止めされているが、強く言われているわけでもないし、まあいいだろう。

「実は中島さんが、矯正展の木箱から謎の暗号を発見したんですよ」

暗号という単語に、秋村の目の色が瞬時に変わった。

「詳しく話してみろ」

良太は仕方なく、これまでの経緯を包み隠すことなく秋村に話した。暗号が書かれたメモを取り出して秋村に見せた。

「どうですか。わかりますか」

問いかけるが、秋村は返事することなく、考え込んだ。二分ほどして、やっと顔を上げる。メモ用紙を良太に差し戻した。

「わかんねえな」

秋村でも無理なのか。名久井も意味はないと言っていたし、二人に分からなければ、誰にも解けないだろう。

「意味はないんでしょうね」

受け取ろうと手をかけるが、秋村は紙を放そうとしなかった。良太は不審に思って顔を上げた。

「意味はある」

「え？　そうなんですか」

「けどよ、これだけでは絶対にわからんって言ったんだ」

「どういうことですか」

秋村はメモ用紙に込めた力を抜く。良太は少し後ろによろめいた。

「この数字、区切られてるだろ？　ここに意味があるのさ」

「それはそうでしょうが」

「きっとどこかの本か書類に書かれた文字を拾い集めろってことだ。例えば最初の数字だが、106ページ8行目、上から6字目だな」

良太はもう一度、暗号に視線を落とした。言われてみると、そのように思える。

「おそらく本だな。9から始まる数字群が多いってことは、多分そこまでに目次なんかがあって、本文がそのページ辺りから始まっているってことだ。使用頻度が高いってことは、9の数字群はほとんどが平仮名だろう」

なるほど。いくつも数字群はあるが、行数は16が最大。字数は42が最大。普通の本ならだいたいこれくらいだ。

「でも秋村さんが言うとおり、元になっている本が分からなければ、解きようがないですね」

「いや、多分解ける」

「本当ですか」

「ああ、けどよ、金にもならんし、あんまりやる気はしねえな」

「秋村さん、教えてくださいよ」

返事の代わりに、秋村は良太のラーメンから、チャーシューを勝手に盗《と》った。うまそうに咀嚼《そしやく》してから口を開く。

「官本だよ」

良太は目を瞬かせた。少し考え、しばらくしてから腑に落ちた。

「そうか、木箱を作ったのは受刑者。彼らが目にし、触れることのできる本といえば刑務所図書館にある官本くらい」

「そういうことだ。薄っぺらい冊子みたいなのでは使える文字が限られてるしな。行くか、良太」

「ええ、はい」

二人は早速、図書館へと向かう。

弘前刑務所の図書館は古びたものだった。天井が低く、少しかび臭い。タイトルの五十音順に本棚に綺麗《きれい》に並べられている。

普通の図書館ほど蔵書は多くない。それでも数千冊の本があって、どれなのかすぐにはわからない。貸し出しカウンター横には顎《あご》の割れた中年刑務官が立っていた。秋村を見るなり、眉《まゆ》をひそめる。

「何だお前ら」

中島だった。掃除用具入れに置かれた木箱の暗号に気づいた刑務官だ。

「おいおい武島、秋村にばらしたのか」

「すみません」

「しょうがねえなあ」

話を交わすと、どうやら中島も同じ発想で図書館に来ていたらしい。

「昨日から調べてるんだが、わからん」

良太はしばらく、厚めの本を調べた。暗号と照らし合わせるがまったく言葉は意味をなさない。一方、秋村はあてがあるのか、官本貸与簿を調べていた。

休憩時間が終わりに近づいた頃、秋村はツカツカと『あ』行の本棚に近づいて行った。すぐに一冊の本を取り出して、メモと照らし合わせている。

仕事に戻る時間だ。良太はまた今度来ようと本を閉じるが、秋村はメモ用紙に鉛筆で何か書いていた。

「秋村さん、もう行かないと」

秋村は本をペラペラとめくりつつ、鉛筆で書く作業を続けていた。チェックしているのはまだ新しそうな本だ。

「良太、こいつだ。見つけた」

良太はのぞき見る。中島もやってきた。秋村が手にしているのは、坂口安吾《さかぐちあんご》著『アンゴウ』という本だ。そこには本を利用した暗号について書かれていた。秋村は書き込んだメモ用紙を良太の方に向ける。

「どうだ？　偶然……じゃねえだろ？」

良太は大きく目を開いた。中島も同じ反応だ。秋村の書いたメモ用紙には偶然ではありえない文字が並んでいる。意味がはっきり通じているのだ。

——指令。九がつの月はじめ八戸の朝日あぱーと集合にぅ宝石店お皆で襲ぅのは七日夜。吉報を待つょ獄中より

そこに書かれていたのは、宝石店を襲撃せよという指令だった。すぐに浮かぶ事件がある。八戸で起きた丹生宝石店襲撃事件のことだ。事件が起きたのは確かに、九月七日の夜だった。完全に一致している。矯正展があったのは、それより二ヶ月以上前だ。

「この暗号を書いた受刑者が、部下に指示を送っていたっていうんですか」

良太は中島と顔を見合わせた。

「万が一捕まったときは、矯正展に出品する作品にメッセージを込めるという約束だった。イニシャルが彫ってあるから、誰の作品か部下にはわかる。部下が矯正展でそれを買って行くという取り決めがあったなら……」

「でも中島さん、この木箱は売れ残りでしょう？　それじゃあ意味はないです」

秋村がフッと笑った。

「買っていく必要なんてない。展示品を買ってしまえば、顔を見られる心配が出てくるだろ？　販売員も刑務所関係者だ。仲間に前科があれば、覚えている可能性がある。それよりも重要なのは暗号の中身、指示内容だ。暗号を全部、記録しておけばいい。これ

だけの数、記憶するのは無理だが、今ならスマホでカシャ……すぐだ」

メモをスマホで撮影していた名久井が、頭に浮かんだ。

「そうか、矯正展の作品は破格だからすぐに売れる。この受刑者も売れると思ったのかもな。そうなりゃ証拠は誰とも知れない購入者のところに行く。永遠に分からない。けど予想外に売れ残って、俺が発見したってことか」

中島も同じ推理をしているようだった。こんな暗号の一致、偶然では考えられないだろう。受刑者が塀の外にいる部下に指示を送っていたと考えるのが自然だ。しかし今、獄中にそんな人間がいるのだろうか。窃盗団のボスになれるような大物が。

「コイツを見て、すぐにわかった」

秋村は官本貸与簿を、こちらに指し示した。

「本の虫になっている奴がひとりいるんで、そいつを集中的にチェックした。奴は一人で同じ本を何度も借りてやがる」

官本貸与簿には『アンゴウ』の貸し出し先が書かれている。全て同一人物だ。

「まさか、こいつが？」

良太は中島と顔を見合わせる。そこには受刑者、小比類巻良行の名前があった。

3

面会室の近く、刑務官の後を、私服の男が歩いていく。

彼は受刑者だ。私服なのはこれから仮釈放され、身元引受人に引き取られるからだ。先日希望寮で声をかけてきた石野公博。色々な受刑者がいるが、きっと彼は二度と戻ることはないだろう。そう信じたい。

中島が言った。良太はすぐに気持ちを切り替えた。

「おい、行くぞ武島」

「あ、はい」

木箱に書かれた暗号は解けた。

矯正展の作品に暗号を書いたのは、小比類巻に違いない。小比類巻は例の宝石店襲撃を、外部に教唆していた可能性がある。『アンゴウ』を何度も借りているのは、きっとすぐには暗号が作れず、苦労していたからだろう。そしてぎこちないながらも、何とか意味の通る文章に仕上げた。

とはいえ、これだけでは何とも言えない。理屈に合わないこともあるのだ。『アンゴウ』は半年ほど前に図書館に入荷されている。小比類巻が作った作品に暗号を仕込むという申し合わせは事前にできるだろうが、さっきの暗号は『アンゴウ』を使わないと解けない。

『アンゴウ』が入荷されたのは偶然だ。一字一句覚えているはずもなかろうし、だいたい入荷された『アンゴウ』が発刊されたのは平成二十三年。小比類巻が逮捕された平成二十年より後だ。どうやって小比類巻は外部に『アンゴウ』を使うと指示していたのだろう。

良太と中島は話を通してもらい、小比類巻が外部に向けた発信記録を調べた。事件より前、親に向けて手紙を出していることがわかった。

受刑者が外部に出す手紙は検閲される。内容について受刑者おのおの書信表という書面に記載されるのだ。それはもちろん、今回のように塀の外にいる仲間と連絡を取る可能性があるからだ。

検閲される以上、意味不明な暗号文ではおかしいと刑務官が気づく。かといって隠語で巧妙に連絡を取ろうとすれば、使える単語が極めて限定されてしまう。刑務官の検閲をくぐり抜けて、自由に意思を伝達することはまず不可能だ。

「外部との連絡に、昔は手紙であぶり出しを使った野郎もいたんだよ」

記録を調べつつ、中島が言った。

「らしいですね」

刑務官だった父から聞いたことがある。聞いただけでは馬鹿らしいが、受刑者は何とか外部とコンタクトを取りたいのだ。

今回の方法は、前代未聞かもしれないが、理にかなっている。受刑者の意思を伝えるという意味では矯正展が最適だ。それにしてもただの窃盗常習犯だと思っていた小比類巻が、こんなことをするとは信じられなかった。

「武島、お前は知らないだろうが、昔の小比類巻はよく大きなことを言ってたんだよ」

「そうなんですか」

「自分は大泥棒だ。部下が何人もいて、自分の指示通りに動くって自慢していた。けどあいつは頭が悪い。人望もあるとは思えないし、その時はホラだと笑ってたんだ」

チンケな小悪党のくせに、大きなことばかり言う受刑者というのは多い。最初、良太にもそう見えた。ただし最近の小比類巻は、かなり頭がいいように感じる。

「武島、あったぞ」

中島は書信表を手にとった。小比類巻が出した手紙は一度きりなのでわかりやすい。そこには全文のコピーではなく、書信係が要約した内容が書かれていた。父への詫《わ》びに始まり、内容は刑務所でのことに触れている。

「これは……」

中島と良太は顔を見合わせた。

『アンゴウ』の文字が見える。最近、読書にはまっていて『アンゴウ』を読んだと書かれている。手紙の中で小比類巻は昔からもっと勉強しておけばよかったと嘆いていた。

「間違いないな」

中島の言葉に、良太はうなずく。

おそらくこの手紙は、小比類巻の父親に届いていない。小比類巻の部下が代わりに読んでいたと考えられる。矯正展の暗号とこの指示。小比類巻は宝石店襲撃を教唆している。

二人は名久井の許《もと》へと足を運んだ。

矯正展に向けて忙しいようだが、名久井は処遇管理棟にいた。部屋に入ると、良太と中島は敬礼する。

「話っていうのはなんだ？」

名久井は両手を机に載せて組んだ。

「大変なことが発覚しました。警察に知らせるべきかと思いまして」

声を発したのは中島だ。名久井は眼鏡の下から冷たい視線を中島に注いだ。

「中島看守部長、説明しなさい」

良太の前とは違って、鉄仮面のような表情だった。中島は今回のあらましを包み隠すことなく、丁寧すぎるほど丁寧に名久井に報告した。途中までは良太が報告しているので知っているだろうが、暗号解読と手紙のことまでは知るまい。

「暗号は秋村が解いたんです。ちゃんと意味をなしていました」

秋村の名前が出た瞬間、名久井の端整な白い顔が少し歪《ゆが》んだ。

「統括、放っておけません。小比類巻は丹生宝石店襲撃を教唆しています」

名久井は報告を聞き終え、立ち上がった。

「わかった。でも放っておけ」

素っ気ないセリフだった。

「これは大問題ですよ」

熱い言葉で中島は語りかけた。

「いや、放っておいていい」

名久井は冷たくあしらった。中島は納得がいかない顔で机を叩いた。これまでの経緯を、言葉を換えながら繰り返していく。

「書信表を見てもわかります。小比類巻は矯正展を利用して……」

「一度聞けばわかるよ」

名久井は背を向け、カーテンのホコリを払った。

しばらく間が空く。良太にはよくわからなかった。ここまでのことが偶然であるはずがない。どうして名久井は小比類巻を放置するのだろう。

中島は歯《は》噛《が》みしていた。

「ひょっとして統括、怖いんですか」

静かな言葉だ。しかしそこには、感情が込められている。名久井は振り返ると、中島を睨《にら》みつけた。

「怖い？　そう言ったのか」

「そうですよ。責任を追及されるのが怖いんですか」

今回だけでなく、前回の矯正展も名久井が他の部署と協力して推進してきた。その立場にありながら、宝石店窃盗事件の教唆を許したとあれば、ただでは済まない。一方、証拠は暗号だけなのだし、黙殺しておけば誰にもわからない。中島はハッキリ名久井を責めている。

名久井には感情的なわだかまりもあるのかもしれない。自分が無意味だと無視した暗号を看守部長クラスに解かれたことへのいらだちだ。さっきの反応を見ても、秋村の名前が出たときに表情が変わった。脱獄事件の時もそうだが、名久井は秋村を意識している素振りがある。

「他言無用だ。職務に戻りたまえ」

払いのけるような仕草の名久井に、中島は近づいて睨みつけた。

「名久井、保身が大事か」

「中島看守部長、なんだその態度は?」

「うるせえ、この若造が!」

睨み合う二人に、良太は割って入った。中島だけでなく、名久井まで珍しく感情的になっている。今にも摑《つか》みかからんばかりの中島を、良太は引きずるようにして部屋を出た。

のどのあたりをさすると、中島は首を左右に振った。

「やっちまったなあ」

反省する中島に、良太はため息で応じる。中島からすれば二十も年下の若造に違いない。しかし階級は名久井の方が上だ。警察以上に階級社会の刑務官にとって、今の態度はかなりマズイ。何らかの処分を受けるかもしれない。

「わかってるんだが、昔っからこうなっちまうんだ」

中島は額を押さえていた。

良太は横目で中島を眺めた。この人はきっといい人なのだろう。さっき出所した石野も中島には本当に世話になったと名指しで感謝していた。それだけ矯正に熱いハートを持っている刑務官だ。一応自分は名久井のお気に入りだし、何とか今度、とりなしてみよう。

中島と別れた良太は、木工工場で監視に戻った。

矯正展を目前に控えて、出品する作品製作の追い込みに入っていた。すでに完成している作品が多く、後は値段を決めて、これを会場となる青森県観光物産館アスパムへ運び込む仕事が待っている。

良太は一人の受刑者を射るように見つめていた。担当台近くで小比類巻は作業を続けている。質朴な顔からはとても、凶悪な窃盗グループを教唆して動かしているようには思えない。作っているのは例の木箱とよく似たものだ。ただし今回はかなり丁寧に作り上げたようで、綺麗《きれい》に加工されていた。

作業が終わり、良太ともうひとりの刑務官は作品を倉庫へと運んだ。

「あ、残りは俺がやっておきますので」

途中で思うことがあって、良太は同僚の刑務官に声をかけた。

「そうか、悪いな」

うす暗い倉庫の中、良太は一人きりになった。数々の作品には値札がつけられていて、良太は端の方に置かれた木箱に視線を落とす。千四百八十円の値札がぶら下がっていた。

これは小比類巻がさっきまで作っていた木箱だ。すでに小比類巻の手は離れた。彼が木箱に二度と触れることはない。

――ひょっとして……。

さっきから考えていた。それはこの矯正展で、小比類巻はもしかすると二回目の教唆を行うのではないかということだ。とするとまた同じように、この木箱に暗号が書かれているかもしれない。

良太は深呼吸をして、小比類巻の作った木箱に手をかけた。四段目の引き出しにはY・Kのイニシャルが彫られている。前に見たのと同じだ。そして木箱を裏返して見るや、声を失った。

106.8.6　22.10.9　9.1.9　9.7.5　9.5.26　9.2.14　55.16.9　9.2.13

12.14.11　54.11.31　10.2.9　9.1.24　200.11.14　30.9.21　9.1.24　10.3.2
9.1.6　18.13.38　10.7.42　9.5.18　16.12.5　9.6.1　13.5.18　10.8.37
89.16.2　12.5.32　10.8.2　9.6.1　308.1.9　14.10.38　9.1.24　10.10.9
10.2.18　11.9.30　19.1.10　10.12.18

良太はメモをとると、大急ぎで図書館へと足を運ぶ。『アンゴウ』を開いて、前と同じやり方で暗号を解読していく。暗号はあっさりと解けた。

——指令。いつか後しお分町の陸奥《むつ》のくに信きんを襲えあべが去り朝三時が侵入のときだろう

もはや疑う余地はなかった。

今回もちゃんと意味をなしている。矯正展の五日後に、窃盗に入れと教唆している。塩分町《しおわけまち》の『陸奥国信金』に朝の三時……侵入先から、その時刻まで指示されていた。

4

日曜日、矯正展当日の青森は秋晴れだった。

朝九時前に良太はアスパムに足を運んだ。昨日のうちに販売する製品は運び込まれ、良太は名久井や総務部の人たちと最終チェックをしていた。

小比類巻の作った木箱は、会場の端の方に置かれている。気になった良太は、そちらに何度も視線をやった。

夜勤明けで非番だった昨日、暗号の場所に足を運んだ。暗号にあった塩分町は弘前市役所のある上白銀町《かみしろがねちょう》のすぐ近くで、陸奥国信金という金融機関がある。そして陸奥国信金の前に立っていた警備員は阿部《あべ》という苗字《みょうじ》だった。偶然ではありえないだろう。

良太は名久井に報告した。警察に報告しましょうと勧めた。しかし今回も名久井は放っておくように言った。矯正展に集中するようにと。

本当にいいのだろうか。もはや偶然では済まない。というよりこの窃盗教唆を知っていながら無視していたとわかれば、自分も何らかの責任を問われるのではなかろうか。

とはいえ、方法はまだあった。

今度も同じ手口が使われるなら、矯正展で小比類巻の作品を気にする人間を洗えばいい。スマホで写真を撮っていたら、そいつが手下だ。

手下は開場と同時くらいにやって来るはずだ。そうでないと木箱が売れてしまって、小比類巻からのメッセージを受け取れない可能性がある。開場して数分が勝負だ。

「武島くん、いいかい？」

背後からの声に振り返る。そこにはエプロン姿の名久井がいた。

「はい。何ですか」

「さっき見てきたが、すでに外は客が大勢並んでいる。頑張らないとね」

良太は本当にこのままでいいんですか、と問いかけようとしたが、その前に名久井が口を開いた。

「それと武島くん」

「はい？」

「開場と同時に、共犯者がやって来るよ」

まるで予期しない言葉が漏れた。

「いや、実行犯というべきかな」

良太は一つ、つばを飲み込む。名久井もさすがにこのままではまずいと思い直したのだろうか。

「準備オーケーです」

総務部の若い刑務官が声を発した。名久井はレジ係として配置につく。良太は横目で小比類巻が作った木箱に視線をやった。

やがて時間が来て、客がぞろぞろと入ってきた。年配の人が多い。少しでも安くていいものをと品定めを始めた。

「これいいわねえ。いただこうかしら」

黒縁メガネの女性に話しかけられた。家具など大きな物を買いたい時は作品前に置かれたカードを持っていくシステムだ。良太はそのことを説明する。

「ふうん、そうなの」

黒縁メガネの女性はカードをキープして、他の作品を調べ始めた。レジに目をやると、エプロン姿の名久井が愛想よく接客していた。古書店の学生アルバイトに見え、二十も年上の中島に怒鳴っていた態度とのギャップが激しい。

名久井は良太の背後を指し示す。振り返ると、小比類巻の木箱の前に誰かがいた。

——来た。

木箱の前で足を止めているのは、おかっぱのような髪型で三十代半ばの女性だ。彼女は木箱の引き出しを開ける。イニシャルを確認したようで、うなずいた。引き出しを閉じると、辺りを見回す。木箱を持ち上げて裏の部分をスマホで撮影した。

良太は名久井に声をかけた。

「間違いないですね」

名久井は黙ってうなずく。犯罪者は嫌というほど見てきたが、あの女性が宝石店襲撃犯の一味だと思うと、鳥肌が立つ思いだ。

レジにいた名久井が、良太に目配せする。女性はスマホをしまうと、足早にアスパムを出て行った。

良太は彼女の跡を追った。女性は駐車場に停めてあった軽自動車に向かった。助手席に男がいる。良太は乗り込もうとした女性の前に立ちふさがった。女性はおかっぱを揺らしつつ、良太を見上げた。

「え、何なの？」

「木箱の裏を確認していましたよね？　どうしてですか」

「はあ？　何だっていいでしょ。盗んだわけでもないし」

その通りではあるが、展示品である木箱の裏側を、スマホで撮影するなど不自然極まりない。良太はそのことを追及しようとしたが、レジから駐車場にやって来た名久井がそれを制した。

「彼女は何も知らないよ」

「え？　ですけど」

「撮ってきてくれって言われたから撮っただけだ。この事件、確かに小比類巻は教唆犯だった。だが実行犯はここにいる」

名久井は自動車の助手席をコンコンと叩《たた》く。

やがてドアが開き、見覚えのあるキツネのような一重瞼《まぶた》が姿を見せた。

「お前……何故？」

キツネ目は会釈した。そこにいたのは出所したばかりの元受刑者、石野公博だった。

良太は意味も分からずに、口を半開きにした。

「彼が実行犯だ」

名久井の言葉に、石野はすみません、ともう一度頭を下げた。彼女は身元引受人で石野の実の妹らしい。

良太は名久井と石野を交互に見つめる。全く意味がわからない。ずっと塀の中にいた石野が宝石店襲撃などできるはずがない。一瞬、石野が妹に命令していたのかとも思ったがそれも違う。さっき名久井は彼女は何も知らないと言った。

「イタズラだったってことさ」

良太は目をパチクリさせ、イタズラという言葉をなぞった。

「小比類巻も石野も宝石店襲撃の連中とは一切関係ないんだよ」

「え、でもあれだけ意味が通じているのに、無関係なんてことはないでしょ？　予知能力でもなければ」

名久井は予知能力という言葉に、ふっと笑みを漏らした。

「あの暗号が書かれたのは、宝石店襲撃事件の後、最近のことだったのさ。小比類巻が事件の後で考え、石野に書いてくれるように頼んだ。掃除用具入れに入れられた木箱にね。あそこは普通の受刑者では行けない場所だ。けど掃除用具入れには希望寮にいる連中なら行くことができる。仮釈前の連中は、外の掃除をやってるからね」

確かに事件の後で落書きしたというのなら、事件のことに言及できて当たり前だ。こんな単純なことに気づかなかった。普通なら思い至るだろうが、受刑者が行くことができない場所という刑務官ならではの先入観が邪魔をしたようだ。

「つまりこれは落書き事件だったってことだ。小比類巻が落書きの教唆犯。石野が実行犯だ」

石野は頭を下げた。

「すみませんでした」

それから石野は事情を説明した。刑務所生活の中、石野は小比類巻に世話になっていたのだという。二人は同じ房にいたことはない。工場も違う。知り合ったのは図書館らしい。

「わからない。石野、どうして小比類巻はこんなことをお前に頼んだんだ？」

良太は石野に問いかけた。

「小比類巻さんは自分の作品が売れ残って、掃除用具入れにぶち込まれているのを聞かされて腹が立ったらしいんです」

石野は説明を続ける。小比類巻はその時から計画を練って、届くことのない手紙に『アンゴウ』のことを書いたのだそうだ。そして少し前、おあつらえ向きの事件が発生し、イタズラ計画は実行に移された。

「自分の不利にしかならないことだろう？」

「そうですね。俺も言ったんですよ。小比類巻さん、あんたにとって何の得があるんだってね。でもちゃんと答えてくれなかった。見つかってもいいんだよ。むしろこの暗号に誰か気づいて欲しいって笑ってました」

良太は腰に両手を当てた。イタズラといっても、刑務官を困らせてやろうという類《たぐい》のものではない。むしろ小比類巻は人との心の交流を求めていたように思う。

「それより石野さん、小比類巻の作品、買ってやらないんですか？　安いでしょう」

名久井の問いに、石野は苦笑いを浮かべた。

「小比類巻さんも一般の人に、買ってもらいたいでしょうから。まあ夕方にもう一度来て、売れ残っていたら買いますよ」

遮るように良太が問いかけた。

「イタズラってのはわかった。だが本当に教唆犯だと疑われたらどうする？　現に俺や中島さんは本気にしていた。懲罰だけでは済まなくなるぞ。犯人が捕まればいいが、連中が捕まらなかったら、どうやって潔白を証明するつもりだったんだ？」

真剣に問いかけると、石野は苦笑いで妹の方を向いた。妹からスマホを受け取る。暗号を解読し始めた。

――指令。いつか後しお分町の陸奥のくに信きんを襲えあべが去り朝三時が侵入のときだろう
石野はしばらくしてから微笑んだ。

「どうかしたのか」

良太の問いかけに、石野は顔を上げた。

「いえ、この解読された暗号はどうでもいいんですよ。指令なんて無茶苦茶で意味なんてないんですから。それより裏に隠されたメッセージの方が重要です」

「裏のメッセージ？」

「ええ、小比類巻さんは万が一警察に疑われたときに備えて、表のメッセージ以外に裏のメッセージも残していたんです。これならイタズラってすぐにわかりますから」

石野は、解読された暗号に目を通すと、微笑んでいた。

「木箱には四つ引き出しがあって、四段目の引き出しにだけ、小比類巻さんのイニシャルがあったでしょう？　何故だと思いますか」

そういえば一番下の引き出しに、Y・Kというイニシャルがあった。前回もそうだ。

「これは表のメッセージを四つごとに読めってことなんです。今回の場合はこうなります」

石野は解かれた暗号文の四つ目ごとの文字だけを、メモ用紙に書いた。

――いしのくん　ありがとう

良太は名久井の方を振り返った。名久井はこちらを向くことなく、うなずいた。

「この暗号の中で、小比類巻は石野にありがとうと礼を言っている。きっと出所前の大事な時期に、自分の無茶な頼みを聞いてくれたことに対する謝意なんだと思うよ。同じ要領で、前の暗号も解いてみればいい」

良太は前のメッセージを思い出す。そうすると、あの解読した暗号にも、もうひとつの意味があったというのか。

名久井はメモ用紙を差し出す。そこには前回の矯正展の暗号が書かれていた。

――指令。九がつの月はじめ八戸の朝日あぽーと集合にう宝石店お皆で襲うのは七日夜。吉報を待つよ獄中より
良太はさっきの要領で、四文字ずつ文字を拾い上げていく。九、月、八……言葉は意味をなしていく。

「これは……」

そこには表のメッセージとはまるで違う新しいメッセージが表れた。

――九月八日　とうおう日報より
九月八日　東奥日報より……つまり事件翌日の新聞を読んで、事件について知ったという意味だ。確かにこれならイタズラとすぐにわかる。刑務官に暗号を解くものがいて、窃盗事件の教唆犯と疑われた場合、これなら切り返せる。

「わかったようだね」

名久井は微笑んでいた。

「武島くん、いくら暗号でも、ぎこちない文章だと思わなかったかい？」

「え、まあ、それは……」

それは指摘の通りだ。しかし正直、解けたときは意味がはっきり通じたことと内容の衝撃で、深く考える余裕はなかった。

「決定的なのは『お』の間違いだね。最初の暗号を見てごらん。『宝石店を』ではなく『宝石店お』になってるだろ？　この部分は真のメッセージである『とうおう日報』を入れるため、『お』にしなければいけなかったんだ。『吉報を』はちゃんと『を』になっているんだし、できるはずだからね」

なるほど。言われてみれば文が切れているのに句読点がない部分、それほど難しくない漢字が平仮名になっているなど、不自然な部分は他にもある。きっと小比類巻なりに苦労して作ったのだろう。

石野と別れた二人は、再び会場に戻った。

良太がよくわからないのは、名久井が小比類巻のイタズラについて知っていながら、放っておくよう指示したことだ。

「統括、小比類巻をわざと見逃したんですよね？」

名久井はうなずくと、近くにあった売れ残りのタペストリーに軽く触れた。

「武島くん、俺には小比類巻の気持ちが、何となくわかるんだよ」

「小比類巻の気持ち……ですか」

「うん、子供じみているけど、自分は変わったってことを見て欲しかったんだと思う。あいつの経歴を見て思ったんだ。学がなく、読書とは無縁の生活を送ってきた。しかし刑務所で娯楽の少ない生活をしているうちに変わっていく。読書って面白いなって。その時思い至る。ああ、若い頃からもっとちゃんと勉強しておけばよかったってね。四文字ずつ読むってのは、有名な『二銭銅貨』あたりから着想を得たんだろう。小比類巻は戦後間もない貧しい中で育ったクチだ。きっと勉強ができていれば、こんなことにはならなかったっていう思いが強かったんだろう。だから大ごとにならないよう、中島にも言ったんだよ。放っておけばいいってね」

名久井はまるで、小比類巻の気持ちを代弁するかのようだった。

「武島くん、受刑者を真人間にすることが、矯正で一番重要だって思うかい？」

名久井は展示された作品群を見渡した。すでにかなりの製品が売れている。

「小比類巻は真人間じゃなかったから、犯罪を繰り返していたんじゃない。奴は知恵が足りなかった。盗み以外に生きていく方法を知らなかったから犯罪に走ったんだ。大事なのは受刑者おのおのに合わせて、現実的に生きる力を与えていくことなんだ。それが犯罪を減らす結果につながっていく……」

名久井はいつの間にか真剣な顔になっていた。

「今までのやり方じゃ、救われない受刑者が多すぎるんだ。絶対に間違っている……」

良太は木箱を手にしながら、柄にもなく矯正について考えた。名久井の理屈は正しいのかもしれない。しかし一方、小比類巻は巡警のとき、良太の気遣いに感謝してくれた。あの時の喜びは忘れられない。ああいう感謝こそ重要ではないのか。石野のようなヤクザ者が更生したのも、中島との絆《きずな》があったればこそだろう。

名久井は売れ残りのタペストリーを軽くなでた。

「なあ、そうだろ看守部長」

良太はゆっくりと後ろを振り返る。そこには黒い服を着た中年男性が立っていた。秋村だ。冷たい目で名久井を見つめている。

三十秒ほど経ってからだろうか。先に口を開いたのは、秋村の方だった。

「統括さんよ、何故なんだ？」

「何のことだ？　秋村看守部長」

秋村は良太を一度見てから、視線を名久井に戻した。

「中島のオッサンが辞めたことだよ」

良太は小さくえっと漏らす。中島といえば先日、名久井に嚙《か》み付いていた刑務官だ。あれは中島の誤解だったが、彼が辞めたなど初耳だ。

「統括、どういうことか説明してくれねえか」

名久井はタペストリーからようやく秋村に視線を移す。

「わたしが辞めさせたとでも言いたいのか」

秋村は問いに答えることなく、鋭い視線を名久井に送った。声を荒らげることはないが、怒りの炎が猛《たけ》り狂っていることがよくわかる。ここまで怒りに震えている以上、中島が辞めたというのは事実なのだろう。そしてこのタイミング。明らかに先日のことと関係しているとしか思えない。

「あんたもわかってんだろ？　中島のオッサンはいい人だ。先日あんたを罵倒《ばとう》したのも、むしろ正義感のなせる業だって。それなのによ……」

「正義感？」

名久井は口元を緩めた。

「よく言うな、秋村……クズ刑務官のくせして」

名久井は秋村の顔を、受刑者データを眺めるような涼しい顔で見つめた。いくら階級が上でも、ずっと年上で刑務官歴も長い秋村をここまでハッキリ侮辱するとは……明確な宣戦布告だ。秋村は怒りを苦笑いでなんとか抑えているようだ。

「オレのことはどうでもいいんだよ。訊《き》いてんのは中島のオッサンのことだ」

名久井はふっと口元を緩めた。

「中島はわたしが辞めさせたんじゃない。自分の行為を恥じて辞めたんだ」

「なんだと」

「秋村看守部長、それよりお前はどうなんだ？　自分が刑務官として生きてきて、やましいところがなかったかよく思い返してみろ」

秋村は口を真一文字に閉ざした。中島が自主的に辞めたというのは無理がある。苦しい説明で、誰も信じまい。それでも証拠はない。

「秋村、恥じる気持ちがあるなら、貴様もさっさと辞めろ！」

名久井は荒い息で秋村を指差すと、仕事に戻っていった。

良太はその場に立ち尽くす秋村に声をかけることができなかった。やましい部分というのは、赤落ちのことを言っているのだろう。自分は赤落ちの件について報告していないが、木原などを通じて、名久井が情報を得ることは可能だったはずだ。

「お兄さん、ちょっといい？」

背後から声がかかった。振り向くと、黒縁メガネの女性だった。

「これ、いただけるかしら」

黒縁メガネの女性は、小比類巻の作った木箱を抱えている。良太は秋村に視線をやった。秋村は歯を噛み締めながら、その場を動けずにいる。

「ありがとうございます」

良太は無理に笑顔を引っ張り出して、代金を受け取った。良い買い物をしたという女性の声を、どこか遠くに聞いていた。

第六章　獄《ひとや》の棘《とげ》

1

検身場には朝日が差し込んでいた。

七時半。良太は制帽の下から受刑者たちに刺すような視線を送っている。

吐く息は真っ白だ。受刑者たちは、グレーの舎房衣を脱ぎ、パンツ一枚になっている。舎房衣がいくつも掛けられたハンガー近くには、パンチパーマの刑務官がいた。看守部長の野間勇次だ。

頭のとんがった新入り受刑者が、称呼番号を叫んだ。

「両手を上げろ」

良太が促すと、その受刑者は天井に向けて両腕を伸ばし、腋《わき》に何も挟んでいないことを示した。

「足の裏を見せろ」

丸刈り頭の新入り受刑者は、足の裏をこちらに向けると、しばらくして下ろした。

「誰が下ろせって言った？」

良太は受刑者を睨《にら》みつける。

「すみません」

焦りながら、受刑者は片足立ちで足の裏を見せ続けた。嫌がらせのように一分ほどたちんぼうにさせてから良太は言った。

「よし、次」

十五分ほどで検身は終わり、受刑者たちは工場へと向かっていく。

横から野間が話しかけてきた。

「変わったな、良太」

言葉の意味がよくわからなかった。どういう意味ですか、と問い返すと、野間は鼻の頭を搔《か》いた。

「お前さんも怖い看守になったもんだ」

「そうですか」

良太は苦笑いを返す。

「お前に睨まれて、さっきの受刑者、びびってたぞ。俺も少し、寒気が走った」

確かに睨みつけてやったが、あれくらいは普通だろう。

「それより野間さん、今日は岩本さんはいないんですか」

「ああ……」

岩本のことは嫌いだが、彼は十年間無遅刻・無欠勤だったという。仕事を休まないことだけは評価している。

「奴はこねえよ」

「体調でも悪いんですか」

野間は首を横に振った。

「辞めたんだよ」

「え、こんな時期にですか」

言葉とは裏腹に、良太に驚きはなかった。野口の件で岩本の悪事は表面に出た。辞めさせるよう名久井が所長に進言し、それが今になって功を奏したのだろう。少し手間どったが、名久井からすれば不良刑務官の駆除、一匹完了というところか。

「じゃあな。また昼に話そう」

一旦《いったん》、野間と別れた。

良太は受刑者のいない間に舎房をあらためる捜検など、午前中の作業を終えると、昼食に向かった。

「よう、久しぶりだな」

肩幅の広い刑務官が、ニコニコしながら近づいてきた。川岸だ。

後ろには野間の姿も見える。昼食を何にするかで迷っている。どうせ最後は月見うどんだろう。良太も付き合って同じ月見うどんにする。三人は奥の席に腰掛けると、話し始めた。

「中島のオッサンが辞めてから、結構経つな」

川岸が切り出した。人目を気にするような物言いだった。

「そうだな」

野間は小声で応じる。中島辰雄は高校卒業後、三十年近く勤めてきた。とはいえまだ五十前。定年には早い。

「あれって結局、どうしてだったんですか」

卵をかき混ぜながらの良太の問いに、川岸は口をつぐんだ。うどんを軽くすすってから、目線を合わせることなく応じた。

「アイツのせいに決まってるだろ」

良太は箸《はし》を止めた。川岸が背後を親指でさしている。窓際で名久井が一人寂しく蕎麦《そば》を食べていた。

「辞職に追い込まれたんだ」

名久井との距離はかなりあるが、川岸は声のボリュームをかなり落とした。

「良太お前、中島のオッサンが名久井と喧嘩《けんか》した時、現場にいたろ」

矯正展で出品された木箱をめぐって、中島は名久井に食ってかかった。あの反抗的態度を根に持って、名久井が中島を辞職に追い込んだということだろう。岩本については仕方ないという思いの刑務官が多いようだが、中島は別だ。もっとも名久井は矯正展のとき、中島が勝手に辞めたと言い張っていたが。

「統括が本当に辞任に追い込んだんでしょうか」

川岸は汁をすすりつつ、うなずいた。

名久井の階級は、目の前にいる看守部長二人より上だ。とはいえ、名久井が川岸や野間より偉いと言っても、せいぜい課長クラスだ。彼の一存で刑務官の首を切ることはできない。力をもっているのは刑務所長の平沼秀直。彼なら看守を辞職に追い込むことが可能かもしれない。

「平沼所長は俺も会ったが、正直仕事なんぞどうでもいいって感じのオッサンだったわ。確か良家の出、ボンボンだろ？　プライドだけで生きてる。本当は財務省とかの華々しいところに行きたかったのに、矯正なんて地味なトコで一生終わりかって、やる気がなさそうに思えた」

良太も平沼に会ったことはある。確かにそんな感じで、積極的に刑務官の首を切るという気はしない。ことなかれ主義というか、地味な印象を受けた。

「名久井の野郎が、平沼所長を焚《た》きつけて動かしてるってことか」

野間の問いかけに、川岸はうなずく。

「そういうことですわ。名久井と所長、どっちも東大出のキャリアで、所長は名久井をやたらと信頼してる。この東大コンビ、二人とも今期でサヨナラですし」

刑務官は異動の少ない職業だ。何年も同じ刑務所にいることが多い。しかしキャリアたちはそうではない。渡り鳥と呼ばれ、所長などは一年か二年であっさり異動する。

「だから大掃除のつもりで、ベテラン刑務官を粛清してるんですわ。名久井のガキは看守部長クラスを目の敵にしてる。辞職まではいかなくとも、閑職に配置換えされたベテランが去年から多いし」

粛清というのは大げさだろうが、後半は事実だった。名久井は去年以来、刑務所改革を訴え続けている。特に大事なのは刑務官の質。若い刑務官はやる気があっていい。だがそのやる気を削《そ》ぐベテランがいる。意に添わないといじめ、刑務官の社会ではやっていけないようにする。ヘドロのように溜《た》まったベテラン刑務官こそが諸悪の根源。この不良債権を処理していくことこそが、改革の道であるというのが名久井の持論だ。

「去年と今年でベテラン刑務官が何人も左遷された。俺も二十年以上看守やってきたが、こんなこと経験ない。異常だ」

野間の言葉に、良太は黙ってうなずく。

「確かに岩本はやりすぎだったと思う。奈良岡と野口の一件の前からな。俺も奴には注意したことがあるんだが、聞く耳持たないんだわ。あれはどうしようもない。ただし左遷された中にはいい奴も多かった」

相槌《あいづち》を打って、良太はうつむいた。中島などは典型的な一人だ。石野という素行不良な受刑者をして、立ち直れたのは彼のおかげだと感謝せしめていたくらいだ。

「どうも『赤落ち』の件を名久井が嗅《か》ぎつけたらしい」

背筋を冷たいものが駆け抜けた。

「良太、おかしいと思わんか」

川岸は長い鼻毛を抜いた。

「何がですか」

良太は恐る恐る訊《たず》ねる。

「名久井がどうして『赤落ち』について知ってるのかってことだよ。岩本の件はわかるが、名久井の野郎はどうやってそれを嗅ぎつけたんだ？」

良太は黙って首をかしげた。少し間があって野間がアゴの先をつまんだ。

「裏切り者がいるんだよ」

「え……」

「偶然名久井の耳に入るわけないだろ？　誰かがチクりやがったとしか思えねえ。そしてそいつはどう考えても受刑者じゃねえ。刑務官の誰かだ。名久井に報告してる裏切り者がいるってことだ」

二人のベテラン看守部長を前に、良太は言葉をなくしていた。裏切り者……それは自分だ。中島はともかく、岩本については全て報告した。名久井も絶対に許せないと言っていた。

「名久井は中島みたいなベテランを狙い撃ちにしてやがる。俺もよ、決していい刑務官だって自信をもって言えるわけじゃない。けどそれなりには受刑者のために尽くしてきたって自負はあるんだ。それにこの弘前刑務所にはいい奴が多い。このまま名久井の好きにさせておきたくねえんだ」

良太は相槌を打つが、上の空だった。

午後、良太は総務部に向かっていた。

「すみません、呼ばれた武島ですが」

事務をしている刑務官に声をかける。彼はメガネを直してから応じた。

「所長室に向かってください」

「え？　どうしたんですか」

「人事のことらしいです」

良太は口を閉ざした。人事？　最近、閑職に回される刑務官が多い。まさかと思ったが、名久井の犬である自分は大丈夫のはずだ。

よくわからぬまま、良太は所長室に向かうと、周りを見回してからノックする。

「武島看守。入ります」

楕円《だえん》形の大きなテーブルの上は書類の山だった。その書類に埋もれるように小柄な男性が座っている。髪が真っ白で、眉毛《まゆげ》も白い。

「ああ、かけてくれ」

平沼秀直所長は眠そうに言った。刑務官の世界は礼儀が重んぜられる。良太は緊張気味に敬礼した。

「失礼いたします」

　腰掛けると、平沼もこちらを見た。顔を一瞬しかめたかと思うと、くしゃみをした。

「すまん。ちょっと風邪ひいてねえ」

平沼は眉間《みけん》を揉《も》みほぐしてから、目薬を差した。にっこり微笑む。まともに話したことはなかったが、優しげな印象だ。だが油断はできない。

「武島くん、副担当だ」

平沼は眉間を掻《か》きながら小さく言った。

「中島看守部長、岩本主任看守の辞職に伴って、暫定的に君を印刷工場副担当に任命する」

「え……」

「副担当というが、実際には工場担当と同じ職務と考えてくれていい」

良太は驚いて、それ以上声を発することができなかった。工場担当というのはその名のとおり、工場で受刑者を監督する担当だ。花形などと呼ばれることもある。任命されるのはベテランが多い。副担当でもたいてい、看守を拝命してからある程度経った者だ。二年足らずでヒラの看守である良太が命ぜられるのは、異例と言っていいかもしれない。というよりも刑務官になって以来、自分はかなり特別扱いされている感じがする。父の話ではまるで人事交流で他の省庁から来た刑務官のような扱いらしい。

「不満かね？」

「名久井くんがわたしに推薦したんだ。君は優秀だから副担当でやっていけるってね。彼の言うことなら間違いない」

「いえ、何というか」

「しかし……」

「刑務官が少なくなったから、臨時の措置だよ。だから気にしないで欲しい」

平沼はにっこりと微笑んでいた。

「期待しているよ。わたしは今期で終わりだが、引き継ぎの所長にも君のことはよろしく伝えておく。昇進試験くらい君なら簡単に受かるだろうし、いずれは今のわたしの地位まで上がれる可能性だってある」

「まさか……それはありません」

「いやいや、今はこういうキャリア制度だが、時代は変わっていく。これからは実力の時代だと思うよ。わたしはあまり刑務官には向いていない。矯正の素人だと自覚している。こんな制度じゃダメ。君のような人材こそが矯正のトップに立つべきだ。政界に知り合いも多くいるし、いい刑務所実現のため、陰ながら後押しさせてもらうよ」

所長室を出ると、良太は深呼吸した。人事というから、辞めさせられるのかと思ったのに意外なことだ。副担当ならむしろ出世だと言える。妬《ねた》まれないかと思う半面、喜びがないと言えば嘘になる。いや、そっちの方が勝っている。

「武島くん」

後ろからの声に振り返る。

「工場副担当、おめでとう」

色白のメガネの青年がVサインをしていた。名久井だ。彼は刑務官会議で使われる部屋に手招きした。中にはウェットティッシュの箱がいくつか置かれている。

「統括が進言してくれたと聞きました」

「うん、でも本当のことだろ？　君が優秀だってことは」

「いえ……」

名久井はにやりと微笑んだ。

「まあいいや、それより頼みがあるんだ」

名久井は横に積んであった書類から、一枚の用紙を抜き出して机の上に広げる。そこには須郷悟志《すごうさとし》という受刑者についてのデータが記載されていた。

「彼について、調べて欲しい」

名久井は真剣な目をしている。良太は書類に視線を落とした。受刑者について調べる？　どういう意味だろう。

「須郷兄弟はコソドロをしていて、一緒にお縄になった。兄の和志《かずし》の方は体を悪くして病院に入院中だが、彼の弟、須郷悟志はこの刑務所で一昨年、死んでいる」

「そうなんですか」

須郷悟志の死に不審な点があるというのか。

「俺はもうすぐ所長と共にここを去る。だから君とはもうすぐお別れになる。それでもやってくれれば、きっと将来、君のプラスになると思うんだ」

所長は今年で任期が終わりだ。その際、名久井のような腰巾着《こしぎんちゃく》を連れていく。エリート街道か。良太は名久井と書類を交互に見た。

「武島くん、もうすぐヒトヤノトゲを取り除くことになると思うよ」

発せられた言葉の意味が分からなかった。ヒトヤノトゲ？　理解できない良太を見て、名久井は言葉を換えた。

「一番問題のある刑務官を粛清する。それがここでやる俺の最後の仕事なんだ」

粛清――自分でこんな言葉を使うとは……どこかおかしかったが、良太はとても笑う気になれない。一番問題のある刑務官とは誰のことなのだろう。最初に浮かんだのは、小太りの禿頭《とくとう》だった。

「やってくれるかい？」

良太はうなずくと、少し遅れてはい、と返事した。

官舎に戻った良太は、鯖《さば》の味噌煮《みそに》を食べながら考えていた。

名久井は本気で刑務官切りに乗り出している。後で調べてわかったのだが、名久井の言ったヒトヤノトゲは、どうやら「獄《ひとや》の棘《とげ》」と書くようだ。弘前刑務所外壁の鉄条網のトゲが頭に浮かぶ。しかし名久井はヒトヤノトゲを取り除くと言っていた。おそらくその意味にとどまらない。問題のある刑務官をトゲと呼んだのだ。名久井は自分でもはっきり粛清という言葉を使った。明日は我が身だと、誰もが戦々恐々としている感じだ。

逆に良太は出世と呼べるほどのものではないが、重要な仕事を与えられた。この措置には誰もがおかしいと思っているだろう。最初は嬉《うれ》しさがあったが、今はマズイな、という気持ちが勝っている。

野間は裏切り者という言葉を使った。裏切り者が良太だとうすうす気づいていて、それとなくスパイ行為はやめろ、と忠告してくれているのかもしれない。

――どうすればいい？

名久井に渡された、須郷和志が入院する病院のメモを見ながら考えていると、食欲が失《う》せていく。まるで睡眠薬を飲んだ次の日のように、胃が食べ物を受け付けない。

「良太、もういいの？」

「胃の調子が悪いんだよ」

食事を終えて自室に戻る。

気晴らしでネットを見ると、公務員の悪口が書かれていた。このご時世にこんなに給料もらいやがってと、公務員改革の必要性が嫉妬《しっと》心丸出しで書かれている。良太が公務員なんてそんなにいいものじゃない、と書き込むと、ふざけんなという反論の洪水が襲ってきた。

気晴らしどころか、不快になったのでベッドにあお向けに寝転んだ。刑務官の狭い世界で生きていく上で、実際に現場を受け持つ看守部長クラスとの関係が一番重要なのは間違いない。平沼所長はあんなことを言っていたが、所詮《しょせん》は空手形。正直、出世欲などない。叩《たた》き上げで所長にまでのし上がってやるという気概はおろか、看守部長試験さえ受ける気がしないのだ。

それでも自分にはこの職しかない。いつもの結論に行き着くと、睡魔が襲ってきて目を閉じた。

日曜日の朝、良太は車を走らせていた。

車は弘前市内の中心部にある、大きな病院の前で停まった。

ここに受刑者、須郷和志が入院している。名久井がくれたメモには、会える時間帯までが記入されていた。良太は身分を明かし、受付で話をする。

須郷は服役中の身の上だ。入院する場合、刑務官が常に見張りとして付くことになっている。この時間帯を指定したということは、名久井の息のかかった刑務官が見張っているということだろう。

「待ってけろ」

事務員は少し待つように言うと、どこかへ去っていった。良太は最初、立って待っていたが、なかなか帰ってこないので、椅子に腰掛けてテレビを見た。何の面白みもないコメディ番組で、時計をチェックする時間の方が長いくらいだ。急患でも入って忘れられているのだろうか。まあいい。これから特に予定はないので、十分に時間はある。

一時間が経過し、さすがにいらついて受付に足を運んだ。

「すみません。先ほどここで待つように言われた武島ですが」

事務員は慌てて電話で連絡を取った。連絡は意外とあっさりついたようだ。

「どこへ行けばいいんです?」

先に問いかけると、事務員はひそひそ声で耳打ちした。

「刑務官だっただな?」

「さっき、そう言いましたけど」

少しムッと来てそう返した。事務員はあべ、と言うと、須郷の病室がある四階へと案内してくれた。

病室前には若い刑務官がいて、良太に気づくと頭を下げた。通常、二人で見張るが何故か一人だけだった。

「武島さん、お疲れ様です」

「ああ、代わるよ」

田中《たなか》という若い刑務官は、早く仕事が終わったと、喜んで帰っていった。良太は須郷が休むベッドの方へと足を運んだ。

「体調、大丈夫か」

須郷はかなりやつれている様子だ。

「ええ、なんとか」

「心臓が弱いんだってな。ニトロは常備しているんだろ」

「はあ、今も持っています」

気になるのは彼の弟のことだ。須郷兄弟は共に病気持ちだ。ここくらいしか一対一で聞ける機会はないだろう。

「弟さんについて、教えてくれないか」

「はあ」

須郷の表情には動揺の色がはっきりと見て取れた。昔の思い出とか、どうでもいいことしか語らない。警戒している様子だ。

「心配しなくていい。俺には本当のことを言ってくれ」

「本当と言われましてもねえ」

「お前の弟は一昨年、弘前刑務所で死んでいるだろ？　あのことだ」

「よく知りませんなあ」

須郷は閉ざした口を開こうとはしなかった。まあ、当然か……。良太は彼と特に親しいわけでもなく、彼からすれば、うかつなことはしゃべりたくないだろう。

須郷は上目遣いに、良太をチラチラと見ていた。怯《おび》えとともに、どこかさみしそうな目だ。

「警戒するのはわかる。だが俺はお前の味方だ。弟の死について真実を明らかにしたいんだろ？」

問いかけるが、須郷の口は重かった。

――ダメだな、これでは。

やがて良太は次の刑務官と交代すると、車を出した。

須郷兄の反応は、やはりおかしい。名久井が言うように、須郷弟の死の裏には何かあるのかもしれない。しかし名久井の意図は今ひとつ不明だ。一番問題のある刑務官を粛清することと、須郷弟の死が結びついているのだろうか。

ため息をついたとき、ラインが来た。悦子からだ。最近、ラインばかりだったし、電話してみるか。

「良太？」

「よう、久しぶり」

二人はしばらく話す。彼女はケーキ屋で仲間たちとワイワイ楽しく働いているらしい。

「今度、ドライブ行かないか」

新しく車を買ったと伝える。給料をもらい始めて買った初めての車だ。そう言って自慢した。

「ホント？　うん、行こうよ」

乗り気だった。明日は名久井の命令で須郷を探らなければいけないので、来週に行くことを約束する。良太はそれから仕事について愚痴をこぼした。刑務官ならではの苦労を話すと、悦子はあるあると笑いながら応じていた。

「印刷工場の副担当になったんだ」

「え、それって結構早いんじゃない？　期待されているんだ」

「所長にも目をかけられているようでさ」

「すごい。出世街道じゃん」

悦子は大げさに反応していた。

それからしばらく話し、通話を切った。悦子に自慢したことが、急に馬鹿らしく思えてきた。本当は悩んでいる。名久井につくか、秋村たちにつくか……受刑者のことなど後回しだ。我ながら情けない。

赤信号で停止したときに再びスマホが鳴った。悦子からではない。表示は〇一七二から始まる登録されていない番号だ。誰だろう。

「はい、もしもし……」

名乗らずに応じる。

相手は黙っていたが、やがて通話口から、押し殺したような声が聞こえた。

「……モノ」

小声すぎてよくわからない。

「すみません、何ですか」

「ウラギリ……モノ」

今度ははっきり聞こえた。裏切り者、と。

「もしもし、誰ですか」

通話は切れていた。

どうしてこんな電話が……番号を知っているのは限られた人間だけのはず。友人もほとんどいないし、家族と悦子、後は刑務官仲間くらいだ。

後ろからのクラクションで我に返る。いつの間にか信号は青に変わっていた。

2

五日ほどが経った。良太は官舎からいつものように出勤した。

——それにしても誰だ？

病院に須郷を訪ねて以来、嫌がらせの電話が何度もかかってくる。単なる嫌がらせではないようにも思う。名久井の命を受け、動き始めた直後だ。

出勤の判をつき、配置板の自分のコマを赤から白にひっくり返す。ロッカーを開けると、紙が入っていた。

——裏切り者。殺すぞ。

定規を当てたような文字だった。良太は口を真一文字に結んだ。職場にもか……これを警察に見せたとしても真剣に取り合ってくれるだろうか。自分でやったんだろ、と言われてしまいかねない。こんなことをしそうな刑務官といえば岩本だが、彼はすでに辞めている。

――誰だ？　誰が一体……。

白い手袋をはめ、点検場に向かおうとすると、誰かがやって来た。思わず紙を丸めてズボンのポケットに隠す。

「よう、良太か」

秋村だった。制服は着ておらず、服を脱ぐと、ランニングシャツからはみ出た太鼓腹が揺れた。

「おはようございます」

遅れた挨拶《あいさつ》に、秋村はあくびを返した。

「どうした？　心配事でもあんのか」

そういえば先の矯正展以来、まともにしゃべっていない。

「明日《あした》だけど、競輪行かねえか」

妙に明るい声だった。

「まだお前とは行ってなかったし」

どうやら名久井との一件は、気にしていない様子だ。少しホッとする。しかし須郷を探らなければいけない。断ろうかと思ったが、秋村は意外なことを口にした。

「もうじき、お別れだしな」

良太は思わず、えっと漏らした。

「お別れ？　どういう意味ですか。秋村さん」

「どうやらオレ、今期限りで山形に異動のようなんだわ」

異動？　刑務官はひとつところにとどまることが多いが、異動させられる場合もある。しかしこのタイミングとは……。

「山形の方が長かったからな。元に戻るだけだ」

何か言いたいことがある様子だ。競輪というのはおそらく口実にすぎないだろう。ひょっとすると秋村は他の刑務官にまで疑いがかかるのを恐れて、自分一人で責任を負ったのだろうか。鋭い秋村のことだ。良太のスパイ行為くらい、うすうすというかずっと前に見破っていたと考える方が妥当だ。それでもお目こぼししてくれていた可能性もある。最後にそのことを告げるつもりかもしれない。

制服を着た刑務官が数人、笑い合いながらやって来た。良太はわかりましたと応じると、点検場に向かった。

朝の点検には珍しく平沼所長が出ていて、処遇部長の代わりに挨拶した。ベテランの経験は重要です。経験を活《い》かして、一生懸命頑張りましょうと呼びかけている。横では腰巾着《こしぎんちゃく》よろしく、名久井が睨《にら》みを利かしている。

「きまやげるじゃ、首切りコンビが」

腹立つな、と隣にいた三十代の刑務官が良太にしか聞こえないくらいの声を漏らした。

それにしてもあの脅迫の犯人は誰なのだろう。だがそれ以上に不思議と寂しかった。ここ弘前にはいい先輩が多く、情のある刑務所だと思っていた。だがやはり刑務官の世界は汚らしく、どうしようもない世界なのだろうか。

翌日は曇り空だった。

国道七号線を北に向かうと、一時間もかからずに目的地に着いた。広い敷地内に中年男性が詰めかけている。青森競輪場だ。

良太は車を停めると、北側の観覧席へと向かう。思ったほど人は多くない。

約束の時間を過ぎても秋村は来なかった。携帯にかけても出ない。もう中へ入ってしまったのだろうかと思い、良太は競輪場内に足を踏み入れる。辺りを見渡すが、秋村らしき人影は発見できなかった。

「おい、武島じゃねえか」

上の方から声が聞こえた。

見上げると、知った顔があった。最上段でサンドウィッチを頰張る中年男性のもとへ、ゆっくり階段を上った。男性はスキー帽にセーター。真冬の恰好《かっこう》だった。タレ目で無精ヒゲの生えたアゴが、尻《しり》のように二つに割れている。

「お久しぶりです」

男性はサンドウィッチを一口食べると、卵の破片がポロリと前の椅子に落ちた。

彼は元看守部長、中島辰雄だった。野間の言うとおりで、真面目で温厚な人という印象が強い。ただし曲がったことが嫌いで、怒るときは怒る。矯正展の暗号事件の時には、名久井を面前で罵倒《ばとう》した。

「一人でどうしたよ？」

「いえ、何ていうか」

秋村と約束していたのに来ないと答えた。中島はあいつらしいや、と笑った。秋村のことも気になったが、良太は命じられている須郷のことを訊《たず》ねてみようかと思った。中島はもう辞めているので、話しやすいだろう。しかしいきなりはまずい。

「中島さん、実は俺、印刷工場の副担当になったんですよ」

無難なところから切り出した。

「そうか、たいしたもんだ」

「それと秋村さんが、異動になるようです」

中島の眉《まゆ》が微妙に下がった。うつむいて小さく、そうか、と漏らす。

「ところでお前さん、競馬好きだったな」

「ええ、まあ」

「競輪や競艇の方がはまるぞ。教えてやるがどうだ？」

「いえ、はまりすぎるといけませんので」

それからしばらく、二人はギャンブルの話をした。間が空き、良太はしばらく口を閉ざして、コースを見た。レースが始まって、選手たちがゆっくりと走り出している。賭《か》けていないのか、中島は関心なげにあくびをした。

「何か訊《き》きたいことがありそうだな」

中島は静かに問いかけてきた。秋村はいないな……良太は周りを見回してから、逆に問いかける。

「中島さん、何故やめたんですか」

「このレースは読めなかったんだ。競輪でも競馬でも、自信がないレースは買わねえってのが一番大事なことだ」

良太は首を軽く横に振った。

「レースじゃなく、刑務官のことですよ」

中島は目を瞬かせた。黙ったまま、レースを眺めている。名久井によって辞職に追い込まれた……そう言い出すかとしばらく待ったが、そのことについて中島は何も口にしなかった。わかっているだろと言いたいのだろうか。うつむいて両手を組んでいる。

「辞めて生活、大丈夫なんですか」

「退職金があるさ」

中島には奥さんと子供がいる。そのくせ浪費ぐせがあって、借金もあったはずだ。

「お子さん、今度私大に行くんでしょう？　学費とかどうするんですか」

上目遣いに中島はこちらをうかがう。

「何とかする」

確かに退職金は出ただろうが、賄えるのか。まあそれはいい。核心はこっちだ。

「須郷悟志って受刑者、知っていますか」

中島はうつむいたまま、隣の座席を人差し指でトントンと叩《たた》いた。十秒ほどしてから小さく、ああという声が聞こえた。

「死んだって聞いたんですけど、どういうことだったんですか」

中島はうつむいたままだ。サンドウィッチの包み紙をいじっている。製造年月日が印刷されたシールを、剝《は》ごうとしていた。しばらくして諦《あきら》めると、サンドウィッチの包み紙を丸めて、ポケットに入れた。

「知りたいのか」

つぶやくような声が漏れた。今度は良太が口ごもる番だった。観客席の下、レース場ではコーナーを曲がり、選手たちが急にスピードを上げた。赤い服の選手だけがスパートについていけず、遅れている。

「ありゃ殺されたんだよ」

ただ事でないセリフが漏れた。

「どういうことなんですか」

中島は頭を抱えた。しばらく待ったが、言葉は返ってこない。

殺された……だがそんなことがあるのだろうか。確かに刑務所では色々事件が発生する。刑務官が受刑者に殺される事件もあるし、受刑者どうしの殺人もある。

「……武島」

中島はこちらを向いて口を開けた。だが言葉は発せられることなく、再びうなだれた。その背中は、小刻みに震えている。

「武島、すまんな。仲間を裏切ることはできんのでな」

レース場では歓声が起きていた。スパートした選手たちがもつれあって、何人も転倒している。その隙を突いて、遅れた赤い服の選手が一着で悠々ゴールした。

罵声《ばせい》と歓声が入り交じる中、中島はうなだれていた。これ以上、問いかけても答えは返ってきそうにない。

「ご迷惑をおかけして、すみませんでした」

そこで中島とは別れた。

須郷が殺されたというのはどういう意味だろう。受刑者が死んだ場合、自殺ですら大問題なのだ。殺されたとなればただで済むはずがない。殺されたようなものだという意味だったのかもしれない。

競輪場入り口に向かうと、トラ柄のセーターを着た男がタバコを吸っていた。

「秋村さん……」

ひょっとして、さっきのやり取りを聞いていたのだろうか。良太は意を決し、もうどうにでもなれという感じで口を開く。しかし先に言葉を発したのは、秋村の方だ。

「少しばかり、走らねえか」

秋村は黒っぽくすすけた愛車を親指でさす。良太は黙ってうなずいた。

駐車場に良太の車を残したまま、二人はしばらくヤニ臭い車で移動した。途中、秋村はしゃべらなかった。良太もさっきまでの開き直りが嘘のように黙り込んでしまった。長い沈黙が続く。まるで護送される受刑者のような心境だ。途中で携帯が震えたが、取らずに無視せざるをえなかった。

一時間近く走って、車は平内町に入る。何をしに行くつもりだろう。住宅地に入り、ポストの角を曲がる直前、一軒家の前で秋村は車を停めた。その家は庭の草が伸び放題で、廃屋の様相を呈している。特に大きいわけでもない普通の一戸建てだ。

「見てみな」

秋村に促されて、良太は表札を見た。「山北《やまきた》」と書かれている。

「山北惣司《そうじ》って刑務官が、昔ここに住んでたんだ」

まったく知らない名前だ。知人にもそういう姓はいない。

「オレが看守になったときの先輩刑務官でな。優しくしてもらった。アルコールで肝臓壊して、もう十数年前に死んだがな」

「はあ、そうですか」

「当時オレが配属された刑務所では受刑者……懲役って呼ばれてたが、そいつらへの暴力行為が日常茶飯事だった。刑務官はかなりえげつない暴力を振るっていてな。担当さんに酷《ひど》い暴力を受けたって情願を書いてる受刑者もいた。まあ、そういう奴は被害妄想だって笑われていたがな」

情願とは受刑者に与えられた訴える権利のことだ。通常、受刑者の手紙は検閲されるが、この情願だけは検閲なしに法務大臣まで届けなければいけない。直訴状のようなものだ。ただし監獄法廃止で、今は不服申立制度に変わった。

「死んじまうんじゃないですかって言っても、刑務所ってのはそういうところだ。嫌なら来なきゃいい。それを思い知らせろって、オレはそう叩き込まれた」

それは少し前に辞めた、岩本主任看守が言っていた理屈そのものだった。

「けどこの山北って刑務官はよ、バカがつくほど真面目な刑務官で、そういう連中に食ってかかったんだ。ペーペーのオレよりは年上だったが、あの人はまだ当時、今のお前よりちょい上くらいの歳だったなあ。山北さんはお前と同じ大卒でよ、上司に反抗してこんな刑務所じゃダメだって上に直談判《じかだんぱん》した。けどそんなことしても渡り鳥どもには通じない。結果として看守部長クラスから、嫌がらせを受けることになったのさ」

良太は口を閉ざし、視線を落とした。

「それでも山北さんは必死に耐えていた。だがその後、どうやら奥さんや子供にも嫌がらせ行為があったらしい。殺人予告めいたことさえあったそうだ。奥さんは耐え切れなくなって離婚、子供を連れて八戸の実家に帰っちまったらしい。一人になった山北さんは何年かして、酒浸りになって死んじまったんだ」

「そうなんですか」

秋村はこの山北という刑務官を、良太に見立てているようだ。アルコールで肝臓を悪くしたということは、反抗はうまくいかず、やけになったという意味だろう。しかし食ってかかったという部分は今の自分と違う。良太は今、名久井の犬だ。到底食ってかかる気概など持ち合わせてはいない。視線を落とすと、雑草に黄色い実がなっているのに気づいた。

「そいつは鬼茄子《おになすび》って雑草の実だ。良太、オレが言いたい意味、わかるか」

問いかけられ、良太は奥歯を噛《か》み締めた。わかっている。名久井の犬でいることをやめろというのだろう。しかし……。

「オレは誤解してたってことさ」

良太は誤解という言葉をなぞった。秋村はタバコを片手にニヤつく。眉毛《まゆげ》のあたりを軽く掻《か》いた。

「ああ、誤解だ。オレが言いたかったのは名久井のことだ」

「え、統括のことですか」

「この前、名久井の野郎、オレにクズ刑務官って言っただろ？　やましいところがなかったか思い返してみろって。最初は赤落ちのことかと思った。けどよ、あんなことで名久井があそこまで怒るのは不自然だ。そう思ったんで調べたんだ」

秋村は山北宅を見つめながら、タバコに火をつけた。

「知らなかった。離婚した山北さんの嫁さん、名久井景子《けいこ》っていうんだってな」

「名久井？　それってまさか……」

「ああ、統括の母親だ」

秋村は煙を吐き出した。

「東京もんだって聞いていたが、名久井ってのはこっちに多い苗字だし、ちょっと変だなって思ってはいたんだ」

秋村は付け足した。良太はしばらく言葉をなくした。山北刑務官は、名久井の父親ということになる。名久井もここで暮らしていたのだ。そういえば初めて名久井と食事したのも、ここ平内町にある古めのレストランだった。土地勘があったのかもしれない。

「山北さんは刑務官には珍しく、酒もタバコもやらない人だった。付き合いの悪い奴って思われていたが、体に合わなかったんだろう。そういう人間がやけ酒すれば、早死にしやすくなるわな」

良太は記憶をたどった。名久井は矯正についてアルコールを持ち出して語っていた。飲めない人間は仲間じゃない……そういう考えは最悪だと。そうか、それで名久井はこまで不良刑務官を嫌っているのか。単純な図式だが、その血縁が名久井の全てを物語っているようだ。

秋村は鬼茄子という黄色い実をつけた雑草を、力任せに引き抜いた。

「こいつの別名はワルナスビ。刑務所の鉄条網みたいに棘《とげ》のある厄介な雑草だ。全草が有毒。名久井にとっちゃあ、さしずめオレはこの雑草みたいなもんなんだろう」

　秋村の手からは血が出ていた。良太が心配して声をかけるが、秋村は平気だと言って傷口を舐《な》めた。

「名久井の言うとおりさ。オレはクズ刑務官だった。あいつのオヤジさんをかばうこともできず、旧態然としたやり方でずっと受刑者に接してきたんだからな。あの時は怒ったが、今は仕方ねえって思ってる」

　秋村は雑草を放り投げると、タバコを踏み消す。良太は問いかけることもできず、割れたピンポン玉のような鬼茄子の実を見つめていた。名久井が使った獄《ひとや》の棘という言葉が深い意味を持って肩にのしかかってくる。

「オレの話はそれだけだ」

　帰るか、とばかりに秋村は車に乗りこんだ。良太は何も言えず、助手席でシートベルトを締めた。

　二人にそういう因縁があったのか。刑務官の世界は狭いし、偶然とは呼べないだろう。しかし今、気になるのはそのことではない。脅迫者のことだ。今のところ誰がやっているのかはわからない。だが秋村ではない。秋村はこんな嫌がらせをするような人物ではないし、いまさらこんなことなどするものか。

「秋村さん、須郷って受刑者、知ってますか」

「ああ、入院中のやつか」

「弟の方です。一昨年《おととし》、殺されたって聞きました」

問いかけられ、秋村は少し面食らった顔だった。

「さっき中島さんが言ってましたよ。須郷悟志は殺されたんだって。どういう事件だったんですか」

秋村はあごの下に親指を当てた。

「オレも詳しくは知らねえ。だが一昨年、須郷の弟は取調室に入れられたあと、死んだ。不審死ではないってことだったが、兄貴の和志は自然死に不審を持っていたようだな。不服申し立てもしたって話だ。法務大臣にな」

「法務大臣に、ですか」

情願に代わる不服申立制度では、刑事施設の職員から暴行を受けるなどした被収容者は、矯正管区長に申告することが可能だ。矯正管区長は事実確認をして結果を通知し、不服の場合にはさらに法務大臣へ申告できる。秋村の話からすると、その申告がどうも気になる。取調室で死んだのだから、これが不審死だとした場合、怪しいのは刑務官になる。名久井が言っていた一番問題のある粛清すべき刑務官とは、兄、和志による法務大臣への申告を握りつぶした人物の可能性もある。

良太はポケットから手を出した。丸めた脅迫文を広げて、事情を説明する。脅迫を受けていると告げた。

「なるほどなあ」

納得したように、秋村はたるんだアゴを何度かさすった。

「きっとこれを書いたのはそいつだな」

そのとおりだろう。さらに言えば、こんなことをする以上、その刑務官は白ではない。きっと須郷悟志の死に関わっているのだ。取調室において何らかの暴力が加えられて悟志は死んだ。良太はその事件についてもう一度問いかけるが、秋村もそれ以上は知らない様子だった。やはり手がかりは須郷と中島くらいしかいない。中島は口を開きそうにないし、突破口は須郷の方か。

「まあ、そういうわけだ。オレは粛清されて当然のクズ刑務官なのさ」

最後に言い残して、秋村は扉を閉めた。

青森競輪場の駐車場。一人残った良太は、新しく買ったCR－Zの中、しばらく考え込んでいた。バイブにしておいた携帯には用件が入っている。名久井からだった。

秋村はきっと、良太のスパイ行為に気づいているのだろう。須郷を調べるなど、どう考えても不自然だ。しかし結局、最後までそのことをおくびにも出さなかった。ひょっとすると、見殺しにしてしまった山北刑務官のことが、ずっと頭にあったからかもしれない。

一方、名久井の父親のことも初めて知った。名久井はおそらく、父親の仇討《あだう》ちのようなつもりで刑務所改革を訴えているのだ。そしてその思いは現に所長を動かしている。平沼所長は政界にコネがあるらしいし、たった一人の反抗は、実を結ぶのかもしれない。

良太は思った。二人とも意味は違うが、自分とは別世界の住人だ。自分は所詮《しょせん》凡人。二人のように信念も能力もなく、風に揺られて漂っているに過ぎない。しかし凡人は凡人で、やるべきことはあるはずだ。

3

外はすっかり暗くなっていた。

須郷の入院する弘前の病院にやってきた良太は、車から降りた。駐車場から須郷の病室を見上げる。吹く風は冷たく、つむじ風が舞っている。明日《あした》は悦子とデートの約束があるが、とてもウキウキした気分にはなれない。

名久井からの用件は、もう一度、須郷に会って話を聞いて来いというものだった。脅迫されているのに、いいかげんにしてくれと言いたくなった。しかし名久井の過去を知ったせいか、断ることができなかった。

四階に向かうと、須郷の病室前には、前と同じ刑務官が待機していた。あくびをしているのは、田中悠太郎《ゆうたろう》という若い刑務官だ。

よく考えてみれば、脅迫の電話がかかってきたのは以前ここを訪ねてからだ。田中とは親しくない。恨みを買う覚えはまったくないので、彼がそういう思いから電話をしてきているということはないだろう。しかしこの田中刑務官が誰かと通じているのかもしれない。タイミングを考えればきっとそうだ。とはいえ、それを田中に問いただしても、決して口は割らないだろう。

「見張り、代わるよ」

「ああ、お願いします」

四階の窓から駐車場が見える。田中が車で出て行ったのを確認してから、良太は病室に入り、須郷に語りかけた。

「本当のことを教えてくれ」

ベッドで横になる須郷は、寝たふりをしていた。またかという感じなのだろう。しかし今度はこちらも簡単に引き下がる気はない。

「弟さん、殺されたんだろ」

良太の一言に、須郷は目を開けた。追い討ちをかけるように言葉を続けた。

「こっちも本当のことを言おう。俺は名久井統括の指示で動いているんだ。不良刑務官をあぶり出すために」

須郷は下を向いた。握り締めた拳《こぶし》には力がこもっていた。念押しすることなく黙っていると、須郷は小さく声を発した。

「もういいんですよ」

力のこもらない声だった。

「わたしと弟は所詮、ただの盗人《ぬすっと》です。悪いことばかりしてきたから、罰があたったんでしょうね」

　言葉とは裏腹に、無念がにじみ出ているように感じられた。良太はもうひと押ししようと、事実を告げた。須郷に接触したら、脅迫を受けたこと、昨日は脅迫文がロッカーに入れられていたことを話した。

「そうですか」

「教えてくれないか。当時、取調室で取り調べをしていた刑務官は誰だ？」

「何人かいましたよ。いえ、わたしも受刑者ですから詳しくは知りません。命ぜられたのは中島という刑務官だったようです」

　やはり一人は中島か。しかし彼はおそらく死の真相を知っているだけで、手を下したわけではない。

「中心になって取り調べていたのは、体の大きい刑務官だったようです」

「体が大きい？」

　真っ先に頭に浮かんだのは、辞めた岩本だった。彼の野口元気への態度を見ていれば、他の受刑者にも厳しくしていただろうことはすぐにわかる。とはいえ刑務官の中には体格のいい看守はいくらでもいる。

「岩本だと思っていました。でもおそらく川岸次道という看守部長です」

「なに？」

　重い物で殴られたような衝撃があった。良太は少しよろめく。

――まさか……。

信じられない思いだ。良太はしばらく言葉を継げなかった。もう一度、須郷が口を開く。

「新しい制度のことがよくわからなかったので、川岸看守部長に相談したんです。本当に親切で、この人ならまず大丈夫だってね。彼は俺に任せろ、絶対に岩本の悪事を暴いてやると息まいてました。それなのに何の反応もない。あの看守部長が裏で手を回して、握りつぶしているとしか思えない」

須郷はそれからしばらく、無念を訴えた。法務大臣への事実の申告以来、扱いが良くなるどころか刑務官による嫌がらせが激しくなって、病状が悪化したらしい。

「嫌がらせは、どんな感じだったんだ」

良太の問いに、須郷はため息で応じた。

「わたしは見ての通り、心臓が悪いんです。狭心症でして、発作に備えてニトロを常用しているんですわ。ですがある日、発作が起きて薬を飲もうとしたら、房に置いてあった薬がなくなっているんです。死ぬかと思いましたよ」

「どこかへ紛失したんじゃないのか」

「それはありません。房を出るとき、確認したばかりなんですから。わたしが出てから戻ってくるまで、中に入《と》れたのは、受刑者が居ない時に捜検をした刑務官だけです。間違いなく刑務官に盗られたんですよ」

このままでは殺されると思い、それ以降は弟のことは決して口に出さないように努めていたという。

「悟志は別の病気があって、わたしよりずっと体が悪かったんです。何度も病院に担ぎ込まれていました。おそらく取り調べ中に発作を起こし、助けてくれといっても無視されてそのまま……」

須郷は声を詰まらせた。取調室で何があったのかは容易に想像できる。暴力行為があったというより、何もしないことが最大の受刑者いじめだったのだ。それが本当ならこれは不作為による殺人と言える。

「弟が殺されたっていうのに、情けないアニキですわ」

須郷は泣いていた。しかしそれを責める気など毛ほどもない。彼の弱さと無念は痛いほどに伝わってきた。

須郷悟志を取り調べた刑務官は何人かいたらしい。川岸が殺したという証拠があるわけではないが、少なくとも川岸は何らかの形で関わっていると考えるべきだろう。

まだ二年足らずだが、刑務官としてやって来られたのは、川岸のおかげかもしれない。不安な中、彼が一番優しく接してくれた。秋村や野間と親しくなれたのも彼がいたからだ。良太が看守になった年、夜勤部長だった川岸のセリフは今も覚えている。今の刑務官は機械的に仕事をこなすが、それでは受刑者のためにならない。もっと「情」が必要だと言っていた。

そんな川岸が、受刑者を取り調べで死に至らしめたり、その発覚を恐れて脅迫行為をしたりするだろうか。信じられない。良太は駐車場に戻ると、ハンドルに頭を押し付けていた。


翌日、良太はCR－Zで走っていた。

奥入瀬《おいらせ》渓流近くを通り抜けていく。助手席で羽根のついた帽子をかぶっているのは、元刑務官の与田悦子だ。

「晴れてよかったね」

「予報では雨だったんで心配したよ」

悦子は決して飛び抜けた美人ではない。ただどういうわけか一緒にいると落ち着く。だから初等科研修で知り合ってから、交際は二年近くも破綻《はたん》せずに続いている。

「わたし、結構雨女なんだけど、良太の晴れ男パワーが勝ったのかな」

「俺も雨男だよ」

「じゃあ雨女と雨男ってマイナス二つで、プラスになったのかもね」

悦子はニコニコしながら応じた。よくわからない理屈だ。

二人は八戸へ向かった。天気が良かったので葦毛崎《あしげざき》展望台からは、下北《しもきた》半島を眺めることができた。

悦子は帽子を押さえつつ、満足そうに海を眺めている。肩に手をかけようとしたとき、スマホが鳴った。悦子は振り返ってこちらを見る。登録されている番号ではなく、〇一七二……また奴か。電源を切っておけばよかったのに、忘れていた。

「わりい」

聞かれるわけにもいかず、良太は悦子から離れた。

「裏切り者、いいかげんにしろ」

ヘリウムガスを吸ったような声で、良太は少し面食らった。

「また入院中の須郷和志に会いに行ったんだってな」

それは事実だ。こんなことを知っている以上、自分にかなり近い人間だろう。昨日の田中はこいつの手下に違いない。ただし皆目見当がつかなかった先日までとは違い、今は一人の刑務官の顔がはっきり浮かぶ。

「お前が名久井と通じていることは分かっている。こんなことをして、この世界で生きていけると思っているのか」

いつもより言葉数が多い。探られることが、そんなに不都合なのだろうか。横目でうかがうと、悦子は海を見つめていた。

「どうしろっていうんだ?」

「簡単なことだ。須郷の件について探るのはもうやめろ。やめたらお前に何もしない。保証する。せっかく副担当になったんだ。刑務官として普通に暮らしていける。やめないならこっちも考えがある。武島よ、お前には家族も恋人もいるんだろう?」

ハッキリとした脅迫行為だった。川岸なのか……問いかけようとしたが、言葉は出てこなかった。

「お前、親子三代で刑務官なんだろ？　お前は生まれついての看守だ。この世界から足を洗って、生きていけるつもりか」

良血馬という言葉が頭に浮かび、良太は奥歯を噛《か》み締めた。

「いいな、これが最後通告だ」

海からの風が、頬をなでる。通話は切れていた。スマホをしまうと、良太は重い足取りで悦子のところに向かった。

「どうかした？」

「いや、それより綺麗《きれい》だな」

悦子は小首をかしげた。

日が暮れ、夕食の時間になった。青森市内にある高級レストランに予約を入れてある。車で戻ると、悦子とともにエレベーターで上がった。

「すごかったね」

夜景を見つめながら、しばらく今日のことを話した。運ばれてきたワインとノンアルコールビールで軽く乾杯する。

悦子と会うのはたまにだが、彼女の存在が仕事の疲れを癒《いや》してくれるように思う。仕事のことは頭から消えていく。ただ今日はダメだ。どうしても離れない。

「どうかしたの？」

心配そうに悦子が訊《き》いてきた。良太は苦笑いを返す。何でもないと応じた。

「ふうん……」

納得しかねるような顔だった。

「普段はすごく優しいんだけど、何か良太って、時々怖い顔の時あるよね」

「そうかな」

「うん、お仕事大変なの？」

悦子の問いかけに、良太はため息をつく。あまり仕事のことは思い出したくはないのだが、態度に出ていたのだろう。

脅迫者は最後通告だと言った。もし川岸が脅迫者なら、刑務官の世界では生きづらくなる。刑務官の世界は狭く、川岸は顔が利くからだ。孤立し、彼らが退職するまで半端なくいじめ抜かれるはずだ。それどころか彼女や家族に危害を加えるようなニュアンスさえあった。ハッキリ言って、須郷兄弟のことなど自分とは無関係だ。名久井とはもうすぐ別れる。わからなかったと報告しておけば、これから先も無難に暮らせるだろう。

「ねえ良太、ちゃんと言って」

悦子はじっとこちらを見つめている。良太は視線を落とすと、グラスを軽く指で弾《はじ》いた。悦子は高校時代、生徒会長をしていた。絵に描いたような正義感の強い生徒で、刑務官を志望したのも、良太のように親がそうだからというのではない。人生の落伍《らくご》者の烙印《らくいん》を押された受刑者の助けになりたいという思いからだったという。だがそういう気持ちは看守を拝命してから、またたく間に消えていったらしい。上司に楯突《たてつ》いた悦子はつまはじきにされ、無言電話や脅迫文などの被害に遭った。犯罪と呼べるレベルのものだったそうだ。名久井の父親、山北刑務官のことが思い浮かぶ。彼は悦子よりずっと頑固だった分、ダメージも致命的となった。

「わかった。聞いてくれるか」

良太は長い息を吐き出すと、これまでのことを告げた。名久井からの命令で刑務官仲間をスパイしていたこと、そして今回、須郷の件で調べていたこと、川岸のこと、そして脅迫者のこと……。

「昼の電話も、そうだったんだ」

悦子は口元に手を当てて、じっと考え込んでいた。嫌な間だ。悦子の性格からすれば、名久井に報告しろと言うだろう。

「脅しに屈するの、良太」

静かだが、芯《しん》のあるような声だった。良太は奥歯に力を込める。やはり悦子はそういう考えか……うなだれる良太に、悦子は思い出したようにかぶりを振った。

「ごめん、無理だよね。わたしもよくわかる。もうきっと証拠もないし、そんなことしても握りつぶされちゃう。それどころか今の職場に居づらくなっちゃうし」

悦子は夜景を見つめた。つられるように良太も窓の外を見る。いや、正確には横目で悦子を眺めていた。

「上司に立ち向かった挙げ句、現実から逃げちゃったわたしなんかが、偉そうに言えるわけないよね」

「いや。そうじゃない」

「ごめん、さあ食事だ食事だ」

やがてディナーが運ばれてきた。子牛のフィレステーキだ。二人はいただきますと言ってステーキを口に運ぶ。顔は笑っていたが、良太の内心は違っていた。

もしこのまま黙っていれば、安楽な生活は続けられるかもしれない。刑務官をしばらく続けていれば、それなりの給料が保証される。住居も与えられ、悦子を妻にもらっても、十分に自分だけの収入で暮らしていける。

不意に浮かぶ顔があった。それは病院で見た、怯《おび》えきった須郷和志の顔だ。弟を失い、一人になっても懸命に訴えていた。弟の無念を晴らしたいのにできない彼の姿は、本当に哀れだった。

――くそ、お前など知らない。俺はやりたくてこの職業をやっているんじゃない。お前のために自分を追い込むなど馬鹿のすることだ……。

ナイフを持つ手が震えた。安逸な生活ができても、脅しに屈してしまえば、何か大事なものが失われる気がした。

「悦子……」

つぶやくように言った。

「俺、馬鹿なこと、しちまうかもしれない」

悦子はじっとこちらを見ていた。良太は拳《こぶし》を握りしめると、テーブルに置く。何故だろう。どうして自分はこんな思いになったのだろう。良太は目を閉じた。

しばらくして、テーブルに置いた手に温《ぬく》もりを感じた。

きつく握り締めた拳を悦子が優しく握っている。顔を上げると、悦子はこちらを見ながら、ゆっくりとうなずいた。

良太も同じようにうなずくと、微笑みを返した。

4

印刷工場には、インキの臭いが充満していた。

受刑者たちは製本作業をしている。作っているのは『青森の暮らし』という地方公共団体が出している薄い本だ。

副担当に任ぜられてから二週間。良太は担当台の上から、三十人ほどの受刑者の働きぶりを監視していた。

工場担当は大変な職務だ。何十人もいる受刑者たちを一人で受け持たないといけない。工場全体に目を行き届かせ、揉《も》め事を未然に防ぎ、工具の紛失などをやらかした日には責任をとらされる。

良太は受刑者たちの作業を見て回った。モスグリーンの作業服は、インキで黒く汚れている。鼻がおかしくなったのか、あまり感じなくなったが、それでも嫌な臭いだ。

陽が傾いてきた。もうすぐ作業は終わりだ。オヤジは工場担当は刑務官の花形だと言っていた。確かにこうして担当台から全員を見渡していると、自分がこの空間を支配しているという感覚になる。ただせっかく副担当にしてもらったのに、これも終わりだ。名久井に全て報告した。これできっと報復が待っている。

「作業終了！」

良太の声で、受刑者たちは作業の手を止めた。作業を終えた受刑者たちはぞろぞろと、印刷工場を後にしていく。

良太も立ち去ろうとした。だが工場入り口には一人の刑務官がいた。大柄で腕を組んでこちらにきつい眼差《まなざ》しを送っている。

「川岸さん……」

後ろには数名の刑務官がいた。全員が看守部長だ。野間や秋村の姿も見える。

川岸はゆっくり近づいてきた。

「裏切り者」

そうつぶやいたようにも思う。裏切り者か……そうだ。ずっと自分は彼らを裏切ってきた。そう呼ばれても仕方ない。だが仮に自分が裏切り者でも、須郷を死に追いやり、あんな脅迫行為をするあんたよりはましだ——そういう思いが言い返す力をくれた。

「どうしてなんですか」

良太はひるまず、川岸を見据えた。川岸は一度、看守部長仲間に目をやる。

「須郷悟志を殺したんですか？　そして兄、和志の申告を握りつぶした」

「何を言ってる？」

「しらばっくれないでください。あなたが殺したんでしょう？　俺への脅迫行為も全部そうだ！」

川岸は大きくため息をついた。他の看守部長たちは二人を取り囲むように集まってくる。そういえば須郷は弟を取り調べたのはひとりじゃないと言っていた。まさか、この看守部長全員が……恐怖があったが、怒りがそれを駆逐していく。

「誤解すんな、良太」

「何が誤解なんですか。そうですよ、俺は名久井と通じていた。あなたたちを監視して、報告した。裏切り者です。でもあなたたちはどうなんですか。本当に自分たちがやっていることが悪いと思わないんですか！」

叫んでいるうちに声がかすれた。息が苦しくなって少し休む。興奮して分からなかったが、しばらくして、印刷工場のインキの臭いが鼻腔《びこう》をくすぐった。

「おめえの誤解だよ、良太」

声を発したのは秋村だった。

「須郷悟志を殺したのは岩本だ。ついさっき逮捕されたって連絡が入った」

「え……」

野間が言葉を引き継いだ。

「えらいことになったもんだ。先に中島が自首したんだよ。岩本の暴走を止められなかったどころか、隠蔽《いんぺい》したってな。中島は警察に全てを話し、それで岩本も観念したわけだ」

「中島さんが……」

「それより良太、おめえ、川岸が脅迫したって思ってただろ？　けど川岸はよ、須郷の事件についておかしいってずっと訴えてたんだ。中告にも反応がないってよ」

良太は目を丸くしつつ、目の前の川岸を見つめた。彼は苦笑いを浮かべている。

「憎むべきは岩本らだ。奴らは看守の風上にもおけん」

「じゃあ誰が俺を脅してたんです？」

秋村に問いかける。秋村は禿頭《とくとう》をボリボリやりながら、口を開いた。

「わかんねえのか、良太」

良太はうなずいた。

「刑務所で受刑者が殺されたって騒ぎになった場合、一番迷惑するのは誰だ？」

良太の脳裏にひとつの推理が浮かんだ。まさか、名久井の言っていた粛清すべき刑務官とは、そして本当の裏切り者とは……。

顔を上げると、秋村と目があった。

「分かったようだな」

良太は大きくうなずく。秋村は微笑むと、満足そうにうなずき返した。

「すみませんでした。俺……」

良太は頭を下げる。川岸はゴツゴツした大きな手で、良太の肩をトントンと叩《たた》いた。

「お前が裏切り者なんて、誰も思っとらんよ」

その一言にこみ上げてくる思いがあった。良太は目頭に一度、手をやる。

「本当にすみませんでした」

「謝罪はいい。行ってこい、良太。本当の裏切り者のところへ」

「はい！」

印刷工場を出ると、最短距離で管理棟に向かう。なんてことだ。全く思い違いをしていた。本当の裏切り者は、あんなところにいたんだ。

管理棟前には夕暮れを背に、制服を着た痩《や》せた男が一人、立っていた。

「統括……」

声をかけると、名久井は帽子のひさしを上げた。

「岩本や中島さんらのこと、聞きました」

「ああ、真実が明らかになってよかった。君のおかげだよ、ありがとう」

名久井はニコッと微笑んだ。だがどこか、さみしげな笑みに思えた。

「刑務官、辞めるんですか」

問いかけに、返事は少し遅れて来た。

「人事院に平沼所長を訴えた。これで俺は裏切り者だ」

やはりそうか……。本当の裏切り者はこの名久井だ。彼は東大の先輩、信頼を寄せられている平沼所長を裏切った。

もし岩本らの「殺人」が騒ぎになった場合、一番困る人物、そして刑務官に圧力をかける力を持っている人物は平沼所長だ。

「平沼所長はことなかれ主義だ。自分の在任期間中に刑務官が受刑者を死なせたなんてことが知れたらまずい……そう考えたのさ」

良太は黙って名久井をじっと見つめた。

「ただね、武島くん、この事件を解決に導いたのは君なんだよ」

「え、俺ですか」

「うん、俺はあの後、中島に会った。中島は良心の呵責《かしやく》にずっと悩んでいたようだね。辞職は中島自身が刑務官として、自分に失格の烙印《らくいん》を押したからだろう。彼は君と話をし、事件についてこれ以上沈黙していてはいけないと思ったんだそうだ。最後は君が中島を動かしたのさ。彼は気骨のある刑務官だ」

そうだったのか。だが自分は名久井に言われるままに動いていたに過ぎない。それにしても自分は思い違いをしていたようだ。名久井は反抗的態度をとった中島を辞めさせるどころか、資質を高く評価していたのだ。

「俺に脅迫行為をしていたのは、所長ですか」

名久井はうなずいた。

「そうだ。田中という若い刑務官に、君の行動を探らせていたらしい。追及するとすぐに吐いたよ。刑務所内の脅迫文もそいつが置いた。脅迫行為も彼だ。所長は悪事に慣れていない。そういう過剰反応が墓穴を掘ったんだ。怖かったんだろう。君への脅迫も過剰反応だったね。まあこんな事件があったんだ。所長の首は飛ぶさ」

ようやく確信した。前に会議室で名久井が言っていた「一番問題のある刑務官」というのは、所長のことだったのだ。名久井は我が身と引き換えに、獄《ひとや》の棘《とげ》を強引に引っこ抜いた。

「君に須郷を探るよう命じたのは、真実を探るためじゃなかった。こういう所長の過剰反応を引き出したかったんだよ。君には悪いことをした」

名久井は夕日に背を向けた。一歩、二歩と歩き始めている。良太は引き止めようと思ったが、声が出なかった。

「おい、これで終わりなのか」

その声は良太が発したものではない。後ろから聞こえたものだ。名久井は足を止め、ゆっくり振り返る。

腹の出た中年刑務官が一人、立っていた。

「どういう意味だ？　秋村看守部長」

名久井は能面のような顔で問いかける。

秋村は一歩近づくと、厳しい顔になった。

「統括、あんたの正義、矯正への思いってのはこんなもんなのか。自分の身と引き換えに所長を辞めさせて終わりなのか」

刺し違えてでも所長を辞めさせるというが、簡単にできることではない。特に名久井はエリートで失うものが大きい。秋村の言うことは酷に思える。いや、そういうことじゃない。秋村は名久井のことを認めているのだ。あえて父親のことを言い出さないのは、おそらくその表れなのだろう。山北は山北、名久井は名久井。一人の刑務官として認めている。

「勘違いするな、秋村看守部長」

名久井はひさしの下から、キッと秋村を睨《にら》んだ。

「誰が辞めると言った？　辞めさせられるなら仕方ないが、俺はボロボロになっても食らいつくよ」

名久井のきつい眼差《まなざ》しには、強い意志が感じられた。

「失礼しました。統括殿！」

秋村は敬礼した。口元が緩み、優しい顔になっている。夕日の方、逆光の名久井は半身でじっとその敬礼を見つめていた。

やがて名久井は正対する。背をピンと伸ばして、秋村に敬礼を返した。

第七章　銀の桜

1

車は弘前を発し、五所川原《ごしょがわら》市内に入った。ライトに照らされた河川敷の桜の木は立派なものだった。ただ今は三月下旬。まだ花は咲いていない。

車を停めると、五所川原駅近くにある一軒のラーメン屋の看板を見上げる。『ラーメン平吉』は決して大きくはない。初めて来る店だが、少しばかり懐かしい思いがした。

「いらっしゃい！」

威勢のいい声が聞こえた。店内はすし詰め状態で、三十人ほどの客がいる。ただしそのいずれもが見知った顔だった。

「こら遅《お》せえぞ、良太」

パンチパーマが冗談っぽく睨む。看守部長の野間勇次だ。すでに約束の午後七時を五分ほど過ぎている。良太はぺこりと頭を下げる。満員電車で強引に座ろうとするオバサンのように、無理に野間の横に座った。

「副担当にもなると、違うな。重役出勤かい」

大柄な川岸次道は、ポパイのような両腕を組んでいた。もちろん冗談で、川岸の顔には笑みがある。店に集まったのは全員が同僚で、全員が看守部長以下の刑務官。そして全員がある賭《か》け事に参加した者ばかりだった。

「これどうぞ」

女性店員が、お冷やを運んできてくれた。何故かピーナッツがついている。

「調子はどうですかな、志田さん」

川岸が店員に問いかけた。彼女は微笑むとボチボチです、と答えた。

「主人が戻ってくるまで頑張らないと」

「仮釈放、早いと思いますわ」

川岸の言葉に、女性店員は笑みを返した。良太はピーナッツを見ながら、少し前のことを思い出していた。

拘置区に志田幸樹という一人の収容者がいた。裁判を前に刑が確定していない被告人だ。この志田は元ラーメン店の経営者。彼が有罪判決を受けたとき、控訴するか否かが賭けの対象になったのだ。「赤落ち」というギャンブルだった。極めて不謹慎なギャンブルで、マスコミに知られたら恰好《かっこう》のネタになるだろう。志田は結局、控訴を取りやめ、現在は刑に服している。服務態度は良好で、川岸の言う通り、かなり早い段階で仮釈放の公算が高い。

『ラーメン平吉』は志田が修業していたラーメン店だ。元は弘前市役所前にあったのだが一度つぶれ、ここ五所川原市内で復活した。志田の奥さんは縁のあるここで働き始めた。ピーナッツをつけるのは、名古屋出身の志田がやっていたことだ。

「おい、それより秋村の大将まだか」

眼鏡の主任看守が言った。待ちくたびれたようで、すでにフライングしてビールを飲んでいる刑務官もいる。

「んだ……ちゃかしだの」

ピーナッツを頬張りつつ、顎《あご》のしゃくれたベテラン看守がどうしようもないと応じる。

良太は今日の集まりについて改めて思った。

——これでお別れなんだな。

刑務官は他の公務員と比べ、人事異動の少ない職業だ。同じ刑務所で長く勤める。とはいえ全く異動がないわけではない。特に異動の少なさが腐敗、刑務官の不祥事を生むとも言われている昨今、人事異動は頻繁になっていくのかもしれない。

秋村繁晴看守部長は来月から弘前を離れ、別の刑務所に替わることになる。今度の配属先は山形らしい。今日は転属になった秋村の送別会がこれから行われるのだ。

思えば志田の「赤落ち」があったのは、刑務官を拝命して一年目、まだ右も左もわからない初等科研修が明けた頃だった。検察でさえ見抜けなかった志田の隠し事を、秋村は見事に洞察していた。

隠し事といえば、良太と名久井の関係だが、秋村は予想通りとっくに気づいていたそうだ。以前良太は河原数雄という受刑者からメモを渡されて動いたことがあった。この時、秋村が張り込み現場に何故か現れた。おかしいと思っていたがあれは実は名久井の指示ではなく、秋村の指示だったらしい。あれから色々なことがあり、彼からは多くのものを学んだと思っている。ただもう少し、相談したかった。

その時、自動ドアが開き、小太りの禿頭《とくとう》が顔を覗《のぞ》かせた。

「いらっしゃい！」

店主の声に少し遅れて、刑務官たちも口々に声をかける。

「遅えなあ、大将」

「秋村さん、わざとだべ」

文句の中に、皆笑みがあった。秋村は少し照れたような笑みを浮かべた。

「スロットで勝っちまってな。あやうくすっぽかすところだった」

送別会前にパチスロか……良太は少し口元を緩める。待ちくたびれた刑務官たちは、ラーメンを注文している。志田の奥さんによってビールが行き渡ったときに、最年長の野間が立ち上がった。ジョッキを手にしている。

「ああ、みなさんご承知の通り、看守部長の秋村繁晴くんが四月付で山形に転属となりました。寂しくなりますが、今日はまあ明るく送り出してやろうってことです。それでは最初に当の秋村くんから挨拶《あいさつ》を願います」

秋村はすでに一杯目を飲み終え、口に白いヒゲを生やしたように泡をつけていた。

「主役が挨拶せんと始まらんだろうが」

「ああ？　やるのかよ」

「やれやれだな」

ビールをおかわりすると、秋村は渋々という顔で立ち上がった。脂ぎった顔が少し歪《ゆが》んでいる。

「ええ……秋村です」

何しゃべればいいんだよ、と秋村は中指で頭皮をポリポリとやった。店の外にある桜の木を一度眺めた。

「桜の季節ってのはまあ、別れの季節でもあるわけで、同時に出会いの季節でもあるわけで……」

「何言ってんだべ」

「詩人だが？」

ヤジが飛んでいる。秋村は意外と皆の前で話すことは苦手なようだ。うるせえな、とヤジに小さく文句をつけた。

「まあなんだ。センバツ高校野球の季節でもあるわけだ。白球を追いかける球児たちの姿は、刑務所でソフトボールに興じる受刑者たちと同じでだな……」

「どんだんず」

「何しゃべってらがわかねべ、大将」

苦笑しながら、秋村は舌打ちで応じた。

「だから言いたいことはあれだ……優勝チームをみんなで賭けねえか？」

店内は一瞬、静まり返った。

「つうことで乾杯！」

すぐに笑い声が起きて、ヤジが覆い尽くしていく。乾杯！ という声が聞こえ、ビールジョッキが重ねられる音が響いた。秋村らしい挨拶かもしれない。良太は野間とグラスを合わせ、アルコールフリーのビールを飲んだ。

「なんだおい、賭けねえのか」

秋村は残念そうだ。

「賭けても優勝校決定までにあんた、山形行きだろうが」

川岸が突っ込んだ。やがて次々とラーメンやギョーザ、天津飯《てんしん》が運び込まれ、すし詰め状態で貸し切りの『ラーメン平吉』は大いに盛り上がった。

秋村はうまそうに津軽ラーメンをすすっている。これからどうするのだろう。妻子もなく、一人生きていくには困るまいが、人生にハリはあるのだろうか。『ラーメン平吉』が再開できたのは、秋村の援助があったからだという。「赤落ち」で得た収入も全部、店の復活のために投資したらしい。

——不思議な人だな……。

改めてそう思う。彼がやっていた「赤落ち」などは、懲罰というより懲戒免職ものの行為だろう。それでも良太には、秋村に「悪」がまるで感じ取れないのだ。名久井もきっとそのことに気づいていた。最後に名久井は秋村に何を見たのだろうか。

送別会は二時間ほど続き、九時を過ぎてお開きとなった。刑務官たちは口々に別れを告げ、餞別《せんべつ》を渡して秋村を送った。誰一人泣いている者はいない。それでも形だけの送別会ではなく、とても温かいものがあった。

良太は別れの挨拶をしたが、何かしっくりこなかった。弘前と山形。距離的にはあまり離れていないが、用事がないと会わなくなるだろう。タクシーに乗り込もうとする秋村に良太は話しかける。

「いいですか、秋村さん」

声をかけたのはいいが、途中で止まってしまった。

秋村は口元を緩めた。

「おい、ちゃんと言え」

促されて、良太は口を開いた。

「山形へ行っても、頑張ってください」

いまさらだなと良太は思った。こんなことを言うつもりはなかった。

秋村は苦笑いする。

「お前も三年目だな、良太よ」

良太は小さく、はいと答えた。

「もう一端の看守だ。そろそろ自庁研修で新人どもがやって来る。今度はお前が面倒見てやらねえとな」

秋村はニヤニヤと笑った。ピーナッツをポイっと口に放り込む。

「ってことで賭《か》けねえか」

何だそれは……脈絡がないではないか。それに川岸が言う通り、センバツが終わる頃には秋村は山形だ。

「それは……」

良太が渋ると、秋村はポケットに手を突っ込んだ。

「賭けるのはセンバツじゃない」

「え……」

「良太、お前が定年まで刑務官として勤めるかどうかってのでどうだ？」

良太はよく意味が分からずに、はあ……と小さく応じた。

「オレはなんだかんだで、お前は最後まで辞めない方に賭ける」

何と返事したらいいのか困ってしまう。秋村はポケットから小さな何かを取り出して、こちらに投げた。

「この桜、やるよ。とっとけ」

良太はハッとしてそれを摑《つか》む。少し重みがあった。桜といえば階級章だ。刑務官の胸には星のような桜が階級に応じてついている。そんな大事なものを俺に……まさか秋村は刑務官を辞めるつもりなのか。

驚いて手を開けると、それは銀色に鈍く光るパチスロのメダルだった。裏返すと桜の絵が描かれている。そういえばさっき、秋村はスロットで勝ったと言っていた。これが餞別の返し……秋村らしいのかもしれない。

「じゃあな、元気でやれ」

言い残すと、秋村はタクシーに消えた。

走り去るタクシーに、良太は深く一礼をする。メダルを握り締めたまま、店の横に立つ桜の木を見上げる。花が咲くにはもうしばらくかかりそうだった。

2

二週間後。呼び出しを受けた良太は処遇部長室に向かっていた。

新年度になり、新しい所長や数名のキャリアがやってきた。所長にはキャリア刑務官が就任し、一、二年で代わっていくことが多い。前所長の平沼は東大出だ。

今度の所長は、高卒で叩《たた》き上げの苦労人らしい。お上のやることはうかがい知れないが、名久井の訴えにも意味はあったのだろうか。

「武島看守、入ります」

眼鏡をかけた処遇部長は、立ち上がることもなくこちらを見た。呼び出された理由は、だいたい想像がついている。

「わかってると思うが、今日から自庁研修で新人がやって来る。君にはその世話を頼む。右も左もわからないだろうから、指導してやってくれ」

予想どおりだった。刑務官試験に合格した新人は、初等科研修を受けなければいけない。最初に配属先で指導を受ける。自庁研修と呼ばれるものだ。しばらくすると、初等集団研修といって大きな刑務所に移され、そこで研修を受ける。三ヶ月ほどすると、また配属先に戻って自庁研修という形だ。

「了解いたしました」

「用件はそれだけだ。管理棟入り口あたりで待つよう言ってあるから指導してやってくれ。とりあえずは捜検とか、工場の様子を見せてやってくれるか」

「はい、失礼いたします」

初めてやってくる新人の世話は、たいてい二年目か三年目の若い刑務官の仕事になる。去年は割り当てられなかったが、ここにやってきた新人は全員、自分には向かないとあっさり辞めていったらしい。

良太は早速、管理棟入り口へ向かった。

新人の時からずっといた秋村も名久井もいないと思うと、少し不思議な感覚だ。リノリウムの廊下にはおろしたての制服が見える。新人が背筋を伸ばして立っていた。帽子の下から覗《のぞ》く弾力のある肌は、若いというより幼く見える。茶髪を無理に黒く染めたような髪だった。まだ十代かもしれない。良太に気づくと、敬礼をした。

「武島だ。仕事を見せてやるように言われている。よろしく頼む」

「小田龍騎《おだりゅうき》です。岩手県出身で青森大学卒。二十二歳。よろしくお願いします！」

元気のいい挨拶《あいさつ》だった。俺はこんなんじゃなかったなと良太は思った。

「よし、ついてこい」

良太は小田という新人を従えて、受刑者が生活する舎房へと向かう。今日行う予定だった捜検を見せるのだ。

受刑者は日中、工場で作業することになる。だから今は房には誰もいない。捜検は受刑者が工場作業に出ている間に、不審物を持ち込んでいないか調べることだ。

鉄の門扉の横には食器口がついていて、受刑者の氏名や称呼番号が前に表示してある。扉を開けると、八畳間が姿を見せた。膝《ひざ》折れ式のテーブルが置かれ、囲碁盤や将棋盤が載っている。奥には洋式便所がある。飾りのような扉がついているが、便器はむき出しだ。

房に入った小田は、物珍しそうに雑居房の中を見渡した。

「どうした？　意外か」

木製のハンマーを手に良太が問いかけると、小田はうなずいた。

「はい、もっと汚いのかと思っていました。布団とかも綺麗《きれい》に畳んでありますし、むき出しの洋式便所も悪臭はしません。とても管理が行き届いているんだな、と」

良太は鉄格子をハンマーでコンコンと叩いた。逃走防止のためだと説明すると、小田は感心した声を上げた。

「ここは雑居房だ。共同室とも言うが、この一つが八畳で七人が寝食を共にしている。定員は六名だが、知ってのとおり過剰収容状態だ。まあ見ての通り、プライバシーなどないわけで……」

「武島先生、受刑者同士によるリンチ、いじめなんかもあるんでしょうか」

説明途中で小田が口を挟んだ。良太は小田をきつく睨《にら》みつけた。

「まだこっちの説明は終わってない。勝手に質問するな」

「失礼いたしました！」

深く頭を下げて小田は謝る。それを見て、良太は何度か小さくうなずいた。

「ハッキリ言っていじめはある。リンチもな。もちろん重傷者や死人が出たら大変だが、ネチネチとしたいじめは防ぎようもないし、防ぐ必要さえない。刑務所ってのはそういうところだ。こんなところに来たくないと思うなら、罪を犯さなければいい」

小田は何度かうなずく。納得したのかどうかはわからないが、良太はしばらく捜検の様子を見せてやった。

「矯正だなんだと言うが、結局、刑務官ってのは早い話が見張り役だ」

それから良太は工場作業の様子や、受刑者の運動の様子などを見せてやった。作業着を着て印刷作業を続ける受刑者たちは、新人刑務官を品定めするようにチラチラうかが

「良太、風呂、ここの番だ」

作業中、先輩刑務官から声がかかった。

「わかりました」

印刷工場の作業は一旦休憩だ。受刑者は週二回、作業時間に入浴する決まりになっている。いくつかある工場単位で順番に浴場へ向かう。

「次は入浴だ。男の裸なんか見たくないだろうが、これからはいやがおうでも毎日、見ることになる。集団生活には衛生面で気を配る必要がある。受刑者は入りたくなくとも、基本的に入るよう強制されるわけだ」

受刑者たちはぞろぞろと浴場に向かった。浴場は学校の教室くらいの大きさで、縦十メートル、横二メートルくらいの長方形の湯船が二つある。

両側の壁にはシャワーや鏡がいくつか取り付けられていて、受刑者が黙々と刈り上げ頭を洗ったり、ヒゲを剃《そ》ったりしている。普通の銭湯とこの点はあまり違いはない。

刑務官が見張っている以外に普通の銭湯と違うのは、入浴する人間に刺青《いれずみ》のあるものが多いことだ。小田は本物の刺青など初めて見たのかもしれない。暴力団構成員の比率が高くなることはどうしても避けられない。ただ刺青以上に普通とは違うところがある。

「信号、赤さなれ」

団子鼻の受刑者がつぶやいた。

信号とは浴場に設置された電灯板のことだ。青、黄、赤と三色に分かれていて、それぞれに5、10、15というアラビア数字が刻まれている。入浴時間は十五分と決まっており、時間の経過とともにランプが変わっていって時間を知らせる。五分ごとにブザーが鳴る仕組みになっていて、ひげそりの途中だろうが時間が来れば、出ていかなければならない。

小田はすべてが初めてなので驚いた様子だ。やがて赤いランプが点灯し、先に入っていた受刑者たちが引き揚げていった。

「よし、入れ」

良太の声と共に印刷工場の面々は、大浴場へと足を踏み入れる。団子鼻の受刑者は四十すぎで、風呂が三度の飯より好きだ。元気よく飛び出していった。タオルでゴシゴシと体を洗っている。

ブザーが鳴り、電灯板が10のところを指した時にちょっとした事件が起こった。

「ねぐなった」

団子鼻の受刑者は、あたりをキョロキョロと見回していた。頭をカリカリやりながら、ひとりでしゃべっている。入浴中、基本的に私語は禁止だ。良太は近づいていって団子鼻の受刑者、長谷川義人《はせがわよしと》に事情を訊《たず》ねた。

「おい、どうしたんだ？　長谷川」

問いかけると、長谷川は目をぱちくりさせた。タオル……と小さくつぶやく。どうやら使っていたタオルがどこかに消えたらしい。

「おい、お前も捜せ」

小田も捜すのに加わる。だがブザーが鳴り、見つからぬまま時間は過ぎた。長谷川のタオルは見つからなかったが、時間なので仕方ない。良太は長谷川に浴場から出るよう促した。

その時、湯船から大声が聞こえた。

「これじゃないんですか！」

小田がタオルを手にとって叫んでいた。湯船から見つけたようで、袖《そで》をめくっているが制服は肩口までぐしょぐしょだ。

「ありがんどごす」

長谷川は小田にぺこりと礼をすると、一目散に出口に向かっていった。

良太は小田にやりすぎだと注意しようとした。ちょっとでもいい恰好《かっこう》をしたかったのかもしれないが、ここまですると逆に舐《な》められる。それでも小田のさわやかな横顔を見ていると、何故か何も言えなかった。

それから十日。食堂で食事をとっていると、隣に小田がやってきた。

弘前刑務所には比較的年齢の高い刑務官が多い。二十代でも所帯を持っていたりすると歳より老けて見え、大学を出たばかりの小田には遠い存在に見えるのかもしれない。

その点、良太はまだ見た目が若いこともあって話しかけやすいのだろうか。初日こそ舐められまいとして怒鳴ったが、その後は反省して比較的柔らかに接している。

小田は疲れているように見えた。夜勤が主なので生活が変わり、大変なのだろう。

「どうした？　ギブアップか」

良太は声をかけた。小田は白い歯をこぼすと、首を横に振った。

「とんでもないですよ」

「小田、お前はなんで刑務官になろうと思ったんだ？」

真剣な顔で訊ねると、小田は虚をつかれたようにキョトンとしていた。

「無理すんな。環境が変わった今、体力面ではなく誰でも精神面が辛《つら》い。聞いたことがあるだろうが、初等科研修で半分の連中は辞めていく。不況だとか、せっかく受かったんだから……みたいに無理して続けて歳取るとつぶしもきかずに苦労する。いい加減な思いでやるなら、辞めるべきだし、辞めるなら早い方がいい」

そんなんじゃないですよ、と言って小田は苦笑いした。

「絶対に……死んでも辞めません。ボクは本気で刑務官になりたかったんですから」

大げさなやつだなと良太は思った。

「何ていうか、今の世の中、罪人に甘いんですよね。なにか問題があると、人権だなんだって言われる。自庁の初日に武島先生も言われてたじゃないですか。こんなところに入れられたくなけりゃ、犯罪なんてしなけりゃいいってね。本当にそう思いますよ。自分はもっと刑務所は厳しいところであればいいと思います。ただそう言うだけでなく、自分が態度で示したいと思っているんです」

ふうん、と良太は気のない相槌《あいづち》を打つ。

「まあ一言でいって、悪い奴が許せないんですよ。死刑執行ボタン、一人だってためらわずに押しますから」

馴《な》れ馴れしいが、人間関係をよくしておくことは重要だ。良太などよりもずっとコイツは刑務官向きなのかもしれない。

「独居房の捜検に行くぞ」

良太は立ち上がると、食堂を出た。独居房へと向かう。ここには一人の受刑者が収容されている。独居房には色々な受刑者がいて、釈放を前にした受刑者のいる房もあるが、同性愛志向者なども収容されている。もちろん問題を起こした受刑者もそうだ。良太はそういうことを小田に説明した。

調べるのは、仮釈放を前にした受刑者の房だった。「上がり房」などと呼ばれ、仮釈放前の受刑者は比較的、自由がきく。今日も釈放後に備え、職業訓練に出かけている。良太は外に小田を立たせ、自分は中をチェックしたが、特に問題はなさそうだ。

「次、行くぞ」

二人は別の房に向かった。

しかし房の前に立つと、おかしなうめき声がした。何かをしゃべっているようだが、何を言っているのかわからない。苦しげな声だ。ここは保護室。名札を見ると三二八、先日問題を起こした長谷川という受刑者が収容されている。

長谷川は良太のいる印刷工場で働いている受刑者だ。同じ房の受刑者のコップを盗み、その受刑者に暴行を働いたとしてここに入れられている。

「おい、長谷川どうした？」

声をかけるが、返事はない。保護室では基本的に正座か安座で過ごさなくてはならず、刑務官の許可無く自由に用を足すことさえできない。

返事の代わりにさっきのおかしなうめき声が漏れてきた。扉越しとはいえ、明らかに異常だ。

「長谷川、返事しろ」

扉を叩《たた》くが、全く反応はなかった。食器口から中を覗《のぞ》き込むと、長谷川は倒れていた。

「くそ、どうしたんだ」

良太は小田をそこに残して一度、保護室の鍵《かぎ》を取りに戻った。慌てて鍵を開けると、目に飛び込んできたのは鮮やかな赤い色だった。それが長谷川の血であることに気づくのに、時間はかからなかった。

「おい長谷川、しっかりしろ！」

倒れた長谷川の横には割れたコップと血まみれの破片が落ちている。どうやらこれで手首を切ったらしい。

「どうしてこんなことを……」

小田は蒼白《そうはく》になっていた。

「……ね」

長谷川はうつろな顔で、つぶやく。良太は非常用のブザーを押した。早く医者に見せなければいけない。

「やてね……」

長谷川のうめき声は、自分は盗んでいないという意味に聞き取れた。

3

管理棟の一室。良太の目の前には、やや下がり気味の眉毛《まゆげ》をした四十代くらいの刑務官がいた。村林善之《むらばやしよしゆき》という副看守長だ。

「本当に刃物のようなもの、なかったんだろうね」

さっきから似たような問いが、何度も繰り返されている。

「ありませんでした」

良太はありのままに答える。昼間、保護室で自傷行為に出た長谷川は一命を取り留めた。焦ったが発見が早くて助かったようだ。

とはいえ事態は簡単には済まない。もし凶器になりそうな物を持ち込んでおり、それが自傷行為に利用されたとなると大問題になる。それだけは避けたいというのが村林の意図だろう。

「それにしても武島くん、本当に長谷川は同じ房の受刑者からコップを盗んだのか」

「それは……」

良太は言葉に詰まった。懲罰の原因となったのは先日、長谷川が同じ房にいた三好《みよし》という受刑者のコップを盗んだ事件だった。雑居房には受刑者各人の棚があって、そこに日用品は入れられている。コップは支給される官物であり、それぞれ受刑者の称呼番号が印刷されたシールが貼ってある。

長谷川は盗んでいないと主張しているが、彼が使っていたのは間違いなく三好のものだったらしい。争いになった挙げ句、暴行を働いたというのが結論だ。

しかし自殺を図ってまで無実を主張するというのは尋常ではない。無実なのに悔しくて仕方なく、思わず自傷行為に走った……そう単純に考える方がいいように思える。村林もこの調子ではそう思っているようだ。

「真面目に刑に服す受刑者を冤罪《えんざい》に陥れる刑務所……弁護士屋が聞けば、喜びそうなネタだ。厄介なことになる前に、何とかしなくてはな」

事件の処理をお前に委《ゆだ》ねるから、さっさとかたづけろと暗に言っていた。

「何とかしてみます」

良太は苦しげに返答をする。

「では、任せたぞ」

敬礼をして、良太は管理棟をあとにした。

官舎に戻ると、ラインが来ていた。悦子からだ。最後には中等科試験、ファイト！と締めくくってある。

中等科試験とは早い話が昇進試験のことだ。二年目から受験資格があり、これに合格すると研修後、看守部長になれる。要するに秋村や川岸、野間ら二十年以上も刑務官をやっている連中にあっさり追いつくのだ。

特に現場経験の長さなどは関係なく、試験でいい点を取れれば昇格できるらしい。看守部長になれば給料も上がり、楽になることは間違いない。一昨年《おととし》から名久井には、受験するよう勧められていた。

良太は「試験頑張る。来週会いたい」という内容のことを三十分近くかけて打ち込むと、送信する。悦子からは数分でもっと長い、オーケーの返事が来た。その絵文字とスタンプで埋まったラインを見ながら、良太は口元を緩めた。

正直、勉強はする気になれない。今はそれ以外のことで頭がいっぱいだ。元々特に勉強ができるわけでもなく、集中力が持続する方でもない。悦子の手前、受けてみるが、受かる可能性は低いだろう。

過去問を紐解《ひもと》こうと机に向かうが、今日のことが頭をよぎって集中力が寸断された。

――長谷川は何故あんなことを……。

副看守長に指摘されて思った。確かに長谷川は嘘をついているようには思えない。長谷川はわいせつ犯だが、実際看守として接してきて極めて真面目な受刑者だと思った。正確には融通が利かないというか、自分の決めたように物事が進まないと気が済まないという性格なのかもしれない。変質者であることは間違いないだろうが、ともあれ嘘を言ってごまかすようには感じられない。

奴がもし嘘をついていないなら、嘘をついているのはコップを盗まれたと主張している三好の方だということになろう。それでも他の受刑者たちも見ていた。長谷川が不利なのは間違いない。

――考えていても仕方ない……か。

「まだ開いてるな」

スポーツクラブで汗を流そうと思った。父が会員になっている大きな総合クラブで、ファミリー割引で安くしてもらえるというので少し前から会員になった。良太は着替えると、スポーツバッグを手にとった。

サンドバッグが揺れている。

午後八時過ぎ。弘前市内にある大きな総合スポーツクラブ。良太は汗を拭《ぬぐ》いながら、久しぶりの感触にしばし浸っていた。

高校時代、ボクシングをやっていた。あまり優れた成績を上げたわけではなかったし、長くグローブはつけていなかった。汗を拭うと、すぐに何発かパンチを打ち込んでいく。だがうまくいかず心はイラつき始めた。

——ダメだな。

浜崎という脱獄を図った受刑者のことが頭をよぎる。プロボクサー崩れの浜崎は、あれからおとなしくなった。受刑者たちとも打ち解けるようになり、時々休み時間にシャドーを披露しているのを見かける。遊びでやっているのに、自分とは動きが全然違う。才能の差を認めざるを得ない。

良太はロッカーに戻ると、スポーツバッグから水筒を取り出す。飲もうと思った時、スマホがピカピカ光っているのに気づいた。

悦子からかと思ったが、違っていた。不在着信は名久井惣一になっている。刑務官になってから、二人の信念を持つ人物に出会った。一人は秋村繁晴。もう一人はキャリアとして良太と同じ時期にやってきたこの名久井惣一だ。

良太はロッカーから名久井にかけた。

すぐに青年らしい声が聞こえた。

「ああ、武島くん。こんな時間にごめん」

「いえ、どうかしましたか」

人事異動以来、名久井と話すのは久しぶりだ。

「特にたいした用事はないんだよ。どうしてるかなと思ってさ」

「元気にしてますよ」

少し前までなら、また無理難題を持ってきたのかというところだが、もうスパイの必要はない。川岸らにバレないかとびくつくことはなくなったのだ。良太は気楽にしばらく雑談を続けた。

「ええ、小田っていう後輩が入りまして。コイツの方が俺より、ずっと刑務官に向いてると思うんです」

良太は小田のことを話した。まだ名久井がいたら、自分の代わりに小田を使っていたかもしれないと冗談を交えた。

「そうか。他に事件とかはないのかい？」

良太はロッカー内を見渡し、少し声のボリュームを絞った。

「実は自殺未遂事件がありました」

誰もいないようなので、長谷川の事件について話す。名久井は興味を示し、事細かに訊《たず》ねてきた。良太は知っていることをすべて話す。

「どう思います？　長谷川は何故あんなことをしたんでしょう」

名久井は黙り込んでいた。真剣に考えている様子だ。もう部外者になったにもかかわらず、統括時代と変わらないなと思った。

しばらくしてから、名久井は声を発した。

「長谷川の気持ちはだいたいわかる。奴は基本的に真面目な男だ。抗議の思いで自殺を図ったって考えていいだろうね」

「やはりそうですか」

「でもね、これは単純な事件じゃないように思うよ」

良太は言葉に詰まった。単純な事件じゃない？　どういう意味だろう。問いかけようとしたが、名久井の方が先に言葉を発した。

「まあ、俺はもう弘前刑務所とは関係ないし、いいんだけどね」

良太の問いを断ち切るようなものだった。

「ところで統括の方はどうですか。あんなことになって」

「うん？　こっちも元気だよ」

名久井はまだ刑務官を続けている。しかし今の部署は左遷としかいえないところだ。平沼は非を認め、あっさり刑務官を辞めた。とはいえあくまで手続き上の過失という恰《かっ》好《こう》で押し通した。もっと騒ぎになると思っていたが、思ったより火の手は上がらずに鎮火した。

「まあ、適当にやっていくさ」

「そうですか」

「うん、じゃあね。気楽に電話してよ」

通話は切れた。

名久井の声は思ったよりずっと明るいものだった。心なしか以前より角が取れたように思う。名久井は不良刑務官こそ諸悪の根源と見ていたが、秋村らに接して、少しは考えが変わったのだろうか。しかしあんなことがあって、エリートとしての道は厳しいものになっただろう。それでもその心は全く折れている感じはしない。「適当」という言葉に、かえって不屈の意志が感じられた。

良太は再びグローブをはめて、軽くサンドバッグを揺らした。

名久井と秋村。刑務官になってから、強烈な個性を持つこの二人に出会った。色々なことがあったが、もう二人ともいないのだと思うと、何とも言えない気分になる。

——俺はどうする？

思い切りストレートを打ち込む。サンドバッグが大きく揺れた。

翌日、工場はちょうど休憩時間だった。

小田はいない。自殺未遂事件の聴き取りを受けている様子だ。良太は工場担当の看守部長に挨拶《あいさつ》をすると、一人の受刑者の許《もと》へと歩を進める。あくびをしていたのは、三好初彦《はつひこ》という受刑者だ。三十代半ばで眠そうな二重まぶたをしている。

「おい三好、ちょっといいか」

声をかけると、三好はこちらを振り向いた。いまさらこんな事件の調査をしてどうなるという思いがあったが、昨日の電話で名久井が言っていたことが気にかかる。単純な事件じゃないというのはどういう意味だろう。

「この前、お前のコップがなくなったよな。あれ、本当のところを教えてくれないか」

三好は警戒したように、上目遣いにこちらの様子をうかがっている。おかしなことをいうやつだと思いつつ、答えないわけにもいかないという感じだ。小さくはあ、と返事した。

「三好、お前の立場がこの件で悪くなることはない。だから教えてくれ」

「知りませんよ」

三好は痒《かゆ》いのか、作業着の上から胸のあたりを掻《か》いていた。良太は少し考えた。長谷川の件はどうせ受刑者にも知られることになるだろう。それなら言ってしまえと思って、口に出した。

「長谷川がコップの破片で自殺を図った」

「そうなんですか」

三好は少し驚いていた。だが忘れていたように首を左右に振った。

「けどオレ、嘘はついていませんよ。なんなら他の連中や、あの新人さんに聞いてみてください」

「新人さん？　ああ、小田か」

そういえばその日、良太は非番で刑務所にいなかった。代わりの刑務官の話では、揉《も》めているのを仲裁に入ったのは川岸と小田だったという。

「そうか、もういい」

長谷川と三好……どちらかが嘘をついているのは間違いないだろう。誰のコップを使ったかなど、くだらないことではある。それでも白黒ははっきりさせないといけない。

受刑者が浴場に向かっていく。それを横目に良太は少し前のことを思い出した。

先日、長谷川はタオルを失くしたと騒いでいた。あれは後で湯船から見つかった。だが長谷川がつかっていた湯船とは別の湯船だったように記憶している。

ひょっとすると、長谷川はいじめられていたのかもしれない。長谷川は性犯罪者だ。少女に対する強制わいせつ致傷容疑で逮捕されている。ここに送られた時も異論が出たらしい。そういった治療を専門にやれる刑務所がいいと言われ、名久井も同意見だった。刑務所には色々な犯罪者がやって来る。その中で子供に対する性犯罪者は、いじめられやすい傾向がある。だから長谷川もいじめられていたのだろう。ただそうなると、他の受刑者たちの証言は怪しいものとなる。

良太は長谷川のいた舎房に足を向けた。

三好や長谷川のいた雑居房は今は定員の六名だ。食器口の向こうには、棚が見える。箸《はし》や電動カミソリ、オセロ盤などが置かれている。コップもあった。ここで一体、何があったのだろうか。

その時、背後から足音が聞こえた。振り返ると、小田が立っていた。

「武島先輩、こちらでしたか」

小田はニコッと微笑んだ。言い間違いか呼び方が先生ではなく先輩に変わっている。

「小田……お前も聴取を受けていたんだな」

「大変でしたね」

良太はコップに視線を移した。

「お前、長谷川と三好の揉め事を目撃したらしいな」

小田はゆっくりうなずいた。

「どんな感じだったんだ？」

「あれは長谷川が悪いですよ」

「本当か」

念を押すと、小田は顔を上げる。

「ええ、こういうことだったんです。異常に気づいたのは三好でした。自分の棚にあったはずのコップが何故かなくなっていたそうなんです」

「それで？」

「三好は他の受刑者とともに舎房内を捜しました。でもありません。長い間捜して、ようやく彼は気づいたらしいんですよ。長谷川が使っているコップが自分のものだってね」

「称呼番号のシールでわかったのか」

良太の問いに、小田は首を左右に振った。

「いいえ、長谷川が使っていたコップ、称呼番号は間違いなく長谷川の三二八番だったそうです」

「だったらどうして？」

「三好のコップには側面に大きな傷があったそうなんですよ。長谷川は三好に、それ俺のコップだろ、と追及されたみたいなんです。そして房のみんなで長谷川の巾着袋《きんちゃく》を調べてみると、シールの剝《は》がれた割れたコップが出てきたんだそうです。長谷川は自分のコップのシールを三好のコップに貼って、自分のものに見せかけていたんですよ」

「そうだったのか」

小田の話は詳しいものだった。舎房の連中総がかりでハメられたという可能性もなくはないが、とりあえず副看守長にはそう報告しておこう。

「ああ、武島先輩」

歩き始めたとき、小田に呼び止められた。

「何だ？」

「あ、いえ……長谷川ってのはどうしようもない奴だったみたいですね」

良太は答えることなく、じっと小田を見つめた。小田はうすら笑いを浮かべている。

どうしようもない奴か……確かに長谷川には偏執的な趣味がある。それが高じて犯罪者に身を持ち崩したのだ。

「何ていうか、子供を欲望の対象にする連中はホント、最低ですよね。自分のことしか見えていないんですから。ああいうやつは自分、生理的に受け付けないですし、虫唾《むしず》が走るんですよ」

小田は長谷川を毛嫌いしているのを、隠そうとしなかった。

「ああいうのは去勢でもしてやった方が社会のためには当然として、本人のためにもいいと思うんですよ。今回の件もあいつが思い込んで暴走したんですよ」

良太はもう一度、三好のコップを見つめていた。確かにそういう面はあるだろう。ただそれはニヤニヤしながら言うべきことではあるまい。それに変質者的な性格だろうが、それとこれとは話が別だ。

「ああそれと……」

良太は黙って顔を上げた。

「川岸さんが今日、『ラーメン平吉』に行こうって言っていましたよ」

「わかった。ご苦労さん」

声をかけると、小田は小走りに工場へと戻っていった。

4

一度官舎に戻った良太は、川岸たちが待つ『ラーメン平吉』へと出向いた。

副看守長への報告は一旦《いったん》留保だ。五所川原まではそれなりにかかって、またしても約束の時間を少しオーバーしてしまった。

『ラーメン平吉』横にある立派な桜の木に目をやった。花はすでにほとんど散り、葉桜へとその姿を変えようとしていた。

車を停めると、急いで中へ入る。

「いらっしゃい！」

威勢のいい声が聞こえる。今日は前回のように満席にはなっていないが、それなりに客は入っていた。

「おい良太、また遅刻かい」

すでにアルコールが入っているようで、川岸の顔は赤かった。

「のびるといけねえから、もう食い始めちまったよ」

パンチパーマの野間が同調した。彼も顔が赤い。どうしたのか、今日はあまり機嫌が良くなさそうだ。

「すみません、遅れちゃって。わざとじゃないんですよ。長谷川のせいで……」

良太は長谷川の自殺未遂事件について二人に説明する。だが二人とも驚く様子はない。知っている様子だった。

「調べたんですが、長谷川の自業自得のようです。ホント、えらく迷惑しましたよ」

「そんなことはいいんだよ、良太」

据わった目で野間が肩を抱いてきた。

「なあ、どうなってんだ？」

野間は大声を出して、臭い息を吐きかけてきた。

「どういうことですか、野間さん」

「すっとぼけんじゃねえ！」

野間は良太の背を、パーン、と張った。何のことなのかさっぱりわからない。

「あーあ、つまんねえなあ」

野間は畳の上に大の字になっていた。一体どうしたというのだろう。

川岸が赤い顔でこちらを見た。

「良太、気にすんな」

「はあ、どうしたんですか」

「野間さん、最近歳のせいでやたらと人恋しくなったみたいでな。秋村のオッサンが山形行ったばかりだろ？　せっかく出会いがあったと思った時に、すぐ別れが来て荒れてるだけだわ」

愛人でもできたのかと思いつつ、良太は不審げに川岸の方を向く。

「お前もせっかくいい後輩ができたと思った直後なのにな」

「え、どういう意味ですか」

問いかけると、川岸は意外そうな顔を向けてきた。

「お前、聞いてないのか」

「何をですか？　知りませんよ」

「困った奴だ。あいつ、一番近い先輩に言ってないとは」

川岸は片方の目をつむって、小指で耳の穴をほじった。

「小田龍騎のことだ。アイツさっき、刑務官辞めるって言ってたんだわ」

「え……」

良太は思わず、嘘でしょと大声を出した。客の数人がこちらを振り向いたので、声のボリュームを絞った。

「何故ですか」

それでもまだ声は大きかった。だがあまりにも意外なことだったのだ。

「自分には向いてないって気づいたらしいわ。まあ、何も言わずに辞めてく連中がほとんどの中、挨拶《あいさつ》してってただけましだ」

「……そうですか」

野間は泥酔していた。いびきをかいて眠っている。良太は小田の言葉を思い出す。絶対に辞めないと言っていたのは、昨日のことだ。なぜ翻意したのか。

食事の時に話したことが本気だとするなら、そのあとで起きた大きなことは長谷川の騒動だけだ。だがあれくらいのことで、刑務官を辞めたいなどと思うだろうか。自分が関係していたならともかく……。

「まさか、アイツ」

良太は立ち上がった。頭の中をひとつの推理が駆け抜けていく。

今まで自分は、嘘をついているのが長谷川か三好、どちらかだと思い込んできた。しかしどちらも、本当のことを言っているという可能性もあるではないか。

「川岸さん、揉《も》め事があった日って長谷川たちの房で捜検があったんじゃないですか」

良太の問いに、川岸は記憶をたどっている様子だった。

「そういやそうだな。小田がぜひ見たいし、自分でもやってみたいって言うんでな」

「小田が希望したんですか」

「ああ……」

川岸はいぶかしげにこちらを見ていた。良太はしばらく頭の中を整理した。

おかしな話だ。捜検は自庁研修初日に良太も小田に見せている。なぜいまさら見たいなどと言い出すのか。勉強のためではなく、他に目的があるとしか思えない。そしてその理由とは……わかった。今の川岸の回答で確信した。

――そうだ。やはり間違いない。

おそらくこの推理は正しい。犯人は小田だ。あいつが捜検の際、長谷川のコップを割り、シールを三好のコップに貼り替えて長谷川の棚に置いたのだ。

捜検ではハンマーを使って逃走防止のチェックをする。おそらく小田は割る音が聞こえるといけないから、コップを巾着《きんちゃく》の中に入れてハンマーで割ったのだ。長谷川も三好も何も悪いことはしていない。

小田は長谷川のことを生理的に受け付けないと言っていた。毛嫌いする長谷川に問題を起こさせて保護室行きにさせたのだ。だがその結果、長谷川が思いもよらぬ行動に出た。それがバレる前に辞めてしまえ……こう考えたのだろう。だからこそ辞めると決めたあとで、長谷川に対する嫌悪感をむき出しにしたのだ。

――いや……ひょっとして、それだけじゃないかもしれない。

薄ら寒い推理が背筋を這《は》い上がってきた。それは保護室でのことだ。あの時自分は一度、房の鍵《かぎ》を取りに戻った。帰ってくると長谷川が血を流していた。あそこにいたのは小田だけ。長谷川の負傷は本当は小田が……いや、鍵がかかっていたはずだ。

「おい、どうしたよ良太」

川岸が声をかけてきた。良太は言葉を濁した。推理には自信はあっても、証拠はない。それに最初考えた以上に、ことは重大なのかもしれない。まさか名久井が言っていた単純な事件じゃないというのはこのことか。

「いえ、なんでもないです。それより川岸さん、小田の携帯番号ってわかりますか」

「あ？　ああ」

良太は川岸から小田の携帯番号を聞き出すと、すみませんと言って『ラーメン平吉』を抜け出した。

車に戻ると、小田に連絡を取った。

「はい……小田ですが」

スマホからはパンパンとサンドバッグを叩《たた》く音や、縄跳びの音がかすかに聞こえてきた。

「用事があるんだが、会えないか」

良太が言うと、小田はいいですよ、と答えた。少し息が切れている様子だ。

「俺も武島先輩に言っておきたいことがあったんですよ。今、弘前の総合スポーツジムにいます」

「わかった。今から行くから入り口の辺りで待っていてくれ」

良太は待ち合わせ時刻を告げ、通話を切った。そのジムは弘前市内にある巨大総合スポーツ施設。良太も通い始めたばかりだ。先輩を慕って自分も始める……本来なら嬉《うれ》しい限りだが、今はそういう感情はすぐにはじけて消えた。

5

弘前市内へと車は戻ってきた。

これから小田に会う。そして本当のところを聞き出して報告したい。

信号で停められたとき、良太はナビの横に置かれた光るものに目が行った。

桜の絵が目に飛び込んでくる。秋村からもらったスロットのメダルだ。そういえばお守りのようにここに置きっぱなしだ。

――秋村ならどうしただろう？

そんな問いがあった。自分は今から何をしたいのだろう。こんなことをして意味があるのか……。秋村は決して人格者などではなかった。ギャンブル好きで、人の人生がどうなるかまで賭《か》け事にしてしまう不良刑務官だ。

それでも良太は彼に惹《ひ》かれていた。なんだかんだで秋村の言うとおりにやってきて、一度も間違ったことはなかったように思う。今回のことはどうだろう？

良太はスマホの履歴を開いた。秋村の履歴はずいぶん下の方へと行ってしまっている。ちゃんと挨拶できなかったから……そうとでも言い訳して一度、相談してみようか。

だが良太はスマホをポケットにしまう。いつまでも秋村に頼っていてはいけない。自分で考え、自分で行動しよう……そう思った。

とはいえ秋村が言っていたこと、その行動は参考になる。秋村はいつも表面に見えることだけでなく、その裏の裏まで考えていたように思う。志田の事件もそうだった。秋村以外に犯人の真意には到達できなかったのではないか。秋村はいつも、人の心の奥ひだにまで入り込んで推理していた。名久井もそうだ。彼の言う単純な事件じゃないという意味もまだわからない。

今回の事件、どうして小田はあんなことをしたのだろう。あんな嫌がらせをすれば、自分が不利になるかもしれないだろうに。いくら長谷川が生理的に受け付けないからといって、せっかく公務員になったのだ。ちょっとした嫌がらせ根性で、ご破算にしてしまうなどおかしい。

信号が青に変わった。良太はアクセルペダルを踏み込む。

——そうか、ひょっとして……。

信号機を見たとき、ひとつの考えが良太の中に起こった。それは小田を初めて大浴場に連れて行ったときのことだ。信号機のような電灯板が点灯し、長谷川はタオルをなくした。あの時小田は……。

「そうだ。そうに違いない」

わかった。今全てが解けた。小田の真意、そして計算ミス……証拠はないが、すべてが手に取るようにわかる。

スポーツクラブに着いたのは、それから五分ほどしてからだった。巨大駐車場には夜だというのに多くの車が停められている。良太はエントランスへと足を運ぶ。そこには色眼鏡をかけた茶髪の青年が立っている。彼が小田だと気づくのに数秒を要した。

「武島先輩……」

つぶやくような声が聞こえた。

しばらくの沈黙のあと、先に口を開いたのは小田の方だった。

「話があるそうですね。俺もです」

良太は小さくうなずいた。

「ああ、お前の用件はだいたいわかっているつもりだ。刑務官を辞めるってことだろ？」

小田は色眼鏡を外した。図星を指されて特に驚いた様子はない。川岸たちにも話していたのだから当然か。

「ええ、先輩の方から言っていただけるとは話が早いですね。短い間でしたが、お世話になりました」

小田は深く一礼をした。良太は彼が顔を上げるのを待ってから、静かに言葉を発した。

「お前が来る前、ウチの刑務所には一人の刑務官がいたんだよ」

脈絡のない話に、初めて小田は意外そうな顔を向けてきた。

「その刑務官は東大出のキャリアでね。悪を許せないと言って所長に楯突《たてつ》いたんだ。その結果左遷された」

「それが何の関係があるんですか」

食いついてきた小田に、良太は即答を避けた。一度視線をそらし、スポーツジムを見上げた。

「お前が辞める理由は、長谷川があんなことになってしまったからだろ？」

小田は答えることなく、下を向いた。否定しないのはそうだと言っているようなものだった。

「小田……俺は最初、お前が長谷川を嫌ってこんなことをしたんだと思っていた。長谷川のコップを巾着袋に入れて割り、三好のコップにシールを貼って長谷川の棚に置く。

きっと貼り替えたとすぐにわかるよう、少しずらして貼ったんじゃないのか。そうやって長谷川を無実の罪に陥れ、その結果奴は保護室行き……こんな図式だ」

小田はフッと笑った。

「そこまでわかってるんだ。さすがですね、武島先輩」

「今はそうは思っていない」

断ち切るような良太の言葉に、小田の笑みは一瞬で吹っ飛んだ。

「じゃあ何だって言うんですか」

眉間《みけん》にしわを寄せる小田の代わりに、良太の方が口元を緩めた。

「お前がやったことは全部その通りだ。長谷川は目論見《もくろみ》通りに保護室に送られた。だがお前が長谷川をそうさせたのは、奴のことを生理的に受け付けず、毛嫌いしていたから……じゃないよな」

小田は顔を上げることなく、上目遣いに良太を見ていた。良太は少し間を空けてから、静かに口を開く。

「長谷川がいじめられていたから。それをお前は哀れに思ったからだ」

小田は顔を上げた。初めて驚きがその瞳《ひとみ》に交じったように思う。

「雑居房の暮らしは大変だ。ただでさえプライバシーがないのに、あんな空間でいじめられてはたまらない。精神的にまいってしまう。お前は長谷川が苦しんでいることを察知し、せめて一人でいられる保護室に送ってやろうと思ったんだ。違うか」

「……………」

「ハッキリ言って浅はかな考えだ」

静かに言うと、小田はこちらを睨《にら》むような視線を送ってきた。

「保護室……確かにあそこは制約が多いが、一人でいられるのは事実だ。独居房を希望しても受け入れられず、ひとりがいいと、わざと問題を起こして保護室送りになる奴もいたよ。けどな、長谷川は濡《ぬ》れ衣《ぎぬ》を着せられたんだ。自分で計画したんじゃない。こんな恰好《かっこう》で保護室行きでは、ハメられたという思いしかないだろう？　小田、そういうことをお前はよく考えていなかったんだ。性格的に偏っていた長谷川は自傷行為に走ってしまった……」

良太と小田の視線は重なった。小田は耐えられない様子で、下を向く。

「小田、お前は刑務官になって正義のために働きたいって思ってきたんだろう？　俺はそのことは本音だと思っているよ」

「武島……先輩」

「きっとその思いは今も同じだ。それでもお前はそれ以上に、自分の馬鹿さ加減に嫌気がさしている。だから辞めるなんて言い出したんだ。違うか！」

小田は言葉もなく、うなだれていた。当たりのようだな……良太は確信すると、長い息を吐きだした。

それから時間が流れ、ようやく小田はうつむきながら口を開いた。

「俺、いじめられていたんですよ」

小田は鼻の頭を、軽く掻《か》いた。

「引っ込み思案でしてね。人としゃべれなくて……それがまた別のいじめを生んでいく。だから何ていうかそういう空気、たぶん普通よりビンビン感じるんだと思います」

長谷川がいじめられていることに良太は長い間、気づけなかった。小田は初日から感じ取っていたようだ。

「長谷川を自分に重ねちゃったんです。よくわかりましたね」

良太は黙っていた。解けたのは秋村や名久井とともに丸二年、やってきたからだろう。もちろん小田の行動がなければどうしようもなかった。小田は自庁研修初日、長谷川のためにためらうことなく湯船に手を突っ込んだ。あの時の小田の微笑みを信じることが、真実に手を伸ばすことにつながったのだ。

「本当にご迷惑をおかけしました」

小田は深々と頭を下げた。

「なあ小田……もう辞表は出したのか」

良太は声をかける。小田は首を横に振った。

「だったら賭《か》けないか」

小田は賭け？　と小さく復唱する。

「さっき話した東大出のキャリア刑務官だが、まだ辞めてないんだ。しぶといだろ？

俺はお前が当分は刑務官を辞めないって思う。だからそっちに一万円だ」

小田は鳩が豆鉄砲をくったような顔をしていた。

「じゃあな、俺の用件はそれだけだ」

良太は踵《きびす》を返して車に乗りこんだ。

自分でも何を言っているんだろうと思い、おかしくなった。それでも後悔はない。小田がどうするかはあいつ次第だ。

良太は桜並木を見つめる。ほとんど葉桜に変わったが、河川敷には夜桜見物と称して騒いでいる人たちが見えた。刑務官として三年目。当分はこのままやっていく。秋村との賭けはどうなるか知らないが……。

良太はナビの横に視線を向ける。銀の桜が鈍く光った。

解説

関《せき》口《ぐち》苑《えん》生《せい》

時にふと思うのだが、たとえば何かしらの犯罪事件が発生したとして、その始まりと終わりというのは、何がどうなった時点のことを言うのだろう。始まりのほうは、まあわからないでもない。人が殺されただとか、物が盗まれただとか、尋常ではない事態が起こったときが、とりあえず事件の始まりといっていいのだろう（動機や因縁などの、事件に繋《つな》がる根本の部分は別にして）。では、事件の終わりとは一体どこの地点のことを指すのか、これがわからない。

警察小説などで描かれるのは、事件が発生して、刑事たちが捜査をし、やがて犯人が逮捕されるというのが大方の流れで、これで一応の完結となる場合が多い。しかし現実にはまだまだその先がある。中でも裁判は、最も大きな曲がり角となるものだ。ここでは容疑者の行為の有無や是非をめぐって、検事側と弁護側が丁々発止の争いを繰り広げるが、もちろんこの段階では、まだ事件は終わっていないと考えるのが妥当だろう。またこうした場面は、法廷ミステリの一番の読みどころでもある。

それでは裁判が終わり、最終判決が出たときがそうなのか。形の上で決着がついたという意味では、そうであってもおかしくはないかもしれない。だが、これで完全に幕引きというのでは、どうにも頷《うなず》けない気持ちが残るのだ。

加害者側から言うと、かりに裁判で有罪となり、それも実刑判決を言い渡された場合、次には刑務所生活が待っている。これだって立派に事件の延長であろうし、さらにはもっと時間が経って、出所した後の人生はどうなっていくのか。世間から更生した人間と認められて、温かく迎えてもらえるのか。仕事は見つかるのか、住む場所は……と事件の影響はどこまでもつきまとっていく。

一方、被害者（もしくはその家族や遺族）のほうも、判決が出たからといって、ああこれですべてが終わったと思い、素直に納得できるものなのだろうか。判決に不服の場合もあるかもしれないし、凶悪事件になればなるほど犯人に対しての恨みつらみは、そう簡単に消えるものではないだろうからだ。

そんな風に考えていくと、現実の事件というのは一度起こってしまうと、加害者側、被害者側ともに、その後は周囲の人たちを巻き込みながら、途方もなく長い時間を引きずっていくものだと思わざるを得ない。極端に言ってしまうと、事件には終わりなどないのかも、とまで思えてくるのだった。

大門剛明《だいもんたけあき》はこうした終わりの見えない〝犯罪事件〟がもたらす悲劇と、そこに絡んでくる法やその周辺の諸制度が内包する、さまざまな問題点、矛盾点をひたすら描いてきた作家である。と同時に、これらの事件を通して「正義」のありようと実態を――いや、そもそも正義とは何かという究極の問いを発し続けてきた人のようにも思える。
死刑制度と冤罪《えんざい》という重たい主題を真っ向から描いた『雪冤』、誤った判決が生んだ新たな犯罪と、司法改革、裁判員裁判制度の是非が熱っぽく語られる『確信犯』、犯罪者の再出発と自立を支援する更生保護施設の現状を描いた『告解者』、連帯保証債務の悲劇が生々しい『共同正犯』、わずかな時間の差が生んだ時効成立と不成立の落差を描く『氷の秒針』、生活保護制度の実態と矛盾を明らかにする『レアケース』等々、大門剛明はデビュー当時から一貫して、こうした終わりの見えない重たいテーマを扱ってきたのだった。加えて、物語の背景には加害者と被害者（遺族）の深刻な対立感情を据え、事件が両者に与える影響を真摯《しんし》に描いている。そうした中で法とは何か。罪とは何か。はたまた正義とは何かを問うていくのだ。

近作の『ＪＵＳＴＩＣＥ』では、これらの疑問——ことに正義とは何か？という問題を真正面から投げかけているが、ある検事は「法が正義だ」と語り、ある弁護士は「人を幸せにすることだ」と微笑み、また違う人物は「思考停止だ」と答えるなど、容易には答が出ない問題だと保留していたものだ。いやそれも無理はない。有史以来、一体どれほどの人間がこの解答不能の難問に挑んできたことか。それでも答は出ないのだ。個人レベルから国家レベルにいたるまで、それぞれの立場での、それぞれ形の違った〝正義〟ならあるかもしれないが、恒久的かつ普遍的に確固たるものというと、さてどうか。

本書『獄《ひとや》の棘《とげ》』も同様で、法や罪、それに正義といったものの本質的なありようが、全七話の連作短篇形式で描かれる。舞台は青森県弘前《ひろさき》刑務所。主人公は新米刑務官の武《たけ》島良太《しまりょうた》二十六歳。彼は祖父から親子三代に渡っての刑務官であった。といっても、実は東京の三流大学を出てから就職もせず、アルバイト生活をしていたのだが次第に将来が不安になり、実家へ戻り、親のコネもあって刑務官試験に合格したのである。

物語は、そんな良太が旧国家公務員I種試験合格のキャリアである、統括矯正処遇官の名久井惣一《なくいそういち》看守長から極秘の調査を依頼されることから始まる。

第一話の「赤落ち」は、ベテラン刑務官の間で行なわれているギャンブルについて調べてほしいというものだった。それは普通のギャンブルとは違い、決まって未決収容者の裁判後に行なわれるものらしかった。

名久井は、これまでの刑務所を根本から変えたいと言う。それにはまず悪徳刑務官の駆除から始めねばならないと考えていたのだ。だが、名久井の依頼は良太からしてみれば刑務官仲間に対するスパイ行為でもあった。かくして良太は上司からの依頼（実質的には命令）と、先輩刑務官たちに対する裏切り行為との狭間《はざま》とジレンマに後ろめたさを感じて悩み苦しむことになる。

しかし驚くのはここからで、このギャンブルが予想外の真実を暴き出し、ある時点から一転してまったく違う様相を見せ始めるのである。その過程で、事件の核心部分を意外な方向から衝《つ》いてみせ、結末では罪と正義の関係および、名久井の〝理〟とはまた違う刑務官たちの〝情〟についても言及する。

この一篇を最初に読んだとき、優れたミステリというのは、必然的に優れた文学たらざるを得なくなってしまう、としばし感動したことを今でも覚えている。

ほかにも、脱獄予告の文章が書かれた紙が舎房内に貼られて実際に決行されるが、その犯人と動機が思いもよらぬものだった「脱獄の夜」。テレビにも出演していた青年実業家の受刑者に頻繁に面会し、獄中結婚までした女性の謎に迫る「プリズン・グルーピー」。刑務所内で行なわれた講話会のあとで、受刑者に書かせた感想や質問の中に〈刑務所に許せない奴がいる。殺意が抑えられない〉と書いた人物がいた「幸せの天秤《てんびん》」。受刑者が作った家具などの木工製品に、意味不明の暗号めいた数字が書かれていた謎をめぐる「矯正展の暗号」。ひとりは入院中、ひとりは刑務所内で死亡した兄弟の受刑者の状況と処遇を探る「獄の棘」。新人刑務官の指導を任されていた最中に、受刑者の自殺未遂事件が発生する「銀の桜」……とこれら七篇の作品は、いずれもミステリの枠を超えた大きな文学作品と言ってよいだろう。一見単純そうに見える事柄であっても、実はその奥にはさまざまな背景があって、目に見えていたものとはまったく別の物語が広がっていくのである。

受刑者にとっては、自分が犯した事件はまだ終わってはおらず、また時には刑務官たちも、知らず知らずのうちに、その終わっていない事件の渦中に巻き込まれる場合もある。よもやということが刑務所内では起こりうるのだった。

そしてさらには、現在置かれている特殊な状況下で発生する新たな事件もあった。獄の棘とは、刑務所の周囲に張りめぐらされた鉄条網のことである。この閉ざされた刑務所の内部では、外からでは絶対に窺《うかが》い知れないさまざまな〝事件〟が起こっている。ギャンブル、いじめ、脱獄、内部告発、偽装結婚とおよそ常識では計り知れない事態が、当たり前のように、それも密《ひそ》かに蔓延《はびこ》っているのだった。だがそれらは受刑者のみならず、看守である刑務官たちにとっても同じことが言えた。最も顕著な例としては、受刑者に対する行き過ぎた「指導」がある。実際、日本でも拘束具を着せ、受刑者の尻《しり》に放水して傷害を負わせ、死亡させた事件も起こっている。水を使うのは傷や痣《あざ》の跡を残さないためだ。こうした事例は、今ではネットでも数多く報告されている。

とはいえもちろん、こんな刑務官ばかりではない。指導の方向も、犯罪者にはとにかく厳しくという流れから、今ではどうしたら再犯しないようになるだろうかという教育の流れに変化してきているそうだ。

刑務所内には、受刑者の数だけそれぞれすべて違った犯罪事件の模様がある。大門剛明がここで描こうとしたのは、そうしたひとつひとつの事件の裏に潜む人間の感情だ。人間は理屈では納得するが、結局は感情で動くものだ。そんな、言ってみればわけのわからない衝動が生んだ事件の罪とは何か、そして正義とは……ここには果てしない謎がある。

とまれ本書は、大門剛明の誠実さと峻厳《しゅんげん》な眼力、精緻《せいち》な取材をもってして生まれた傑作であるのは間違いない。

最後に、これは書かないでもいいことなのだろうが、良太には初等科研修で知り合った与田悦子《よだえつこ》という恋人がいる。彼女はその後辞職し、現在は実家のある北海道でケーキ屋に勤めている。彼女からのラインには野良ニャンコの写真もあり、作品のどこかに必ず猫が出てくるこの作者らしいなと思わせたりもするのだが——ふたりは月に一度はドライブデートをするというのである。良太は給料を貯めて買ったCR‐Zで（最初の頃は父親のシルビアを借りていた）夜景を楽しみ、食事をする場面も出てくる。彼女が北海道のどこに住んでいるのかは明らかではないが、これは相当な遠距離恋愛であろう。しかしながら、また別なところではあるベテラン刑務官が、こないだ久しぶりにススキノに行ったと話しているから、弘前と北海道とはかなり近い距離感であるのかもしれない。

二〇一六年　十二月

本書は二〇一四年二月に小社から刊行された単行本を、
加筆・修正のうえ文庫化したものです。

本書はフィクションであり、実在のいかなる個人・組織
ともいっさい関わりのないことを附記します。

獄《ひとや》の棘《とげ》

大《だい》門《もん》剛《たけ》明《あき》

平成29年 1月25日　初版発行
平成29年 6月5日　4版発行

発行者●郡司 聡

発行●株式会社KADOKAWA
〒102-8177　東京都千代田区富士見2-13-3
電話 0570-002-301（カスタマーサポート・ナビダイヤル）
受付時間 9:00～17:00（土日 祝日 年末年始を除く）
http://www.kadokawa.co.jp/

角川文庫 20156

印刷所●旭印刷株式会社　製本所●株式会社ビルディング・ブックセンター

表紙画●和田三造

ISBN978-4-04-104620-3　C0193

角川文庫発刊に際して

角　川　源　義

第二次世界大戦の敗北は、軍事力の敗北であった以上に、私たちの若い文化力の敗退であった。私たちの文化が戦争に対して如何に無力であり、単なるあだ花に過ぎなかったかを、私たちは身を以て体験し痛感した。西洋近代文化の摂取にとって、明治以後八十年の歳月は決して短かすぎたとは言えない。にもかかわらず、近代文化の伝統を確立し、自由な批判と柔軟な良識に富む文化層として自らを形成することに私たちは失敗して来た。そしてこれは、各層への文化の普及滲透を任務とする出版人の責任でもあった。

一九四五年以来、私たちは再び振出しに戻り、第一歩から踏み出すことを余儀なくされた。これは大きな不幸ではあるが、反面、これまでの混沌・未熟・歪曲の中にあった我が国の文化に秩序と確たる基礎を齎らすためには絶好の機会でもある。角川書店は、このような祖国の文化的危機にあたり、微力をも顧みず再建の礎石たるべき抱負と決意とをもって出発したが、ここに創立以来の念願を果すべく角川文庫を発刊する。これまで刊行されたあらゆる全集叢書文庫類の長所と短所とを検討し、古今東西の不朽の典籍を、良心的編集のもとに、廉価に、そして書架にふさわしい美本として、多くのひとびとに提供しようとする。しかし私たちは徒らに百科全書的な知識のジレッタントを作ることを目的とせず、あくまで祖国の文化に秩序と再建への道を示し、この文庫を角川書店の栄ある事業として、今後永久に継続発展せしめ、学芸と教養との殿堂として大成せんことを期したい。多くの読書子の愛情ある忠言と支持とによって、この希望と抱負とを完遂せしめられんことを願う。

一九四九年五月三日

角川文庫ベストセラー

包囲
警視庁東京五輪対策室

末浦広海

東京五輪招致に反対していた活動家が殺害されたのと時を同じくして、五輪警備の実践演習と位置づけられた東京国体にテロ予告が届く。予告状の指紋を手がかりに、対策室はふたつの事件の犯人を追うが――。

暗躍捜査
警務部特命工作班

末浦広海

不祥事に絡んだ警察官を調査し、事件を極秘裏に処理することを任務とする、警務部特命工作班。工作班の岩永は、警察内部から流出した可能性のある覚醒剤が原因で起きた通り魔殺人の捜査に乗り出すが――。

さまよう刃

東野圭吾

長峰重樹の娘、絵摩の死体が荒川の下流で発見される。犯人を告げる一本の密告電話が長峰の元に入った。それを聞いた長峰は半信半疑のまま、娘の復讐に動き出す――。遺族の復讐と少年犯罪をテーマにした問題作。

ナミヤ雑貨店の奇蹟

東野圭吾

あらゆる悩み相談に乗る不思議な雑貨店。そこに集う、人生最大の岐路に立った人たち。過去と現在を超えて温かな手紙交換がはじまる……張り巡らされた伏線が奇蹟のように繋がり合う、心ふるわす物語。

悪党

薬丸岳

元警官の探偵・佐伯は老夫婦から人捜しの依頼を受ける。息子を殺した男を捜し、彼を赦すべきかどうかの判断材料を見つけて欲しいという。佐伯は思い悩む。彼自身も姉を殺された犯罪被害者遺族だった……。